本研究课题受教育部人文社会科学研究青年基金资助。
诗学比较研究：以西方经典叙事学和中国明清叙事思想为
16YJC752015。

中西叙事诗学比较研究：

以西方经典叙事学和中国明清叙事思想为对象

罗怀宇 著

COMPARATIVE NARRATIVE POETICS:
A COMPARATIVE STUDY OF WESTERN CLASSICAL NARRATOLOGY AND
CHINESE NARRATIVE THOUGHT OF THE MING AND QING DYNASTIES

中国出版集团公司
世界图书出版公司
广州·上海·西安·北京

图书在版编目（CIP）数据

中西叙事诗学比较研究：以西方经典叙事学和中国明清叙事思想为对象 / 罗怀宇著 . — 广州：世界图书出版广东有限公司，2025.1重印
ISBN 978-7-5192-2054-9

Ⅰ . ①中… Ⅱ . ①罗… Ⅲ . ①叙事诗－比较诗学－中国、西方国家 Ⅳ . ① I207.22 ② I106.2

中国版本图书馆 CIP 数据核字（2016）第 272497 号

书　　名　中西叙事诗学比较研究：以西方经典叙事学和中国明清叙事思想为对象
　　　　　ZHONGXI XUSHI SHIXUE BIJIAO YANJIU: YI XIFANG JINGDIAN XUSHIXUE HE ZHONGGUO MINGQING XUSHI SIXIANG WEI DUIXIANG
著　　者　罗怀宇
责任编辑　张梦婕
装帧设计　黑眼圈工作室
出版发行　世界图书出版广东有限公司
地　　址　广州市新港西路大江冲 25 号
邮　　编　510300
电　　话　020-84460408
网　　址　http:// www.gdst.com.cn
邮　　箱　sjxscb@163.com
经　　销　新华书店
印　　刷　悦读天下（山东）印务有限公司
开　　本　710mm × 1000mm　1/16
印　　张　12.75
字　　数　220 千
版　　次　2016 年 11 月 第 1 版　　2025 年 1 月 第 3 次印刷
国际书号　ISBN　978-7-5192-2054-9
定　　价　58.00 元

序

20世纪80年代以来，叙事学在中国得到了很大的发展。经过学者们的辛勤努力，叙事理论的译介、研究，结合理论的文本分析，使国内叙事学研究庶几与西方接轨。叙事学进入很多大学的课堂，中国学会的成立，大大促进了叙事学在中国的传播，叙事学的“西学东渐”已经成功地完成了第一步，尽管对于它的进一步研究是一个没有休止的事情。

在叙事学的引入繁荣了我国学术研究，赋予了我们新的研究方法，令我们欢欣的时候，有两个问题值得我们思考：一是对于叙事学是否也需要做批判式的借鉴，使其更适合中国的文学土壤，进而化为我们自己的文学理论的血肉；二是怎样发掘中国本土的叙事理论，把它放在与西方理论平等的位置上，通过比较研究，去粗取精，使之成为世界文学理论的一部分，与西方叙事理论交相辉映。

在全球化的时代，整个人类构成了一个命运共同体，而人类知识也越来越趋向于一种“知识统一体”，即各民族的知识既有其独特性，各自独立，又互相融合，相辅相成，形成一个不容割裂的统一整体。因此，在学术研究中便不可只有单纯的“拿来主义”，更要有“输出主义”。在“拿来”与“输出”的过程中，比较是必不可少的环节。通过比较，我们才有鉴别，才知道什么该“拿来”，什么该“输出”。既不全盘拿来，也不全盘拒绝；既有民族文化的自信，也有对民族文化的清醒认识。在如何认识和对待西方叙事理论和中国叙事理论的问题上，我们亦应取如是态度。

西方叙事理论条分缕析，体系缜密。中国叙事理论亦源远流长，博大精深。要最大限度地减少“双重误读”和“强制阐释”，并在实践中取长补短，就需要进行比较研究。比较首先需要在理论层面上正本清源、辨明同异。在中西叙事理论的比较方面，已有成果多见于研究文献的整理和译介、研究思路和模式的探讨以及叙事宏观层面的比较，而按照叙事范畴和概念组织的系统性的具体比较尚不多见。当前，西方叙事学的发展呈现出如下特征：一方面，为了回应新历史主义和后结构主义等理论的挑战，经典叙事学吸纳了其他学科的特点，较之以前更着重文本外的因素的研究，从而产生了后经典叙事学；另一方面，多学科融合的特点虽然具有积极意义，但如果过度脱离经典叙事学的基础，则有可能弱化叙事学的学科属性。比较而言，中国叙事思想可以提供一些非常不同于西方叙事理论的新鲜经验，其鲜明的人文主义色彩及蕴含其中的丰富的西方叙事学思想使其与西方叙事学产生很强的对话性。因而，在经典叙事学与明清叙事思想之间展开具体、系统而深入的比较研究是非常有学术价值的，也有利于促进中国文学和中国叙事思想更好地为世界所理解和接受，为传播中国优秀传统文化做出贡献。在这个意义上，罗怀宇博士的研究具有很大的理论和现实意义。他将西方经典叙事学和中国明清叙事思想置于比较视野之下进行研究，这是一次颇有勇气的探索。该书对研究领域的熟谙，对比较研究价值取向的探讨，对作者、结构等概念所做的深入细致的比较，对“文心”等中国传统文论重要概念的理论的梳理与阐释，无不体现了作者的厚实的学术积累和认真严谨的治学态度。书中的精彩论述可见作者思想的敏锐和表达的圆熟。

作者罗怀宇是我多年的学生。他为人朴实、谦逊，既有思想，又重性情，既有国际视野，又具民族情怀，殊为难得。在我认识的与他同辈的学人中，他的英文和中文都是出类拔萃的。2006 年秋天，当时尚在外交学院攻读硕士的他带着文章和一些译作来北语看我。我也愉快地赠书为勉，同时希望他多读理论与文本的经典之作、多思考文学文化问题。此后他便开始通过邮件与我分享他的学习心得体会。2010 年，他以优异的成绩录取为我的博士研究生，学习西方文论尤其是叙事理论，同时研读中国古代尤其是明清之际的叙事思想，我希望他能够撰写中西叙事理论比较方面的博士论文。在北语读了 2 年后，我推荐他前往澳大利亚麦考瑞大学文学院攻读哲学博士学位，他顺利地用英文撰写了博士论文。2014 年 7 月和 9 月，他分别被授予北京语言大学文学博士学位和澳大利亚麦考瑞大学哲学博士学位，毕业论文分别荣获“北京语言大学校级优秀博士论文”和麦考瑞大学“高等学历研究奖”。

如今，怀宇在事业、家庭、教学、科研等方面都已步入正轨。他睿智、勤学、善思，学术功底扎实，我坚信他在学术研究上会取得更大的成就。还有什么比看到学生的成长更让老师感到欣慰的呢！值此书作为“教育部人文社会科学研究项目”成果出版之际，欣然以数语为序。

宁一中
2016年11月
北京语言大学

前　言

古人有“三不朽”之说，曰：立德、立功、立言。立德，乃君子毕生追求，不可一日自足；立功，有赖命运造化，不可力强而致；唯有立言，是学人肩负的对于知识、国族和时代当仁不让的责任，不可不以敬畏之心事之。

本书作者自认才疏学浅，遑论立“一家之言”。然而，在写作拙著的过程中，却也不曾暂忘这样一份责任与敬畏。囿于自身学术水平，拙著中浅陋、失当乃至谬误之处恐怕也在所难免，诚望学界的前辈与同侪多多包涵并不吝指教。另一方面，如若拙著中的一些观点和阐述能在一定程度上有资借鉴，或者带给读者以某种启发或共鸣，我必将引为大幸，并会在今后的学术研究中再接再厉、精益求精。

西方文论与中国诗学好似两座并峙的高峰。作为双方重要组成部分的叙事理论自不例外。一方面，中西方在文艺美学和哲学观上的差异必然反映为各自在叙事传统、手法、旨趣以及理论话语上的异趣或者异质因子；而另一方面，叙事在其社会、文化本原上的共性必然又决定双方存在一定甚至很大程度上的通融性。深入全面地认识二者之间的同一性和异质性，并对其可能的原因加以剖析，有助于我们更客观地看待中西文学间的历史及现实互动，也有利于我们更好地向西方推介历史上的中国文学和文论，促进当代中国文学更好地走向世界。借用当下流行的表达，做好这项工作可以帮助我们更好地“听懂世界的故事”，并向世界“讲好中国的故事”。

在中国传统叙事思想与西方叙事学的比较研究方面，中国的文学研究学者和西方的汉学家做了大量开创性的工作。然而客观地说，既有的研究多集中在对重要理论文献的双向译介或者高屋建瓴式的总体比较，具体入微的系统性比较则在很大程度上付之阙如。拙著选取跻身西方文论正典的经典叙事学和作为中国原生叙事思想集大成者的明清叙事思想作为比较研究的对象，就是为了通过多角度、多层面的具体比较明晰双方一些重要的理论事实，揭示一些具有启发意义的叙事学信息和文化密码，从而希望达致中西理论学说互为映照（巴赫金称之为“interillumination”；钱钟书先生谓之“mutual illumination”）的奇妙效果，丰富叙事学作为一门跨越中西的一般性学科的理论内涵。

拙著付梓之际，我心中充满着无尽的感恩。首先，我无比感念自己的授业恩师宁一中教授。恩师博雅的学识风度、正派的学者风格和“润物细无声”的育人艺术让我在四年的博士学业中受用无穷，也将化作我在学术道路上砥砺前行的动力。恩师和师母段江丽教授对于门生言传身教、关怀备至。他们为我博士论文的选题和写作以及后来的出国留学申请倾注了大量心血；在他们家中数不清次数的快乐的聚会成为学生们共同的美好回忆。我也要感谢我在澳大利亚麦考瑞大学文化研究系攻读第二个博士学位时的导师 Nick Mansfield 教授，正是他的鼓励和帮助使我能够高效率地完成英文博士论文。我要特别感谢曾经惠赐重要参考文献的申丹教授和在我研究不同阶段给予过批评、指点与帮助的周小仪教授、刘世生教授、陈永国教授、封宗信教授、金莉教授、马海良教授、王丽亚教授、谭惠娟教授、王雅华教授、John Pier 教授和 Wolf Schmid 教授，等等。我还要衷心地感谢单位领导甫玉龙教授、朱晓苑教授等对我读博和出国留学的支持和大力帮助，感谢外语系领导和同事们长期以来对我的关心与支持。

拙著能如期顺利地出版离不开责任编辑宋焱女士的督促与辛勤付出，在此谨致上我最诚挚的谢意。

回望过去六年多的时间，为了追求学问，我义无反顾地寄身篇籍翰墨，对于家人特别是善良贤淑的妻子和日渐年迈的高堂负有深深的歉疚。让我们感到无比欣喜的是，去年十一月份我们迎来了健康、活泼、可爱的女儿，生活于我们而言翻开了全新的一页！拙著也是我希望送给他们的一个礼物。

年过而立无奈，世事白云苍狗。抚今追昔感怀，所幸初心犹在。我不禁想起2011年出国留学前辞别恩师的一首小诗：

杏坛究竟定有数，重回老君炼丹炉。
真火淬尽障与痴，灵药一洗眼前雾。
穷经不必待皓首，悟道何妨重洋渡。
大道常在大寂中，无常当与有常住。

是为记。

罗怀宇

二零一六年十月二十八日

北京·左安门值房

目　录

上　篇　重要叙事范畴及概念之比较

下　篇　明清叙事思想若干核心概念研究

导　论　中西叙事诗学比较：现状与展望

过去几十年以来，中国的叙事诗学[1]研究吸引了国内外学者广泛的研究兴趣。综观文学理论与批评的发展现状，此方面兴趣的增长或许有以下两个主要原因：①中国的叙事文学——无论是古典的还是现代的——从质和量的角度衡量都是引人瞩目的，从而可以使中国古往今来的叙事诗学获得不言自明的合法性与解释力。正因为如此，越来越多的学者开始重新审视中国传统的叙事思想宝库，并在当代西方叙事理论的参照下深入发掘其中的“瑰宝”，抑或“遗珠”。②西方经典叙事学固然体系完备、思虑精深，但在新的理论语境下却日益遭受各种质疑和挑战。概括而言，传统文论和修辞学者不满经典叙事学对于文本内的作者因素和修辞特征的忽视，后结构主义和新历史主义者则批评其囿于对文本内在结构的分析而未能体察文本以外复杂的政治和文化因素。从这个意义上说，叙事诗学的比较研究恰恰建立在结构主义方法的不足之上。对于结构主义文论的不足，特里·伊格尔顿（Terry Eagleton）早在30年前便做出过经典的批判：

> 结构主义[……]撇开物质世界以求更好地说明我们对物质世界的意识。对于任何人来说，只要他相信意识从一层重要含义上讲是“实用性的”、与我们在现实中行动以及对现实采取行动的方式不可分隔地联系在一起，

[1]　西方在现代发展出了一门体系完备的叙事理论，亦可称之叙事学。而中国原生的叙事思想则散布于大量的古典文论或批评文献之中，长期缺乏理论的自觉。故而，本书借用更广意义上的诗学一词以调和这两个比较的对象。还应说明的是，本书所指的叙事专限于以文学的形式或文字的媒介呈现的叙事。

那么结构主义这类方法注定是不攻自破的。这很像是为了更方便地检查某人的血液循环而先把他杀死。[1]

（伊格尔顿，1996：130—131）

将结构主义的方法比作“为检查某人的血液循环而先把他杀死”未免有失公允，因为任何一门真正的理论在其肇始阶段都必须经历一个诺思洛普·弗莱（Northrop Frye）所谓的“解剖”（anatomy）过程。然而，伊格尔顿的批评对于我们客观地反思经典叙事学可能的局限性仍然是有意义的。众所周知，结构主义的叙事研究方法在分析叙事的结构要素和原则时脱离了叙事产生和存在的社会文化语境，从而有可能导致研究结果出现某种程度的偏倚。如今，叙事学家已经普遍认同了语境在叙事批评和叙事理论建构方面举足轻重的作用。例如，为了调和叙事研究方法中的经典与后经典之争，申丹（2005：142）指出“语境叙事学和形式叙事诗学在过去二十几年一直是互为依存的”。此外，结构主义的研究视角只聚焦文本的表层形式和深层规律性之间的关系，而对于叙事的创造和理解过程中一些微妙的相互作用则可能出现失察或者重视不够，比如：如何看待作者的“死亡”和/或回归问题，甚至莎士比亚意义上的作者“永生”[2]问题？如何看待通过自己的选择、设计、价值和意图“诞生”其作品的那个人？如何理解存在于叙事作品中的激发情感的力量？作者——甚至也包括介入文本的批评家（比如中国古代的评点家）——创新体裁或文体时“破格”（一如文学研究常说的“诗人的破格”，poetic license）的限度究竟如何？是否存在游离于结构主义的叙事范畴分类以外的其他可能性？作者的文学才能或天赋如何决定一部作品的文学和美学成就？在叙事文本结构之外是否还可能隐藏某些重要的叙事信息？类似疑问不一而足。

中国传统的叙事思想则以自己的方式探讨了作者（权威）、文心、叙事技艺、

---

[1] 裘小龙、杨自伍译。伊格尔顿原文为：“Structuralism [...] spring from the ironic act of shutting out the material world in order the better to illuminate our consciousness of it. For anyone who believes that consciousness is in an important sense practical, inseparably bound up with the ways we act in and on reality, any such move is bound to be self-defeating. It is rather like killing a person in order to examine, more conveniently, the circulation of the blood”。本书所有外文引文除有特别注明，均为本书作者翻译。

[2] 莎士比亚十四行诗第十八首作有如下暗示：“Nor shall Death brag thou wanderest in his shade, / When in eternal lines to time thou growest: / So long as men can breathe, or eyes can see, / So long lives this, and this gives life to thee”。

叙事中的道德或哲学底蕴、宏观结构和超级结构、心理深度、混杂性与整一性、事件与非事件、真实与非真实等问题。相较于西方经典叙事学，或许可以归纳出以下三方面显著的不同：①不同于西方经典叙事学对结构要素和规律的条分缕析，中国传统的叙事思想尤其看重读者与叙事文本之间的互动，比如文学直觉、批判式（拘泥于细节，有时甚至是反复式的）阅读的快感以及审美过程的流动性和灵动性。有趣的是，这些特征也同样适用于中国艺术的其他门类，如诗歌、书法、绘画、园林艺术等。这或许与中国古代的文人传统或者士文化之间存在关联。②在中国的文学传统中似乎有一种经久不衰的对于叙事的社会历史意义的兴趣，这一方面导致作者热衷于元叙事的创作模式，另一方面导致读者 / 批评家乐此不疲地推求、还原和建构作者意图乃至可能的作者形象。毋庸置言，中国古典小说的一些杰出代表——例如《红楼梦》、《水浒传》和《三国演义》——其结构和叙述多围绕关于社会生活或人生的某种哲学假定而展开。[1] 而且，历朝历代的批评家多陶醉于穿透文字的面纱揭示作者的某些人格特质。他们不仅着眼于字里行间的细微精妙之处，也关注在宏观结构和写作风格中暗含的未曾说出的信息（the inarticulate/ineffable）。[2] ③不同于西方经典叙事学创设了一整套批评术语，中国传统叙事思想对理论创新仅展现出一种相当保守的兴趣，多数情况下仅沿用或重新起用已有的批评术语，这些批评术语往往跨越不同文学体裁或艺术门类，其中许多还带有明显的隐喻色彩。

明清时期的叙事思想似乎贯串着一种看似自相矛盾、实则有意而为的策略，即一方面试图勾勒出叙事小说在体裁上的特殊性，另一方面却又模糊其与其他文学体裁或艺术样式之间的界限。这一特点不仅见诸叙事话语（narrative discourse），也体现在批评话语（critical discourse）中。就叙事话语而言，中国古典小说虽然也将优先置于故事的讲述（storytelling），但同时却充当了多种其他体裁特征的一个“大熔炉”或者“共生场”，比如历史、神话、戏剧、街头说书艺术、诗歌以及多种样式的美文（belles-lettres）。这不仅丰富了中国人阅读古典小说时的文学体验，也在一定程

[1] 关于社会生活或人生有不同层面的假定。例如，在权力与秩序方面，《三国演义》和《水浒传》采用了天下“治乱”、“分合”的假定；在道德人伦法则方面，《水浒传》采用了“四海之内皆兄弟”的假定，《水浒传》和《金瓶梅》采用了“报应不爽”、“酒色财气，人之四恶”（以今天的标准显然颇有争议）等警世性质的假定；在人生虚妄的真相方面，《红楼梦》不仅着意于一个“梦”字，更借用太虚幻境及其门联“假作真时真亦假，无为有时有还无”统全书之旨。

[2] 这种叙事和阐释传统与源自先秦的“春秋笔法”应当不无关系。一般认为孔子在编纂《春秋》时深谙“微言大义”的写作技艺，通过含蓄的语言和着墨的多寡巧妙地传递敏感的道义和历史评价信息。

度上塑造了中国人对于“奇书”或“才子书”的独特品味。在批评话语方面，一个显而易见的特点是明清小说批评吸收了原本属于其他文学体裁或者艺术门类的术语，诸如戏剧、诗歌、绘画、书法、女红、园林建筑乃至风水等。“结构”（結構）一词本身便是很好的例子。“結”字蕴含着自然界的某些构造以及由之引申的某些创造性人类活动，而“構”字则更为生动地表明了结构与建筑及器物艺术之间的关联。再比如“章法”这个难以描述但却对叙事具有全局意义的术语，显然是借用自绘画和书法艺术，指艺术家为创造具有结构完整性和一致性的艺术作品对空间的配置和对节奏（时间）的控制。

基于以上几个显著特征，或许可以进一步做出两点归纳：首先，中国传统的叙事思想在重视叙事性（narrativity）和文学性（literariness）的同时也突显了作为“运用之妙”的“心”或者“文心”[1] 的重要性。后者在中国古典文论中可以理解为能沟通不同艺术形式并且可以被理想作者、理想批评家和理想读者各自运用并在他们之间传递相同感受的一种认知功用。其次，中国传统的叙事思想发源于——并反过来强化了——一种特有的阅读习惯。在这种阅读习惯中，叙事的意义往往大于并且高于故事和情节，读者/批评家在打开书卷的同时便自然而然地踏上了两条阅读路径：一是对于作者这一迷思的证悟，一是对于其叙事的社会历史情形的推理和想象。[2] 中国传统叙事思想的这一方面与西方文学批评的“作者论”（auteur theory）以及后来的“隐含作者”（implied author）概念既具有相当的可比性，也存在颇有意义的差异性。下文另述。

中国传统叙事思想中这些独有的特点、范畴和经验可以为今天的结构主义或后结构主义叙事研究带来新的启发。中西叙事诗学之间潜在的互补性增加了比较研究的必要性。借由比较，我们不仅可以描绘出一幅更加完整的叙事理论图景，更有助于构建一种能够体现日益增长的全球意识、适应变化中的世界叙事实践格局、更易为多元文化背景下的人们理解和接受的叙事理论。

过去几十年来，学界欣喜地看到，除了中国国内的文学研究者外，越来越多西方学者（其中一些具有中国背景）纷纷加入到这一极具挑战的学术领域。虽然他们中许多人的研究更多被定位在文学理论、比较文学甚至汉学领域，但客观上他们都

---

[1] 文心概念最早见于刘勰的文学理论巨著《文心雕龙》。

[2] 这两条分叉的路径固然有益于丰富文学想象，但在特定条件下也存在失控风险。中国文学史不乏这方面的沉重教训，从秦朝造成思想灾难的“焚书坑儒”到满清盛行的“文字狱”，等等。

为向西方学界介绍和阐述一个与西方截然不同的中国叙事诗学体系做出了贡献。主要代表性人物包括浦安迪（Andrew H. Plaks）、陆大伟（David L. Rolston）、宇文所安（Stephen Owen）、刘若愚（James J.Y. Liu）、韩南（Patrick Hanan）、梅维恒（Victor H. Mair）、何谷理（Robert E. Hegel）、夏志清（C. T. Hsia）、余国藩（Anthony C. Yu）、张隆溪（Zhang Longxi）、芮效卫（David Roy）、白芝（Cyril Birch）、毕晓普（John Bishop）、蔡宗齐（Zong-qi Cai）、顾明栋（Ming Dong Gu）、卢晓鹏（Sheldon Hsiao-peng Lu）等。

然而，由于该领域在很大程度上仍未被充分探索（尤其是被叙事学家），而且在方法上排斥共时性的（synchronic）比较（一方属于现代西方，而另一方属于古代中国），所以很难对主要的研究阶段和研究方向加以描述。在思索解决办法的过程中，本书作者受到了中西两方面的启示。首先是中国汉语中“借鉴”一词的形态和喻意，作者由此进而联想到美国文学批评家艾布拉姆斯（M. H. Abrams）广为人知的“镜”、“灯”隐喻。[1] 借用这两个隐喻，作者归纳出了“借异镜”、“磨己镜”和“亮交相辉映之灯”三种相互关联的研究方法，

一、借异镜与磨己镜

将这两种方法置于同一个标题之下是因为它们的发生过程几乎同步，后者的发生可以理解为对前者的动态回应。20 世纪 80 年代，理论界渐渐吹起一股开放、活跃的新风，面对国内理论界长期断层的窘迫现实，“借异镜”成为一种客观需要，一场声势浩大的译介潮流在文学界和学术界展开。对西方叙事理论的译介在 20 世纪 90 年代达到了一个高潮，到那时西方经典叙事学几乎所有主要著作都有了中文译本（赵炎秋，2009：5）。在这些译介成果中，有两项时至今日依然不容忽视：一是张寅德先生编选的《叙述学研究》（本书又列入柳鸣九、罗新璋先生主编的“法国现代当代文学研究资料丛刊”），一是由中国社科院外文所牵头编译的共计 29 册的“二十世纪欧美文论丛书”（本丛书包含了结构主义文论和叙事学若干重要著作）。进入

[1] 艾布拉姆斯在其重要著作《镜与灯 —— 浪漫主义文论及批评传统》中运用这两个隐喻，既呼应叶芝的“the mirror turn lamp”诗行，也借以提炼出了柏拉图以后的古典主义文论和 18 世纪以后浪漫主义文论之间的本质区别。而另一方面，中国的文学尤其是佛教亦常借“灯”指一种照亮有情众生生命之旅的智慧。

21世纪以来，对西方叙事理论的译介基本做到了紧跟最新发展动态。最主要的成果当推申丹教授主编的共含7部译著的“新叙事理论译丛”[1]。除译著以外，这一时期也涌现出一批中国学者介绍或阐释西方叙事理论的专著，这方面又可以进一步分为：①多种版本的叙事学（或称“叙述学”）理论教程，例如罗钢的《叙事学导论》等；②一些探索理论前沿的学科交叉研究，例如申丹的《叙述学与小说文体学研究》和《英美小说叙事理论研究》、董小英的《超语言学：叙事学的学理及理解的原理》、龙迪勇的《空间叙事学》、谭君强的《审美文化叙事学》、聂庆璞的《网络叙事学》等。过去30几年国内公开发表的有关叙事研究的学术论文更是难以计数。得益于“借异镜”带来的巨大推动效应，叙事学在中国的文学批评研究中越来越占据一个中心的地位。

另一方面也应该看到，“借异镜”实际上是一个双向的过程，其中也包含了西方学界对中国叙事诗学的理解和接受，虽然这个过程在规模和影响上远逊于中国对西方叙事学的学习和借鉴。上文列出的那些代表性的西方学者中至少两位是无论如何不容忽视的：宇文所安和陆大伟。宇文所安于中国古代文学和文化造诣之深在西方学者中堪称凤毛麟角。虽然他专擅的研究方向是中国唐朝的诗歌，但他的学术兴趣和能力几乎涵盖中国古代各时各体的文学。在他的重要代表作《中国文论：英译与评论》（*Readings in Chinese Literary Thought*）一书中，他翻译并阐释了从孔子到叶燮（1627—1703）主要文论家的重要思想和论述。其中不乏一些对中国叙事具有强大解释力甚至对今天的叙事学研究也具有独特意义的理论名篇。例如文人皇帝曹丕所著的《典论·论文》、陆机的《文赋》、刘勰的《文心雕龙》等。以曹丕的《典论·论文》为例，他提出的“文以气为主，气之清浊有体”（Owen,1992: 65）所蕴含的气和体的区分在很大程度上影响了中国人自古以来对文学的总体评价和寄予的精神追求，即文章中空灵和变化的东西（“气”）优先或者重于文章的形式属性（“体”）。曹丕对“体”这一概念的灵活运用[2]也说明，在中国文论中，不同批评术语之间的“共鸣性”（resonance）或者“模糊性”（fuzziness）重于它们各自的“精确性”（precision）。而这正是中国诗学和西方文论之间的一个重要区别。再如，曹丕在该文中断言文章

[1] “新叙事理论译丛”2007年由北京大学出版社出版，包括米勒的《解读叙事》（申丹译）、赫尔曼的《新叙事学》（马海良译）、詹姆斯·费伦和彼得·J·拉比诺维茨的《当代叙事理论指南》（申丹、马海良、宁一中等译）、詹姆斯·费伦的《作为修辞的叙事》（陈永国译）、马克·柯里的《后现代叙事理论》（宁一中译）、苏珊·兰瑟的《虚构的权威：女性作家与叙述声音》（黄必康译）、雅各布·卢特的《小说与电影中的叙事》（徐强译）。

[2] 根据不同语境，曹丕所谓的“体”可以指代西方文论中区分的“形式”、“风格”或“结构”。

是“经国之大业，不朽之盛事”，这个观点可以启发我们为什么中国的文学在漫长历史中都是作为一种“公器”，与历史和政治发生着千丝万缕的纠葛。

与对中国文学和文论有着系统兴趣和广博才能的宇文所安不同，陆大伟对这一领域的贡献主要表现在他对中国明清小说尤其是蕴含丰富叙事思想的小说评点的长期专注的研究。陆大伟的代表性著作是《如何读中国小说》（*How to Read the Chinese Fiction*）和《古典中国小说和小说评点》（*Traditional Chinese Fiction and Fiction Commentary*）。他认为，西方叙事学已被普遍视为一种“分析文体、叙事方法和结构模式的更新颖、更锐利的工具”[1]（浦安迪，1977：白芝“序言”），在这样的现实背景下，我们应该避免“将一套外来的框架和理论强加于一个与它们异质的传统之上”[2]（陆大伟，1990：“序言”）。陆大伟对“明代四大奇书”[3]的评点版本进行了出色的研究，全面而有效地发掘了这些评点中蕴藏的与西方叙事理论在叙事技艺、作者观、结构化和人物塑造等方面具有对话意义的叙事思想。例如，陆大伟通过考察中国古典小说中典型的“评论叙述者”[4]现象提出“作者存在的必要性”[5]（浦安迪，1977：111）。在他看来，中国古典小说中的评论叙述者在文本中不仅发挥着意识形态渗透或者道德说教的功能，更重要的是它是“民间口头叙事情境在文本中的仿拟式再现”[6]（1997：284）。陆大伟还强调了宏观结构在理解中国小说中的重要作用。在他看来，不仅布局谋篇的“起、承、转、合”四个步骤符合自然界四季更迭的规律，而且连章节数的安排也可以从《易经》中找到其渊源。除了阐述他对中国小说的理解外，陆大伟还编译了中国明清时期杰出的评点家们写就的6篇中国古典长篇小说的“读法”。这些“读法”依托叙事小说文本、源自评点家们的批评实践，同时又根植于中国古典诗学的思想沃土，因而蕴含着丰富的极具中国特色的叙事思想内涵。例如，在金圣叹的“读第五才子书法”[7]中，他归纳了

---

[1] 白芝的原文为：“…new and sharper tools for analysing style, narrative method, and modes of structuring”。

[2] 陆大伟的原文为：“…the imposition of foreign frameworks and literary theory onto a tradition alien to them”。

[3] 《三国演义》、《水浒传》、《西游记》和《金瓶梅》。

[4] 陆大伟创造的一个术语，英文为“commentator-narrator”。

[5] 陆大伟的原文为“the need for an author”。

[6] 陆大伟的原文为“the simulated context of oral storytelling”。

[7] 明清评点家金圣叹为自己圈定了6部作品用作评点，美其名曰“六才子书”，分别为：《庄子》、《离骚》、《史记》、《杜诗》、《水浒传》和《西厢记》。第五才子书指《水浒传》。

《水浒传》故事讲述中经常用到的15种“文法”，其中一些如“草蛇灰线法”、“大落墨法”、“横云断山法”、“绵针泥刺法”等生动地反映了中国叙事诗学跨体裁（transgeneric）、尚美学（aesthetic）和重经验（empiricist）的特质。更为重要的是，这15种“文法”中很多都与西方叙事理论具有不同程度的可比性。比如，“倒插法”可以和西方叙事理论的“伏笔”（foreshadowing）或“预叙”（prolepsis）相比较，“正犯法”和“略犯法”可以和“频率”（frequency）概念相比较，而“极省法”和“极不省法”则可以和“时距”（duration）概念相比较。

随着“借异镜”持续取得成果，随之而来的是一种日益增长的“磨己镜”的需要。经过过去30几年的发展，叙事学不仅成长为中国文学研究的一门显学，也极大地激发了人们对于中国原生叙事诗学以及中国叙事虚构作品的研究兴趣。在这个方兴未艾的研究领域，我们可以进一步区分出三大主要动向：

第一，对于中国小说的叙事学研究。代表性的成果包括陈平原的《中国小说叙事模式的转变》（1988）和王平的《中国古代小说叙事研究》（2001）。陈平原的研究是国内“沟通文学的内部研究和外部研究，把纯形式的叙事学研究与注意文化背景的小说社会学研究结合起来”（陈平原，1998：2）的最早尝试之一，而王平则率先运用了西方经典叙事学的完整理论范式对中国小说进行研究。

第二，对于中国叙事传统和传统叙事诗学的研究。代表性成果包括傅修延的《先秦叙事研究：关于中国叙事传统的形成》（1999）和赵炎秋主编的三卷本《中国古代叙事思想研究》（2010）。傅修延从广义“叙事”的角度审视了中国叙事传统在先秦的肇始、思想基础及其流变，揭示了对后世叙事文学普遍适用的一些带有根本性的规律和特征，而以赵炎秋为代表的研究成果则标志着谙熟西方叙事学的中国学者对中国传统叙事诗学做出了一次较为系统的研究和梳理。

第三，专门针对中国古典小说评点尤其是被视为中国原生叙事思想集大成者的明清小说评点的研究。这方面的代表性成果包括林岗的《明清之际小说评点学之研究》和张世君的《明清小说评点叙事概念研究》。

作为一种研究取向，“磨己镜”固然很有必要，但对于叙事学的学科发展而言则是不够的。因为很显然，这一方向下的研究很容易陷入一个自我挫败的“涡旋”当中：一方面，它总是试图证明我们的这面“中国之镜”即使不是更优越的也是在一定程度上独特的，然而另一方面，为了证明这一点，它又很难抗拒西方叙事学相关理论和概念的诱惑，往往不得不借用它们去论证中国叙事思想中相应内容的解释力和有效性。这就有必要在比较研究中引入另一种面向更高程度的学科开放性和对话意义的研究取向。

二、亮交相辉映之灯

除了“借异镜”和“磨己镜”两种并行的方法外，我们也可以分辨出一种雄心勃勃的研究动向。它不是单纯地追求成为如同镜子一般的反射体（reflector），而是希望将中国叙事诗学变成一个光彩夺目的发光体（projector），从而与西方叙事学之间形成一种交相辉映的奇妙效果。在这种研究取向下，一些叙事学者希望通过系统性地突显中国叙事诗学的异质性和可能的理论优势确立一个叙事学的独特领域或流派——中国叙事学[1]。最突出的研究成果包括浦安迪（Andrew H. Plaks）主编的《中国叙事文：批评与理论文汇》（*Chinese Narrative: Critical and Theoretical Essays*）（1977）、《红楼梦中的原型和寓意》（*Archetype and Allegory in the Dream of the Red Chamber*）（1976）、《中国叙事学》（1995）以及论文“中国叙事理论的概念模式”（“Conceptual Models in Chinese Narrative Theory”）（1977），杨义的《中国叙事学》（2009）和顾明栋的《中国小说理论：一个非西方的叙事系统》（*Chinese Theories of Fiction: A Non-Western Narrative System*）（2006）。浦安迪瞄准他所定义的中国“奇书”，深入探讨了中国叙事文的若干宏大且普遍的问题，比如中国叙事传统的原型和神话根源、奇书文体的结构模式、中国叙事思想的概念模式、中国叙事文的修辞特点、寓意以及寓意式解读等。白芝（Cyril Birch）在为浦安迪《中国叙事文：批评与理论文汇》撰写的前言中高度评价了浦安迪所做的开创性贡献：

> 浦安迪作出了一个大胆的提议，即从中国小说和史学的具体语料中推导出一种关于叙事文的批评理论。将来对真正普世适用的文学理论进行描述的人将会发现他们不可能忽视浦安迪一些论断的重要意义。
>
> （浦安迪，1977：xi）[2]

---

[1] 在本书写作后期，傅修延先生也出版了名为《中国叙事学》的鸿篇专著。

[2] 本书作者译。浦安迪原文为：“Andrew Plaks makes a gallant proposal for a critical theory of narrative derived from the specific corpus of Chinese fiction and historiography. The future framers of theories of literature that will truly be applicable on a universal scale will find it impossible to ignore the implications of some of his arguments”。

浦安迪明确表示他致力于“描述中国叙事理论的某些根本性问题”和提出“一种对中国叙事语料具有广泛解释力的批评理论”（309）[1]。他深入比较了中西文化传统，指出中国文学传统中史诗的缺位（西方文学史有“史诗—罗曼史—小说”的演化次序）和史学的突出地位或许造就了中国文学在叙事性和虚构性上的独特形式。因此，他这样描述了中西传统在这一方面的分野：

> [……]在中国的各种叙事体裁中，史学取代了史诗，不仅提供了一套复杂的结构和人物塑造技巧，也提供了一种在人类事件的范围之内感知意义的概念模式。（314）[2]

除了论述由不同传统产生的差异性外，浦安迪也认为双方在大多数基本叙事范畴上是共通的，这在本质上是由于它们都“将人类的经验表现为在时间中变化着的一连串连续的情形”（314）[3]。浦安迪进而指出，虽然中西方的叙事都将优先置于连续事件的叙述，但中国的叙事虚构尤其注重“事件之间的间隙”（the interstitial spaces between events）。例如，我们经常可以从中国古典小说中读到大量的非事件要素，包括静态描写、诗文介入、叙述者评论、离题以及其他非叙事成分。为解释中国小说作者对于“非事件”的独有偏好，浦安迪从中国哲学的“阴”、“阳”概念发展出了“叙述静态”（stasis）和“叙述行为”（praxis）这样一对概念。在同样的理论基础上，他又提出“二元补衬”(complementary bipolarity)和“多项同旋”(multiple periodicity）的观点回应其他一些西方学者对于中国古典小说“松散的章回式结构”（loosely episodic）和缺少“一定程度的明确的艺术一致性”（a certain degree of manifest artistic unity）的质疑。在人物塑造方面，浦安迪挑战了E·M·福斯特“扁平人物”（flat character）和“圆形人物”（round character）的经典划分，认为中国古典小说中普遍存在着一种“并合式人物”（composite character），而中国小说家

---

[1] 本书作者译。浦安迪原文为：“…the delineation of certain fundamental issues of Chinese narrative theory”和“a comprehensive critical theory for dealing with the Chinese narrative corpus”。

[2] 本书作者译。浦安迪原文为：“[…] historiography replaces epic among the Chinese narrative genres, providing not only a set of complex techniques of structuralization and characterization, but also a conceptual model for the perception of significance within the outlines of human events”。

[3] 本书作者译。浦安迪原文为：“[…] represent human experience in terms of a more or less continuous succession of changing situations in time”。

更重视刻画“以群体和集合形式存在的人物，而不是将所有精力集中于对一个主人公的单独描摹”（345）[1]。《水浒传》就是一个极好的例子。该书讲述一百单八英雄好汉如何最终走上了水泊梁山，成为对抗封建专制的反叛者。然而，这些人中通过重点描摹得以突显的却只有36人，他们在情节发展的不同节点轮番登场，他们的旅途、故事和命运相互交织，既相映成趣，又在一定程度上互为谶纬。一方面，在这36个主要人物中，他们个个生龙活虎、性情殊异；而另一方面，作为各自代表的人物群体或集合中的一员，他们又分别与其他相对次要的人物共同构成一个个并合式的人物场（field of characters），而同一个场内人物之间同一性与差异性之间的张力在很大程度上造就了《水浒传》总体人物塑造上的文艺美学效果。

浦安迪也很擅长从中国的神话故事和哲学中汲取养分。例如，他重新考察了围绕女娲与伏羲婚姻衍生的一系列神话故事，并尝试将其上升到类似于普罗普（Vladimir Propp）的俄国民间故事形态学的地位。在浦安迪看来，这些神话故事从文学的角度看深具原型意义，而从哲学的角度看又蕴含着阴阳和五行的精神。正是在此基础上，他进一步推导出中国叙事文学所谓的“二元补衬”和“多项同旋”的概念化模式和结构模式，并将其运用于《红楼梦》的结构分析。他也指出，中国人日常生活的仪式化（ritualization）或者说神话的图式化（schematization）也在很大程度上影响了中国叙事的方式。除原型批评的视角外，浦安迪也比较了中西方文学传统如何看待寓意和寓意式解读。他认为，虽然中西方在这方面存在相当程度的相似性，但它们的区别主要表现在实用性（practical）和理想性（idealistic）、此岸世界（this-worldly）和彼岸世界（other-worldly）、由内而外（moving outward）和自下及上（moving upward）。浦安迪就此作有一句精辟的总结：“中国的寓意大师追求外张力（extension）而他们的西方同侪则将提升的功夫放在内聚力（intension）上。”（125）[2]我们只要联系和对比中国古典小说对于劝世教化的热衷，对于治乱兴替的关切，对于世俗生活的体味以及在形式上与史、诗、评话等体裁的杂糅和西方小说对于戏剧性的追求，对于人物内心的聚焦，对于视角和引语形式的创造性运用以及在形式上的大胆创新（如意识流和零度写作），就不难体会到浦安迪观点中蕴含的一些真知灼见。

---

[1] 本书作者译。浦安迪原文为：“[...] groups and sets of figures, rather than concentrating on the delineation of the individual hero in isolation”。

[2] 本书作者译。浦安迪原文为：“He [the Chinese allegorist] strives for *extension* where his Western counterpart seeks elevation through intension”。

浦安迪对这一领域的贡献在于他开拓性的研究方法和通过中西互鉴达至一种跨文化互通性（transcultural intelligibility）的眼界。王瑾（1989：268）对浦安迪的评价也较为贴切："他对中国批评经典的探索为我们指向一种可能的替代选择——将范式的系统构建融入到对文本本身的一种难以名状的感性体验中去。"[1]然而，我们也不难发现，浦安迪在挑战所有这些宏观的比较议题的同时搁置了一种更具体、更系统的比较研究路径。这当然也为我们开展进一步的研究留下了广阔空间。此外，出于著书立说某些可以理解的权宜，他对中国文学和哲学传统所做的一些解读或运用或许仍有待商榷。浦安迪（Plaks）本人对此并不讳言，他（1976：85）在书中写道："我们必须一开始就对这样一项事业中必然出现的过度简化作出道歉。"[2]

在中国，构建中国叙事学最具代表性的学者当属杨义。他从文化战略的高度看待叙事研究，将自己的研究思路定位为"还原—参照—贯通—融合"，意即"返回中国文化的原点，参照西方现代理论，贯通古今文史，融合以创造新的学理"（杨义，2009：36）。从以上研究思路和方法中，除了可以感受到一种中国学者的雄心壮志外，或许我们也能体会到一种较为明显的折中倾向。而"两极中和"（24—30）的指导原则则进一步强化了这种折中倾向。杨义试图从五大方面构建他的中国叙事学体系，即结构、时间、视角、意象和评点家。他从中国文化传统的角度切入这五大方面，并适时地与西方叙事理论进行宏观层面的比较。以"结构篇"（37—124）为例，杨义以汉语"结构"（繁体"結構"）一词的"动词性"为基础提出了叙事研究的"结构动力学"。他又追溯至刘勰的《文心雕龙》以论证该假说的合理性：

……莫不因情立体，即体成势也。势者，乘利而为制也。

参照西方叙事理论，杨义归纳了中国叙事结构形态历史发展中的五个主题，即"程式与创造"；"化单一为复合结构，创造具有巨大社会历史容量和审美精神含量的史诗性作品"；"使结构远人工而近自然，使结构线索变粗犷而趋于细密，甚至淡

[1] 本书作者译。王瑾原文为："His venture into the Chinese critical canon points to a possible alternative—that of merging the systematic construction of a paradigm into the elusive and sensual experience of the text itself"。

[2] 本书作者译。浦安迪原文为："[W]e must apologize at the outset for the oversimplification necessarily involved in the enterprise"。

化结构线索的质感，进一步接近生活的原生态”；“适应社会人生的多样性和审美追求的丰富性，推动结构从相对单调向模式多元化发展”；“把民族视野融入世界视野，在中西融合中推进叙事结构形态的现代化进程”。每一个主题他都采用中国和/或西方的相关叙事作品作为例证。再如“视角篇”（197—265），杨义指出，早在中国的春秋时期，史学作品就已将视角用作一种“具有表现力和暗示力的叙事谋略”（198）。他着重介绍了评点家金圣叹对于《水浒传》中视角设置和调动所产生的波谲云诡甚至石破天惊的审美效果和心理效应所做的分析。杨义吸收了西方叙事学的全知视角、限知视角、视角的流动性、聚焦与盲点等理论观点，不仅通过中国叙事文学中的实例对它们进行了验证，更在此基础上提出了“聚焦于有”和“聚焦于无”的二元划分。他认为，作为“有意义的留白”，“聚焦于无”在中国古典小说中的运用尤为显著。《三国演义》中“温酒斩华雄”一节不直叙关羽、华雄之战以及第三十七回极写孔明而篇中却无孔明就是典型的例证。

杨义的《中国叙事学》之所以在叙事诗学比较领域影响重大，借用钱中文先生的话来说是因为它“从理论上揭示了不同于西方、对于西方学者甚为陌生的中国叙事学世界，初步建立了我国自己的叙事学原理”（455）。对于该作品涉及的其他重要议题不复赘述。总而言之，杨义和浦安迪的研究的相似之处在于他们都为中国叙事学的建构提供了宏观的策略或范式。然而，虽然他们都对中国叙事思想和叙事传统进行了深入剖析并试图解开能够解释与西方差异性的一些具有根本性的“文化密码”，但他们却没有在更为具体的理论层面开展细致而且系统的比较。这当然也为我们在叙事的概念和微观层面开展进一步研究留出了空间。

上述三种研究方法，即“借异镜”、“磨己镜”和“亮交相辉映之灯”，自然而然地将我们引向一个更深刻的问题：为了让这一研究领域保持健康发展并且持续地创造成果，我们还需要解决什么样的问题？换言之，在比较研究的价值取向上我们应该何去何从？

三、视域融合，抑或不同而和？

展望中西叙事诗学比较研究的未来，我们不可避免地要思考用以指导研究的价值问题。在此方面，布洛克（Haskell Block）为比较文学研究提出的“实际联系”（rapports de fait）和“价值联系”（rapports de valeur）（Block,1970: 47）仍然具有参考意义。

毋庸讳言，任何比较研究都处理、传播和复制着价值，而这些价值可能会相互不一致甚至冲突。纵观比较研究的历史、现实和理论趋势，我认为有必要重新讨论与此议题相关的两个观点：一个是由德国哲学家伽达默尔（Hans-Georg Gadamer）最早提出的“视域融合”（fusion of horizons），另一个是由古罗马批评家贺拉斯提倡的“不同而和”[1]（concordia discors）的理念。

自伽达默尔以始，将“视域融合”作为指导原则的比较研究者不计其数。以比较文学为例，张隆溪（1989：Abstract）提倡通过“借鉴哲学阐释学、当代文学理论和传统中国诗学”，“在文学研究中追求视域融合”[2]。其他比较研究者也不同形式地表达了对理论普适性的支持。比如文学理论家刘若愚（1975：2）在《中国文学理论》一书开篇即提出“首要和终极的目标是为最终建立一种普适的文学理论作出贡献”[3]。然而，刘若愚似乎也不愿太过断言，因为他不仅用了“终极”和“最终”这样的限定词柔化语气，而且还附上了一句很有折中意味的总结：“文学理论的比较研究或许可以引导我们更好地理解文学的全部。”[4]（2）

事实上，不同理论之间的对话或互为映照虽然是可能的，但对于很多的跨文化活动而言“视域融合”或许仍是一个过于崇高而难以达成的理想。对于比较文学和比较诗学更是如此，因为它们都尤其受不同文化传统的影响。不加鉴别地使用这个观点也可能造成对伽达默尔原意的扭曲。它所描述的是过去和现在在为理解的过程产生一种更大的意义的语境时的相互关系。所以，在伽达默尔那里，这个术语更多是指一个中性的、自然而然的过程。正如他（2004[1975]: 305）自己所做的解释：“在一个传统中，这种融合的过程是持续进行的，因为新的和旧的一直在结合成为一种具有存在价值的东西，而且一方并不明显地比另一方更为显著。”[5]“视域融合”的另一个问题——尤其在当前语境中——是它巨大的模糊性，因为它全然不考虑实现这

---

[1] 本书作者译。Concordia discors 译成英文相当于 discordant harmony。

[2] 本书作者译。张隆溪的原文分别为“drawing on philosophical hermeneutics, contemporary literary theory and traditional Chinese poetics”和“argue for the fusion of horizons in the study of literature”。

[3] 本书作者译。刘若愚的原文为“The first and ultimate one [goal] is to contribute to an eventual universal theory of literature [...]”。

[4] 本书作者译。刘若愚的原文为“a comparative study of theories of literature may lead to a better understanding of all literature”。

[5] 本书作者译。伽达默尔的原文为“In a tradition this process of fusion is continually going on, for the old and new are always combining into something of living value, without either being explicitly foregrounded from the other”。

种融合的实际方式，也不考虑这种所谓的融合将包含的各种文化和政治因素。

对这一比较研究领域和“视域融合”的反思将我引向另一种价值。“不同而和”（concordia discors）最早见于贺拉斯《书札》的第十二篇，用来描述“恩培多克勒（Empedocles）的哲学思想，即世界是由四大要素之间永恒的冲突得以解释和形成，而爱将其归序为一个不和谐的统一”[1]（Gordon, 2007）。自那以后，该术语一般被理解为一种不一致的和谐状态或者一种对立物之间令人愉悦的平衡。塞缪尔·约翰逊（Samuel Johnson,1801: 43）在一段关于婚姻的讨论中将其定义为“那种对于思想和谐不可或缺的适宜的分歧”[2]。约翰逊将这一术语的解释力由世界观延伸到思想领域。如前所述，思想领域的“视域融合”必然会涉及各种文化和政治因素。换言之，“视域融合”所蕴含的理想性很容易让人们忽略文化或意识形态冲突产生的可能性。现代叙事学的发展已经在一定程度上造成了其他叙事理论和叙事实践的边缘化甚至消亡。从这个意义上看，在叙事学面临前所未有挑战的今天，“视域融合”的价值取向未必有利于叙事学的发展。相比之下，“不同而和”的观点在承认存在不一致的前提下将重点放在了和谐。其中的“和”（concordia）继承了“视域融合”的积极因素和终极目标，却又弱化了“融合”（fusion）一词可能传递的力量感；而“不同”（discors）则以多样性取代了单一性。从文化比较的视野看，“不同而和”也很容易让人联想到中国儒学文化中的“和而不同”和“求同存异”思想。综观理论和传统的多样性以及不同理论和传统间的张力，“不同而和”这一富于矛盾意味的价值或许更有利于叙事学作为一门学科的持续巩固和多元发展。

四、未来研究展望

展望中西叙事诗学比较研究的未来，有以下几个可能的增长领域：

首先，叙事研究有必要突出一定程度的“中国特色”（Chineseness）。这里的“中国特色”仅是从思想文化的层面而言，应当排除政治的或民族主义的弦外之音。之所以需要这种“中国特色”是因为，传统上，中国的叙事文学多由中国的儒士文人

---

[1] 本书作者译。戈登的原文为“[...] to describe Empedocles’ philosophy that the world is explained and shaped by a perpetual strife between the four elements, ordered by love into a jarring unity”。[http://www.litencyc.com/php/stopics.php?rec=true&UID=1693.]

[2] 本书作者译。约翰逊的原文为“[...] that suitable disagreement which is always necessary to intellectual harmony”。

所创造，而影响他们文学创造活动的“志”、“情”、“才”很可能与其他文学传统存在不可通约（incommensurable）的差异性。仅以所谓的“情”为例，这是在中国漫长诗学传统中形成的一个独特的文学和文化审美现象。如果对诸如此类的概念缺乏足够的认知，西方读者在解读中国文学时一定会遭遇难以克服的困难，更别说欣赏《红楼梦》这样的人情小说巨著。

其次，有必要对具体的叙事概念、要素和技巧展开深入的比较研究。本书归纳的迄今为止三大研究范畴，即“借异镜”、“磨己镜”和“亮交相辉映之灯”，鲜有进行系统的微观层面的比较研究。这种情形带来的消极后果是中国大量的叙事研究或则照搬和复制西方的观点与潮流，或则将其机械地套用到中国的文学文本。

最后，对于造成中国叙事诗学与西方叙事理论之间共通性和不可通约性的文化和哲学根源需要加大研究力度。我们看到，在更广泛的比较文学和比较诗学领域已经取得了一些令人鼓舞的成果，比如张隆溪的《道与逻各斯：东西方文学阐释学》（1989）和余虹的《中国文论与西方诗学》（1999），等等。但是，这些成果在多大程度上适用于叙事学研究还有待比较叙事学研究者的检验或者挑战。

第一章　比较对象概览

近年来理论界所谓的“叙事转向”（narrative turn）以及伴随后结构主义和新历史主义潮流而来的名目繁多的研究方法让叙事理论变得几乎不可描述。詹姆斯·费伦（James Phelan）对此做过一段非常到位的评论：

> 由于叙事转向，叙事理论现在已经将有史以来各种媒介下发生的所有类型的叙事作为其研究对象：个人的、政治的、历史的、法律的以及医学的叙事，不一而足——这些叙事披着古代的、中世纪的、现代早期的、现代的和后现代的外衣，以口头的、印刷的、视觉的、数字的以及多媒体的形式呈现。[1]
>
> （Scholes, Phelan & Kellogg, 2006: 285）

鉴于此，本研究并不尝试对中西双方的叙事理论的状态做全面的描述，也无意于在此讲述“一个叙事学的兴起、式微和复兴的故事”[2]（Rimmon-Kenan,1983: 285），而是要明晰比较对象的范围，即西方经典叙事学和中国明清叙事思想，并对与本研究学术价值紧密相关的双方时间倒错问题（anachronism）以及随之而来的可比性问题（comparability）做出解释。

众所周知，米克·巴尔（Mieke Bal）将叙事学区分为“普通叙事学”（general

---

[1] 本书作者译。费伦原文为“As a result of the Narrative Turn, narrative theory now takes as its objects of study narrative of all kinds occurring in all kinds of media throughout history: personal, political, historical, legal, and medical narratives, to name just a few—in their ancient, medieval, early modern, modern, and postmodern guises, and in their oral, print, visual, digital, and multi-media formats”。

[2] 本书作者译。里蒙－凯南原文为“a story of the rise, fall, and renaissance of narratology”。

narratology）和“文学叙事学”（literary narratology）。本研究亦无意于强化这样一种区分，而是倾向认为这两种叙事学实际上可以通过同一套术语体系和方法论达到统一。因此，一方面，本研究比较的叙事范畴、概念和要素理论上不受特定媒介的限制，力求一种普遍的叙事学意义；另一方面，考虑到结构主义影响下经典叙事学以文本为中心的属性和中国古典叙事媒介的单一性，本研究排除了书面文学以外的其他媒介，仅从叙事虚构作品中选取例证。

一、西方经典叙事学

经典叙事理论自20世纪60年代起源于法国后迅速风靡全球，发展成为一门被称为“叙事学”（narratology）的独立学科。在经历了20几年的快速发展和高产出之后，叙事学从20世纪80年代开始受到来自新历史主义和后结构主义的挑战，从此开始了一个离心式的后经典转向。在结构主义方法的影响下，经典叙事学的一个定义性特征是关注叙事文本的深层结构，从中抽象出叙事的普遍概念或原理（narrative universals）以构建一个所谓的“叙事语法”（narrative grammar）[1]的体系。

虽然经典叙事学的思想渊源最早可以追溯至柏拉图的“叙述”（diegesis）和“模仿”（mimesis）的对立以及亚里士多德关于“神话”（mythos）、“情节”（plot/action）和“人物”（character）的探讨，但最直接的现代先导当属以普罗普（Vladimir Propp）和什克洛夫斯基（Viktor Shklovsky）等人为代表的俄国形式主义（Russian formalism）。普罗普对经典叙事学的影响主要是方法论上的。他为叙事研究贡献了“功能”（function）的概念，并从俄国民间故事中归纳出31种核心的事件功能和7种人物功能。普罗普的学说与法国结构主义人类学家列维-斯特劳斯（Claude Lévi-Strauss）和符号学家格雷马斯（A. J. Greimas）遥相呼应，前者提出将“神话素”（mytheme）作为神话的最小单位并归纳出神话深层结构的“同构性”（homology）规则，后者则将普罗普的7种人物功能进一步抽象成三对“行动元”（actant）[2]。理论上，以上三种模式都可以通过一种“横组合”（syntagmatization）的过程生成

[1] 1971年，格雷马斯（A. J. Greimas）在其论文“Narrative Grammar: Units and Levels”中最早使用这一概念。

[2] 这三对行动元分别为：主体（subject）、客体（object）；发送者（sender）、接受者（receiver）；帮助者（helper）、阻挠者（opponent）。

叙事的表层结构。除普罗普、列维 - 斯特劳斯和格雷马斯以外，托多罗夫（Tzvetan Todorov）、布雷蒙（Claude Brémond）和巴尔特（Roland Barthes）等也为结构主义的叙事研究方法做出过很大贡献，此处不赘述。

经典叙事学的一个核心人物当推法国叙事学家热奈特（Gerard Genette）。通过对普鲁斯特的小说《追忆逝水年华》的结构分析，热奈特成功地实现了欧洲结构主义文论与英美小说理论的融合。他将叙事现实区分为三个方面，即故事（story）、叙事（narrative）和叙述行为（narrating），认为叙事分析的对象就是这三者间的相互关系。他还将托多罗夫的时（tense）、体（aspect）、态（mood）的区分修改为时、态、式（voice）三个方面并以此建构他的理论框架。具体地说，他将“时”用来涵盖叙事与故事之间的时间关系，并将其进一步细分为三个复杂的要素：时序（order）、时距（duration）和频率（frequency）；将“态”用来指代叙事表征（narrative representation）的情态（形式与程度），即模仿（mimesis）的程度以及主要通过言语表现方式（speech representation）和聚焦（focalizaiton）体现的叙述者的距离和视角；将“式”用来指代叙述行为（narrating）本身在叙事中的隐含方式，即叙事层次和叙事交流的问题。热奈特对叙事学的卓越贡献首要在于他所搭建的系统性理论框架。正因如此，卡勒（Jonathan Culler）将热奈特的开创性作品《叙事话语》（*Narrative Discourse: An Essay in Method*）誉为“结构主义的核心成就之一”和“叙事研究最重要的作品”[1]（Genette,1980: 8）。得益于热奈特打下的坚实基础，经典叙事学迅速传播到欧洲的其他国家和美国，包括巴尔（Mieke Bal）、赫尔曼（David Herman）、里蒙 - 凯南（Shlomith Rimmon-kenan）、查特曼（Seymour Chatman）、普林斯（Gerald Prince）等在内的新一代叙事学家应运而生。这些学者中，对于本研究最具有参考价值的是里蒙 - 凯南和查特曼，前者为热奈特的开创性著作提供了一个更易理解的标准教科书版，后者进一步丰富了叙事学的理论内涵并将其解释力延伸到电影媒介的叙事。

除了以上叙事学家以及叙事学的古代渊源和形式主义先驱外，本研究还有一个重要的参考来源，那就是小说理论。或者，从叙事学的视角，我们也可以将其视为修辞叙事学的一部分。在此方面，本研究将主要参考布思（Wayne Booth）、福斯特

[1] 本书作者译。卡勒的原文为“one of the central achievements of what was called ‘structuralism’”和“the centrepiece of the study of narrative”。

（E. M. Forster）、詹姆斯（Henry James）、拉伯克（Percy Lubbock）和弗莱（Northrop Frye）的叙事思想。在少数必要情况下，我们也会借鉴文学文体学的相关成果，比如利奇（Geoffrey Leech）和肖特（Mick Short）的小说文体论。

20 世纪 80 年代以来，在接受理论、后结构主义等的冲击下，经典叙事学逐渐被一些人认为“陷入了困境”或“变得过时”。所谓的叙事学俨然成为一个“小径分叉的花园”（garden of forking paths），园内小径上的行人和交通渐成主角，而花园本身的格局和构造却少有人问津。客观地说，虽然经典叙事学毫无疑问有它的局限性，比如它缺乏一种社会历史的视角，但它形式分析的方法对于叙事研究仍然是重要而且必要的。申丹就曾公开驳斥经典叙事学已经过时的论调，她指出后经典叙事学不是否定了经典叙事学，而是部分地继承和发展了经典叙事学。吕克·赫尔曼（Luc Herman）也表达了几乎相同的观点：

> 后经典的方法虽然部分地抗拒结构主义，但同时却不曾与之完全决裂。我们将会看到，一些概念得到了保留，而另一些要么被抛弃，要么改头换面。所以，我们对于后经典理论的讨论不应造成一种经典叙事学即将被淘汰的印象。它继续存在着，有时以改编版的形式。[1]
>
> （Herman, 2005: 103）

选择西方经典叙事学作为比较的一方，主要是考虑其经典性（或者说完成性）、基础性和系统性。在思想渊源上，它与英美新批评、法国结构主义、俄国形式主义一脉相承，同时又旁及语言学、修辞学、文体学和小说理论，堪称西方文论发展史上的一座高峰。从另一个角度看，经典叙事学的发展期正值西方文本研究和叙事研究的鼎盛时期，各种文学和哲学思想竞相登场、蔚为大观。因此，即便经典叙事学在方法和视角上可能存在现在看来的缺陷，但其中蕴含的文学思想和文化密码却值得进行深入的探究和比较。

---

[1] 吕克·赫尔曼的原文为“The post-classical approaches partly resist structuralism but at the same time rarely if ever make a complete break from it. As we will see, some concepts are adopted, while others are rejected or adapted. Our discussion of post-classical theories is thus not meant to create the impression that classical narratology is on the way out. It continues to exist, sometimes in adapted version”。

二、中国明清叙事思想

本书的标题或许会让人产生两个时间上的疑惑：为什么跳过中国的现当代？为什么是中国的明清时期？首先，之所以避开现当代而集中于古典时期是因为那时的文学和理论都不曾受到西方的影响，无论在形式上还是在意识形态上都是独立的、原生的。其次，明清时期是中国叙事文学的黄金时期和叙事批评的集大成阶段，因此是最可以拿来与西方经典叙事学展开比较研究的。这一时期最具代表性的叙事体裁被称为章回小说，它在体裁上最直接的先导是唐代的传奇和宋元时期的话本，而诗和史则是中国古典小说永恒不变的影响因素。

所谓章回小说又可以进一步划分为文言小说和白话小说。从巴赫金的理论视角来看，后者显然具有更大的理论价值，因为它既是对“经典体裁和风格的戏仿”[1]（Bakhtin,1981: 6），又代表着“与当代现实的生动接触”[2]（7）。中国的白话文学从唐代开始发源，在明清时期达到了封建时代的最高峰，后来在西学东渐的持续作用下于20世纪初的新文化运动进入高潮期，最终为中国文学带来一定意义上的现代性。明清时期大量涌现的长篇白话小说大致可以区分为五种类型[3]：历史小说、侠义小说、神魔小说、世情小说和讽喻小说。这些小说中最广为人知同时与本研究最相关的是被称作“明代四大奇书”的《水浒传》、《三国演义》、《西游记》和《金瓶梅》以及清代的《红楼梦》和《儒林外史》。

这些小说不仅本身具有很高的文学价值，它们还是以评点的形式呈现的中国原生叙事思想的主要载体。这些评点主要包括行批、旁批、眉批、篇首总评、回首总评或回末总评以及“读法”。作为一种文学批评行为，评点在16—18世纪处于全盛时期，主要的评点家包括李贽（卓吾）、金圣叹、毛宗岗、张竹坡以及使用化名的脂砚斋和闲斋老人等。国内外的文学研究学者对这些评点潜在的理论价值都给予了很高的评价。例如，陆大伟（1990：4）认为：“不论从哪方面看，这种评点传统在

---

[1] 本书作者译。巴赫金的原文为“parodic stylizations of canonized genres and styles”。

[2] 本书作者译。巴赫金的原文为“living contact with [...] contemporary reality”。

[3] 此分类排除了短篇小说和文言小说，参考的依据主要有两个：鲁迅的《中国小说史略》和朱一玄主编的《明清小说资料选编》。

中国文学中的力量和影响在全世界各种文学中无有出其右者。”[1]黄宗泰（Timothy C. Wong）则更关注评点对阅读过程的特殊作用，他（2000：403）说：“通过以如此直接的方式将读者卷入进来，评点叙事学将从口头说书艺人那里承袭的‘公共的’和‘外化的’叙述方式放在了其中心位置。”[2]杨义则从主体间叙事交流的角度发表了以下看法：

> 评点家的思维方向是三维的，既联系着作家作品，又联系着读者，同时也联系着评点家自己的心灵，在出入于你、我、他，往返于作品、传统和创新之间，使经过评点的文本变成多声部的交响乐。
>
> （杨义，2009：356）

要对评点中零星分散的叙事诗学要素进行归纳和描述并非易事。在此我想批判式地借用徐岱所做的现成描述。他艺术性地将古代中国的叙事理论提炼为三个方面，即“双子星座”、“三驾马车”和“四大范畴”（徐岱，1990：118—124）。

“双子星座”指的是作为中国叙事诗学两大思想来源的诗和史。毫无疑问，这两种高雅体裁在传统上和批评话语上对中国叙事诗学产生了深刻的影响。本书对于逼真性（verisimilitude）、意象、景 / 情、春秋笔法等的探讨便是很好的证明。然而，徐岱将中国叙事诗学相应地划分为“主史派”和“主诗派”（118）则或许是一种缺乏足够依据的还原主义（reductionist）做法。首先，不论是叙事诗学领域还是评点家自己都没有关于这两种流派的讨论。换言之，中国的文论家和评点家们并未形成或表达过这样的自觉意识，文学史上也未曾出现过这两种流派分庭抗礼的局面。另外，明清时期的批评家们似乎已经对叙事虚构产生了一种体裁自觉，这从金圣叹对于《水浒传》和《史记》“因文生事”和“以文运事”的讨论可见一斑。

“三驾马车”是指三位最杰出的批评家：金圣叹、毛宗岗和张竹坡。本研究认同这三位评点家的重要性，在中国明清叙事诗学部分也将他们的评点思想作为最主

---

[1] 本书作者译。陆大伟的原文为“the strength and influence of this [commentarial] tradition in Chinese literature is in all probability without parallel in the literatures of the world”。

[2] 本书作者译。黄宗泰的原文为“by involving the reader so directly, it [*pingdian* commentary] places at the centre of its narratology the practice of ‘communal’ and ‘externalized’ narration it inherited from oral tellers of tales”。

要的参考源。但不同点在于，本研究在必要时会追溯和考证他们的批评思想在文学史上的谱系，比如与刘勰的《文心雕龙》、道家和儒家哲学、宋明理学等的关联。除了小说评点以外，本研究也会借鉴李渔戏剧理论的一些相关成分。

徐岱归纳的“四大范畴”是指白描、闲笔、虚写和传神。事实上，虽然白描、闲笔和虚写都是中国古典小说的常用手法，但“传神”却更多属于读者评价的范畴。如果一定要将“传神”和作者联系在一起，那么它更多是一种总的创作指导思想或理念，而不像白描、闲笔和虚写是一种可以在写作的局部加以操纵运用的技巧。此外，将中国古代叙事理论的内涵归纳为这四大范畴多少也有些以偏概全之嫌。鉴于此，本研究在充分反思中国古典文论和明清小说评点思想的基础上确立了五大核心范畴，以期建立中国叙事诗学的一个最简化的阐释模型，它们分别是：作为首位和本源的“文心”、结撰奇观的“章法”、化工传神的“笔法”、塑造风格维度的“意象”和刻画情感深度的“景/情”。其中，“文心”部分包含了徐岱模式里的“虚写”和“传神”，“笔法”包含了“白描”、“闲笔”和“虚写”，而“意象”和“景/情”都部分包含了“虚写”和“传神”。

作为补充，本研究还将参考西方学者译介和阐释中国小说批评或叙事理论的成果，例如浦安迪、陆大伟、宇文所安、夏志清、刘若愚等人的著述。

三、时间倒错与可比性的问题

20 世纪后半叶的西方经典叙事学与 16—18 世纪的中国明清叙事诗学的比较显然不是一种共时（synchronic）的比较。但是，本研究的时间倒错（anachronism）是必然的，并且不应削弱研究的理论价值。我们所处的时代在技术、媒体和生活方式上的急速变化使得历时（diachronic）研究变得越来越难以操作，但本研究的两个比较对象却不受此规律的限制，因为它们在本质和价值上是具有高度一致性的，即探索一套叙事文本的阅读和分析方法。其次，作为发源于西方的文学批评潮流，结构主义的经典叙事学在很大程度上是西方的创造，因而在中国方面缺乏共时的对应。正如导论中“借异镜与磨己镜”一节所述，经过 30 几年系统性的译介和接受，中国当代的叙事理论在学理和方法上基本已于西方同步。从这个意义上讲，明清小说评点中蕴含的叙事思想可谓上承先秦、下接现代，是真正中国原生的叙事理论。

除了各自的经典性和原生性以外，双方的可比性也在于迄今为止尚无系统的微观层面比较。事实上，正因为这个任务让人望而却步，所以才更有可能引人入胜。可比性恰恰得益于二者惊人的相似性和富有启发的差异性。在相似性方面，二者都源自与文学文本的直接接触和不同程度的推理过程，因此都着眼于文本的叙事性（narrativity）和文学性（literariness）[1]。至于差异性，中国古代文学评点随文而生、与文本密不可分的特点又决定中国明清叙事思想或许更看重语境（context）以及“人”（作者、批评家、读者、人物）的因素。其中，“人”的因素将在第二章“作者（权威）”中详细探讨，而“语境”方面的特征则还可以进一步细分。一是狭义的语境，即上下文（cotext）[2]，这主要反映为逐行逐句的细评，潜在地打通了叙事、修辞和文体的问题。二是更为广泛的社会历史语境，这主要表现为批评家对先例和成法的诉诸、对自我角色的清醒意识（因而常常为意识形态的操纵留出了空间）以及对作者及人物做出的社会经济或政治评价。比如，金圣叹就特别着墨，揣摩和比较了施耐庵与司马迁不同的创作情境和创作动机。他对《水浒传》主要人物的性格特点的分析也都附着了明显的社会经济或政治色彩。诸如此类的特征应该可以作为西方经典叙事学单纯形式主义的分析手法的重要补充。

---

[1] 当代文论家对“文学性”这一概念多有争议。比如特里·伊格尔顿就认为，文学性不过是文本之外的一种意识形态构造而已。虽然如此，本书作者仍然选择认同罗曼·雅各布森（Roman Jakobson）的观点，即文学性是一种使文学作品成为文学的文本内在属性。

[2] 这种区分借鉴了功能语言学。在那里，“cotext”从“context”中细分出来，用指一个特定句群或段落内部直接紧邻的语言环境。

上　篇

重要叙事范畴及概念之比较

第二章　作者（权威）

一、方可方不可的作者

在文学研究领域，迄今为止“作者”仍是一个饱受争议的概念。本研究提出“作者（权威）”（authority）一词有以下实际考虑。在中国文学批评语言中，“作者”长期作为一个极具弹性的术语，几乎可以涵盖西方文论所做的所有语义和语用的区分，比如作为血肉之躯的作者（flesh-and-blood person）、历史意义的作者（historical author）（侧重历史背景）、传记意义的作者（biographical author）（侧重可考的作者信息）、权利意义的作者（authorship）（侧重身份真实性和内容原创性）、隐含作者（implied author）甚至叙述者（narrator）。传统中国文人读者乐此不疲地通过细致入微的阅读，解码作者的隐含信息；对一些所谓“奇书”（masterworks）或“才子书”（books of genius）的阅读更是如此——他们惊羡乃至消费从阅读中收集或者建构出来的作者性格和意图。以相似的方式，文学批评家大多也醉心于为读者揭示作者的“精神”或“灵魂”。在追求尽可能地接近作者的内在性（interiority）或精神性（spirituality）的同时，批评家们事实上也在竞逐对于他们所从事的事业至关重要的文学名声。在这样一种文学传统之下，作者本人也难以免俗。面对设想的特定读者，他必然需要对他的修辞选择和结构选择思之再三、仔细权衡。为了在写作完成后仍在文本中标注其存在，作者会巧妙地操控他最佳的傀儡——叙述者，有时甚至不惜通过侵入文本的（intrusive）方式。当然，从读者的角度看，作者在文本中存在的证据往往成为见仁见智的悬案。

中国传统叙事文学的文本因而成为读者、批评家和作者之间发生权力关系（power relations）和进行意义磋商（meaning negotiation）的一个场所，上演着永不停息的对作者权威的推求，实践着一套作者预设的、在很大程度上由批评家主导的阅读政治学。由此观之，文学文本或许并不像西方结构主义文论所宣示的那样是一块没有作者的无主之地，而作者的状态则可能更接近于庄子所说的“方生方死、方可方不可”。

二、对作者（权威）的推求

“对作者权威的推求”在这里有两重含义：一是指向文本内（intratextual）对作者意义和价值的推求；一是指向文本间（intertextual）或主体间的权力形成过程。作为一种文学现象，“对作者权威的推求”与西方的经典解释学、浪漫主义批评和所谓的“文学伟人说”（Geat Man theory of literature）颇有相似之处。它们都认同可以最终触及作者的意图或内在性（interiority）。主要的不同点在于，中国方面似乎对相互竞争的副文本[1]（paratexts）更感兴趣并将重点放在探究式阅读的乐趣之上，而西方的上述理论已经显现出一种直接从文本中寻找证据的分析倾向。然而，当经典解释学和浪漫主义受到英美新批评和结构主义挑战后，双方之间产生了更大的分歧。在新批评和结构主义的视野下，不仅“意图”和“感受”都被视为谬误，[2]甚至文学研究的整个重心都被转移到对“自主”（autonomous）文本的“客观”（impersonal）分析。这股批评思潮随着后结构主义的“作者已死”[3]的战斗号角达到了高潮。在结构主义和后结构主义者看来，文本的意义与其历史上的作者并无任何瓜葛，其在本质上是一种文本性（textuality）或者互文性（intertextuality），在新批评和结构主义者眼中文本是一个自主且稳定的分析对象，而在后结构主义者眼中则是开放、多元和动态的。

结构主义和后结构主义虽然在认识论上很有意义，但却并不妨碍我们退而反思：“作者已死”的观点在美学上、伦理上和实际操作层面将给文学的前途带来怎样的影响（如果不是危害）。韦恩·布思在其晚年也表达了“一种‘道德上的’忧虑，

---

[1]　中国古典小说的读者常常面对同一本小说的多种评点版本；在某些个案中，同一本小说中甚至还可能并列出现多个评点家的评论。

[2]　韦姆萨特（W. K. Wimsatt Jr.）和比尔兹利（M. C. Beardsley）在 1946 年和 1949 年的《塞万尼评论》（*The Sewanee Review*）上分别发表了“论意图谬误”（The Intentional Fallacy）和“论感受谬误”（The Affective Fallacy）的文章。

[3]　“作者已死”（the death of the author）最先由罗兰·巴尔特（Roland Barthes）提出，很快得到福柯（Michel Foucalt）和德里达（Jacques Derrida）等人不同形式的呼应。

即批评家忽视了作为作者和读者之间纽带的修辞伦理效果的价值”[1]（Booth, 2005: 75）。他驳斥这种“暗杀”（assassination）作者[2]的企图，力主作者的“复活”（resuscitation）。对于隐含作者在传递作品的伦理效果方面的重要性，布思有以下一番精彩论述：

> 其他一些人可能会为我对伦理效果的着迷而感到烦恼。对此，我只能略为无礼地回答：难道你们这不是呼应那些提高误读地位，暗杀作者的人吗？那些误读者仅仅关注理论和结构问题，实际上没有按照作者的意图来体验文本。由于没有通过人物与作者建立情感联系，他们就可以不考虑伦理效果。……那个被创造出来的自我创造了作品，当我们与这一自我融为一体，按其意图重新建构作品时，我们会越来越像作为创造者的隐含作者。当我们得知作品后面存在较为低劣的自我时，我们不仅会比以前更为欣赏作品，而且还能看到可以模仿的创造更好的自我的榜样。[3]（86）

然而，虽然布思提倡这一点，但我们也必须看到，“按照作者的意图来体验文本”在现实操作层面很可能众说纷纭，因为这个过程不可避免是主观的、因个体而不同的。其实，布思的观点真正的价值在于他将作者意图视为一种文学体验，强调了读者与作者之间的情感联系以及文学在塑造更好自我方面的价值。而这几点在结构主义手段和解构主义视角主导下的今天显得尤为重要。

无独有偶，布思之前的文学批评家拉伯克（Percy Lubbock）更加直言不讳地以一种浪漫主义的方式为作者提出了辩护：

---

[1] 本书作者译。布思的原文为“[a] ‘moralistic’ distress about how critics ignored the value of rhetorical ethical effects—the bonding between authors and readers”。

[2] 在布思的理论语境中，作者在很多情况下实指隐含作者。

[3] 申丹译。布思的原文为“Others may be troubled by my obsession with ethical effect. To that objection I can only reply, a bit rudely: are you sure that you are not echoing those author—assassinators who were in fact *over*standing *mis*readers? As they pursued only theoretical or structural questions, they in fact failed to *experience* the work as intended. Having experienced no emotional bonding with the author through the characters, they could thus dismiss ethical effect … As we merge ourselves with the created self who has created the work, as we recreate the work as intended, we resemble more and more the IA who achieved the creation. And when we learn of the shoddy selves behind the creation, we not only can admire the creations even more than previously; we observe models of how we ourselves might do a bit of creating of better selves”。

> 事实上，对于那种对作者天分和想象力的批评，我们印象中尚存的资料真是不在少数。一说起塞缪尔·理查森、托尔斯泰和福楼拜，我们马上就会想到，他们对生活的体会、对人物的把握和对人类情感和行为的理解已经达到了相当的功力和深度；我们可以进入他们的心灵并捕捉支配着那里的思想。[1]
>
> （Lubbock, 1921: 4-5）

中国古典文论对于作者（权威）的基本理论前提源自儒家和道家哲学对于“心”（在文学的语境下，“文心”）的形而上理解，即“心”是在不同认知主体之间传递微妙信息的关键。（参看第六章“作为首位和本源的文心”）。正因为这样，作者之心才有可能被读者知悉。从文学实践层面看，长期作为主导体裁的诗和史都十分推崇作者的重要性。中国古代史学在很大程度上受孔子和司马迁的影响。孔子开“春秋笔法”的先河，而司马迁则提出“究天人之际，通古今之变，成一家之言”的撰史观，中国最早的历史文献《尚书》明确指出“诗言志”。诗与史在体裁上的长期主导地位极大地加大了作者在文学欣赏和阐释中的权重。在其作用之下，文学创造成为一项肃然而崇高的事业，作者的地位并不输于作品，甚至可以说占据了一个更中心的位置。

古代中国文学中作者地位的强化还受到福柯所谓的“价值升华”（valorisation）和“占用”（appropriation）两种作用的影响。首先，从价值升华的角度来看。人们在选取什么样的阅读作品时首先考虑的一个因素就是作者；他们也会根据作品的文学性、叙事性和思想性对作者做出相应判断。在向来竞争激烈的中国文坛，如果一个作者不能让他的读者在单纯的语言或故事之外领略某种精神性，或者不能让他们体验一种推求作者内在性或意图的“智力游戏”，那么他的文学名声很可能因此大打折扣，他的作品也可能被贴上浅陋的标签，从此无缘大雅之堂。另一方面，在设

[1] 本书作者译。拉伯克原文为“And true it is that for criticism of the author's genius, of the power and quality of his imagination, the impressions we are able to save from oblivion are material in plenty. Of Richardson and Tolstoy and Flaubert we can say at once that their command of life, their grasp of character, their knowledge of human affections and manners, had a certain range and strength and depth; we can penetrate their minds and detect the ideas that ruled there”。

计这场阅读游戏时，作者也必须确保不偏离儒学正统或者违犯皇权的各种保守的规矩和禁忌。否则，轻则一夜之间美名变污名，重则身家性命危在旦夕。清初一个广为人知的文字狱事件便足资证明。一个名叫徐骏的庶吉士只因作品中被发现“清风不识字，何必乱翻书”和“明月有情还顾我，清风无意不留人”几句诗，竟然很快招致斩首和所有书稿被焚毁。清风、明月原是文人雅士吟诗作赋时常用的起兴（一如苏子“惟江上之清风，与山间之明月”句），但在明清王朝更迭、满汉种族隔阂的政治背景下，其解读方式则变得大相径庭且极其敏感。徐骏的案例可谓“价值升华”的一个极端反面的例证。总而言之，这些都说明在中国文学传统中作者地位之重要和特殊。从春秋穆叔的“立德、立功、立言”的“三不朽”论，到三国曹丕的“经国之大业、不朽之盛事”，再到唐杜甫的“文章千古事，得失寸心知”，无一不折射着极具中国特色的人文主义色彩，昭示着作者对于文本和文学不可或缺的重要意义。

从占用的角度看，当作者费尽苦心希望创造出彪炳后世的小说作品时，批评家也在不遗余力地代替普通读者解读作者的意义。通过将自己置于作者的“官方喉舌”的角色，批评家事实上挪用了作者的部分权力。这种占用最直观地反映在中国古典小说的文本形式上——评点作为一套共生的文本体系与小说一同发表、传播。读者对作者意义和意图的认识在不同程度上受到评点家的左右。在阅读过程中，他们要么对评点的精妙之处感到心有戚戚，要么对领会到作者的良苦用心感到与有荣焉。而当阅读过程完成后，一些读者可能会将故事情节和评点家的视角和观点化为己有，摇身一变成为说故事的那个人。由此观之，作者的权威地位并不因为他的“缺席”（absence）而有丝毫减损。相反，正因为他的缺席，批评家和读者才有更多机会和更大兴趣进行推论和阐释。在中国文学传统中，对作者意义的推求可以说是文学生活的一种常态。

三、隐含作者及其理论困境

以上文字狱的例子表明，虽然中国古代的批评术语并未单独确立隐含作者的概念，但其在文学阐释和审查实践中的运用是显而易见的。它也表明，隐含作者和作为血肉之躯的作者之间是否存在一致性的程度很大程度上是由占有更大知识 / 权力的读者来判定的。如前所述，中国古典文论对作者和读者的讨论不在少数，但却并没有像西方叙事学一样进一步区分出隐含作者和隐含读者。然而这并不表示中国古代的批评家们没有意识到隐含作者和隐含读者的问题。金圣叹在《水浒传》开篇所做的评点就是很好的例子：

> 吾特悲读者之精神之不生，将作者之意思尽没，不知心苦，实负良工，故不辞不敏，而有此批也。
>
> （施耐庵、金圣叹，2005[1608—1661]：2）

以上“作者”和“读者”显然是指真实作者和读者，但“作者之意思”在实际功能上则相当于西方叙事学的隐含作者。与“作者之意思”相对应的“读者之精神”可以根据语境确定为作者对理想读者的预期，即隐含读者。在金圣叹看来，读者之所以不能欣赏（“不辞不敏”）小说的结构和技巧（“良工”），是因为他们不能体会到作者的良苦用心（“不知心苦”）。这就突显了作者和文心（参见第六章）对于小说理解的重要作用。换个角度来看，对“作者”这个简单化了的术语的灵活运用也使金圣叹等批评家可以向读者施加一种“阅读政治学”：具备一定批判意识的读者或许会意识到，评点家每每提到作者，他们的阅读节奏、注意的焦点和想象就会受到影响。例如，在《水浒传》金批本中，读者经常可以读到诸如“皆作者呕心失血而得，不得草草读过”（608）、“读者毋为作者所瞒也”（624）一类的提醒。这种借作者之名发布的阅读指引一方面有助于指导读者进行更深入、更有效的文本细读，另一方面也可能引发某些伦理上的疑虑。以“读者毋为作者所瞒也”为例，这到底是在提醒读者注意“叙述者的不可靠性”（narratorial unreliability），还是在向读者强加批评家自己对于作者的解释，有时却并非一个单纯的问题。

金圣叹关于作者的某些探讨甚至可以让我们联想到当今后结构主义文论的某些关切。例如，在以下这则评论中，虽然金圣叹本人未必意识到，但他对真实作者创作动机的生动分析将作者理论推到了一个新的高度，即不仅隐含作者是读者从文本中建构出来的，甚至人们所理解的真实作者（作为血肉之躯的、历史意义上的、传记意义上的）都不过是文学想象的一个副产品而已。

> 大凡读书，先要晓得作书之人是何心胸。如《史记》，须是太史公一肚皮宿怨发挥出来，所以他于《游侠》、《货殖传》特地着精神，乃至其余诸记传中，凡遇挥金杀人之事，他便啧啧赏叹不置。
>
> ……

《水浒传》却不然，施耐庵本无一肚皮宿怨要发挥出来，只是饱暖无事，又值闲心，不免伸纸弄笔寻个题目，写出自家许多锦心绣口，故其是非皆不谬于圣人。（1）

金圣叹认为，“晓得作书之人是何心胸”是读书的第一步，只有深入作者的内心（以今天的理论看颇有争议）才能增强文学欣赏的效果。他入情入理地想象司马迁的悲剧命运如何影响了《史记》的风格以及施耐庵所处的社会经济情形如何决定他书写《水浒传》的方式。金圣叹的这种想象色彩对于文学这样特殊的活动不无益处，它可以帮助那些追求阅读乐趣的读者建构心中的作者形象，更好地把握小说的主旨和精神内涵。金圣叹的这则评点还表明，虽然隐含作者乃至真实作者都离不开读者的建构，但这种建构并非完全随意，而是有一定物质基础的并且需要读者付出基于理性、文学直觉和美学需求的同理心。以司马迁为例，他的个人悲剧不仅可以通过历史和传记研究得到证实，其在文本中的反映也可以通过他对特定人物或事件意味深长的（乃至奇特的）处理和他嵌入的某些暗讽意味的评论得以察觉和论证。

然而，我们也必须注意到，中国古代批评家对待作者的态度有时是自相矛盾的，这恰恰从另一个角度证实他们在推求作者权威的过程中如何占用了作者的权力。从以下摘录几点《西厢记》评点我们可以看出，金圣叹在这里一反对作者首要地位的坚持，而代之以对读者阅读特权的推崇：

七一、圣叹批《西厢记》是圣叹文字，不是《西厢记》文字。

七二、天下万世锦绣才子读圣叹所批《西厢记》，是天下万世才子文字，不是圣叹文字。

七三、《西厢记》不是姓王字实父此一人所造，但自平心敛气读之，便是我适来自造。亲见其一字一句，都是我心里恰正欲如此写，《西厢记》便如此写。

七四、想来姓王字实父此一人亦安能造《西厢记》？他亦只是平心敛气向天下人心里偷取出来。

七五、总之世间妙文，原是天下万世人人心里公共之宝，绝不是此一人自己文集。

（金圣叹，1985[1608-1661]：19）

以今天的理论视角看，金圣叹这种“剥洋葱”式的层层解构非常之超前。尤其是第七三、七四、七五三点。他认为他所读到的《西厢记》已不再是王实甫“一人所造”，而是他自己根据需要“自造”的；而王实甫的《西厢记》之所以能成为天下人所爱，是因为王实甫首先“偷取”了天下人心中的“公共之宝”。他并由此推广，认为天下所有妙文概莫能外。从后结构主义的视角来看，金圣叹的上述评论不仅解构了文本的原创性观点，而且审视了文本性和主体性之间的双向建构关系。

与中国古典文论对待作者和隐含作者的笼统模糊相比，西方文论则区分了一整套源自作者或与作者密切相关的术语。查特曼提出的叙事交流模式（见图2-1）很好地涵盖这些术语：

叙　事　文　本

真实作者 - - → 隐含作者 ⟶ 叙述者 ⟶ 受述者 ⟶ 隐含读者 - - → 真实读者

图2-1　叙事交流模式

查特曼的叙事交流模式看上去颇具科学感，但在对待作者的问题上却难以让人信服。一方面，他将真实作者置于交流过程之外，另一方面却又心照不宣地将隐含作者推到前台。那么，人们该怎样理解隐含作者中的隐含二字呢？这种隐含的行为源自哪里，是由谁来操作完成的呢？难道不正是真实作者本人吗？

这个模式是结构主义典型的思想产物。自从巴尔特在马拉美（Stéphane Mallarmé）的“以语言本身代替人”的思想的基础上提出“作者已死”后，文学批评越来越将重心放在文本的结构分析和读者反应上。作为对这一思潮的响应，经典叙事学更加排斥“对写作者内在性的诉诸”[1]（Barthes,1977: 144），同时与读者反应理论那种“失序的相对主义”（anarchic relativism）保持一定的距离。尽管这样，经典叙事学还是保留了“隐含作者”这扇偏门，用来维系文本同其创造者之间的“秘密交流”（secret communion）。自从布思提出隐含作者作为真实作者的“正式的书记员”（official scribe）和“第二自我”（second self）后，这个概念一直是叙事学界争论的一个焦点。大体可以区分对立的两派。修辞叙事学者认为隐含作者是一个必不可少的叙事范畴，因为它既有其文本功能，又可以作为一个术语与作者的价值相联结。而结构主义和认知叙事学者则主张取消这个难以捉摸的晦涩的概念；在他

[1] 巴尔特的原文为“recourse to the writer’s interiority”。

们看来，这个概念的谬误如此之甚，以至于“the implied author”三个词无一不是有问题的：

> 一、*author*（作者）不是一个令人满意的词，因为它总不免让人想到那个死去的或者被认为死去的人；
>
> 二、*implied*（隐含的）也不是一个适当的词，因为它总是暗指一个先于文本或处于文本之外的某个主体，所以最好被替换成“推断的”[1]（inferred）从而将重点过渡到读者一方；
>
> 三、*the*（定冠词）：“定冠词和名词的单数形式暗示只有一种正确的阐释”[2]（Nünning, 2005: 92），这相当于为读者的解读套上了一个紧箍咒。

但是，即使隐含作者被驱逐出文本，问题依然没有得到解决。不仅读者难以确定一部作品整体的秩序性和规范性，而且，正如布思所警告的那样，“学习者的误读”（students'misunderstandings）和对作品“修辞伦理效果”的忽视（rhetorical ethical effects）可能变得愈加甚嚣尘上。这对叙事理论造成了更加具体的影响。首先，如果隐含作者不再作为叙事概念，那么对“叙述者（不）可靠性”（narratorial [un] reliability）这一重要问题的讨论将陷入窘境，因为判断叙述者（不）可靠性的标尺就是隐含作者设立于文中的规范（norm）。二是当人们阅读或分析文本需要谈到作者或者作者的受众（authorial audience）的时候，将会在概念上缺少过渡的一环。三是人们在阅读文本时如果只能从直接的上下文获取意义，而不能领会超越直接上下文的某种微妙的输入（impartation），或者不能领会统率全篇的主旨和精神，那么他们也将很难领会文本结构、人物塑造或言语表现方式中蕴藏的深意。

鉴于此，许多叙事学家提出更务实地看待隐含作者概念。例如，申丹（2011: 96）建议，“我们现在不妨将关注点从对概念本身的争论转移到一些相关的其他问题，比如如何从叙事文本中更确切地推断出隐含作者”[3]。纽宁（Nünning, 2005: 104）

---

[1] 查特曼建议将“隐含的”（implied）替换为“推断的”（inferred）。Chatman, Seymour. *Coming to Terms: The Rhetoric and Narrative in Fiction and Film*. Ithaca, N.Y. and London: Cornell University, 1990, p. 77.

[2] 纽宁（Ansgar Nünning）的原文为“the definite article and the singular suggest that there is only one correct interpretation”。

[3] 申丹原文为“we may now shift our attention from debating on the concept itself to some other related concerns including the issue of how to infer the implied author more accurately from a narrative text”。

在深入探讨不可靠叙述与隐含作者的关系后指出，唯一的出路就是“整合认知与修辞叙事学两种方法下的概念和观点”。

事实上，隐含作者之所以引发如此多的讨论和争议，归根结底就是因为它被一些人视为作者在文本中的“借尸还魂”，以及它介乎主观（依赖读者的主观解读和判断）与客观（在文本中客观存在）之间的模糊性。因此，对隐含作者的批判很大程度上是“作者之死”问题的延续。换言之，要使隐含作者摆脱理论困境也必须回到对文学活动中作者问题的反思上来。借用宁一中20年前的一段经典论述：

> 在“作者之死”的口号声里同时就响着“作者的复活”的声音。越是宣布“作者之死”，作者的概念越是显得生机勃勃。君不见，罗兰·巴尔特宣布了“作者之死”，而作为这一宣言的写作者的罗兰·巴尔特不正被引为权威而声名沸扬吗？巴尔特没有“死”去。作者也没有“死”去。
>
> （宁一中，1996: 31）

四、作者（权威）的文本分析

通过文本分析，我们可以发现围绕隐含作者争论的两派——“修辞的”角度和“认知的”角度——其实不过是同一问题的两个方面。隐含作者必然是以文本迹象为依据的创造性阅读的一种构造，而且离不开历史和传记意义上的对真实作者的诉诸。从另一个角度也可以说，创造性的读者的每一次阅读都是一个与隐含作者或者说作者（权威）进行磋商的过程。通过这个过程，读者也为自己确立了某种意义上对于文本的权威，并在必要时占用了一部分原本属于作者的权力。

为更直观地说明上述观点，以下选取塞缪尔·约翰逊《致切斯特菲尔德伯爵书》和曹雪芹《红楼梦》中的两处例了。

> 忆当年，在下小蒙鼓励，竟斗胆初谒公门。大人之言谈丰采，语惊四座，令人绝倒，使在下不禁谬生宏愿：他日或能自诩当世：“吾乃天下征服者

之征服者也。”举世学人欲夺之殊荣，或竟鹿死我手！……[1]

（约翰逊 [1755]/ 辜，2003：454—455）

约翰逊的这封信是作者意图与立场相对表露的一个范例。对语言的创造性运用——如夸张、对照等修辞手法——产生了一种反讽的效果，进而可能使读者对作者（或隐含作者）的境遇及情绪产生同情并激发读者对可能的“作者形象”的想象。但是，如果读者试着拉开自己与文本的距离，尝试着对文本做一次尽可能公正的阅读，他可能会发现局部的修辞对阐释虽有影响，但未必是决定性的。例如，虽然很多人会认为“举世学人欲夺”（the world contending）切斯特菲尔德的一眼垂青（regard）听起来难以置信，但也会有人认为一点点夸张修辞并不足以损害语言的真值（truth value），即切斯特菲尔德伯爵魅力独具、追随者不计其数。因此，反讽的修辞效果并不一定能够成立。在这种情况下，读者就需要诉诸一个更大的语境寻找其中的文本迹象。例如，读者可能会联系到作者随后关于“赞助人”（patron）的讨论、“维吉尔笔下牧童”（shepherd in Virgil）的典故、排比等强调功能的修辞以及对他的亡妻的提及。除此之外，要是读者能对约翰逊的生活处境、健康状况、与切斯特菲尔德的恩怨、成名的挣扎以及凭一己之力编纂《英语大辞典》的辛酸历程做一个传记式的研究，那么就可以将隐含作者建构在一个更坚实的基础之上。

《红楼梦》中的作者意图则以多种形式散布在不同的结构层面，包括修辞手法、副文本、越界（metalepsis）和套层结构（mise en abyme）。首先，书名中着一“梦”字就是总揽全局的暗示。然后，在第一回顽石入世前的引子中，作者 将故事发生的情境设置在大荒山（“大荒”在词义上容易让人想到“荒唐”或者“荒废”）无稽崖（“无稽”的意义不言自明，更与“大荒”互文互证）。这一对双关已经为我们暗示了故事的虚构性甚至人生的虚无性。在为主要情节准备好了引子之后，身为作者的曹雪芹又假借《石头记》批阅人的身份越界进入文本，向他设想的读者袒露心迹：

---

[1] 辜正坤译。约翰逊原文“When, upon some slight encouragement, I first visited your lordship, I was overpowered, like the rest of mankind, by the enchantment of your address, and could not forbear to wish that I might boast myself *Le vainqueur du vainqueur de la terre*;—that I might obtain that regard for which I saw the world contending”。

满纸荒唐言，
一把辛酸泪。
都云作者痴，
谁解其中味。

（曹雪芹、高鹗，2002[1791]：5）

这首诗以及这种越界的目的显然是告诉读者不要只停留在故事和言语的表面意义（“荒唐言”、“痴”），而要一直思索作者隐含的意图（“辛酸泪”、“其中味”）。如果我们将第一回作为一个整体看，我们还可以发现这种叙事越界的作用不只是为了让叙事进程稍作停顿以便作者能对读者施加强大的影响，在形式上它也构成了“虚构中的虚构世界”（fictional world in the fiction）和“虚构中的真实世界”（real world in the fiction）之间的分界线。自此，故事开始由世外转入红尘——以甄士隐和贾雨村两个文人之间的纠葛为缘起将情节不断引向深入。然而，有趣的文字游戏又发生在这两人的名字上。乍看都是正式且高雅的汉语人名，但它们语音上的效果却足以激发读者丰富的想象：甄士隐与“真事隐”谐音，而贾雨村则可能暗指“假语存”或“假语村言”。尤其当这两个人物结对出现时，名字的互文互见更能加深读者的这一判断。即便如此，多疑的读者仍然会问：“我如何能仅凭两个谐音就断言有作者的隐含意义？”通读整部小说，你就会发现在这方面作者可能比很多读者都高明：甄士隐和贾雨村都是整部小说中仅在第一回和第一百二十回被推到前台的次要人物，而且都是作为虚构中的虚构世界和虚构中的真实世界之间的联系，这无疑突显了他们在叙事结构上的象征意义。在最初叙述甄士隐的故事时，作者采用嵌套结构描述了甄士隐夏日睡梦中看到的世界。在那里，他见证了一僧一道关于通灵宝玉的对话。这一方面与开篇顽石入世前的引子相互呼应和印证，另一方面将好奇的甄士隐一路引至太虚幻境。这才有了大石牌坊上的一副对联：

假作真时真亦假，
无为有时有还无。（7）

无独有偶，相同的嵌套结构也用在第四回贾宝玉的白日梦中。贾宝玉在警幻仙姑的引导下也进入到太虚幻境，在听完红楼梦仙曲并会见金陵十二钗之后，青春期的贾宝玉与身兼幻境十二钗之一和贾府名媛的秦可卿有了他人生的第一次性爱体验。但在所有这些发生之前，贾宝玉也同甄士隐一样看到了这副对联。对比来看，对联和太虚幻境的第一次出现可能更多是为暗示整个故事的虚构本质，而第二次出现则可能还预示着贾宝玉日后与林黛玉、薛宝钗等女子爱情的虚幻结局，因为所谓的人生（“真”、“有”）说到底不过是一场虚幻的梦（“假”、“无”）。这副对联除了暗指人生的徒劳和无意义（meaninglessness）之外，也可以看作作者对小说的自我批评和他想传递给读者的哲学立场的一种宣示。随着情节向前推进，对作者意图的这一判断将不断得到证实。贾府女子的悲剧结局将一次又一次地激发读者的悲悯，正如英国诗人罗伯特·赫里克诗中所感叹的那样：“此花今日尚含笑，奈何明日竟残凋。”[1][Ferguson et al.(eds.), 2005: 357]

似乎担心读者缺少足够的敏感性以至于领会不到作者的良苦用心，评点家脂砚斋做出以下批注：

> 此回中凡用梦用幻等字，是提醒阅者眼目，亦是此书立意本旨。
>
> （朱一玄编，1985：99）

在文学欣赏和阐释中，总有些痕迹或精妙的设计将读者的想象力引向文字背后的那颗创造的心灵。将这种痕迹或设计完全抹杀对于文学而言未见得是件好事，甚至也是不现实和难以操作的。我们只需要想想《洛丽塔》（*Lolita*）或《爱达或爱欲》（*Ada or Ardor*）这类作品就不难明白；人们对这些作品持久的批评兴趣正源自对其作者纳博科夫（Vladimir Nabokov）真实意图和价值观的推求。推而广之，“对作者（权威）的推求”这一原则也适用于其他艺术门类，如音乐和绘画。古典音乐爱好者痴迷大提琴曲《杰奎琳的眼泪》，除了其高超的音乐性外，很大程度上也取决于他们对作曲者奥芬巴赫（Jacques Offenbach）和演奏者杜普蕾（Jacqueline du Pré）的兴趣；同样的道理，油画爱好者过去100年以来对莫奈（Claude Monet）作品的热爱除了因为其对光与色的高超运用外，也离不开对其艺术思想和表达的追寻。在作者早已被宣告死亡并且隐含作者也岌岌可危的今天，叙事学研究应该将更多注意力投向中国的叙事实践和叙事诗学。在那里，文本的书写被认为是一种权力的行使，而

[1] 赫里克的原文为“And this same flower that smiles today, tomorrow will be dying”。

文本本身则成为多方角逐和磋商各自权威的一个场地。有趣的是，在这个“磋商室”里，无论作者是死是活、在与不在，一个荣誉之席总是为他预留着，而他的精神被认为弥漫于整个房间。

综上所论，本书作者提出，巴尔特的经典口号“读者之生必须以作者之死为代价”[1]（Barthes,1977: 148），不妨再附上新的一句，即“作者之死必然导致对作者（权威）的推求”。

[1] 巴尔特的原文为“the birth of the reader must be at the cost of the death of the Author”。

第三章 结 构

汉语“结构”（繁体：結構）一词的词源和形态或许可以透露这个概念的某些重要方面。在构成词汇的两个汉字里，“結”字的部首“糹”意为“细丝”，而“構”字的部首“木”即为木字本义，声旁“冓”则生动地传递了建筑物的抽象轮廓。根据“结构”一词的形态，我们不妨大胆假定：中国传统意义的结构观或许从一开始就更重视空间的一面。汉语在其表层形式上缺乏显著的时态标记[1]（tense markers），这或许也能进一步支持该假定。当然，这并不等于说时间对于中国小说结构的形成不重要。任何空间状态的改变必然包含相应的时间变化，这是一个普世无疑的定律。相比之下，日耳曼语系一般各有其复杂精细的时态体系。在这样一种语言传统下，西方的叙事结构似乎更彰显了时间的一面以及与之相关的叙事进程（progression）和因果性（causality）。早在亚里士多德对情节结构的探讨之中，这种倾向便已初露端倪：

> 这些行为（actions）每一件都应该在情节本身的结构之中发生，只有这样才能成为先前行为（the antecedents）的后果，无论是必要的还是可能的后果。事件的发生是“由于这”（propter hoc）还是“在这以后”（*post hoc*）有巨大的差异。
>
> [Ross (ed.), 1924: 1452]

虽然亚里士多德重点是在探讨与情节结构相关的两种行为——即“由于这”的

---

[1] 杨义认为，汉语中的“永恒的现在时”有其文学功用。例如，阅读《红楼梦》的时候，中国读者不需要总是被人提醒贾宝玉和林黛玉是古人而非今人，这样他们就能更深入地沉浸在故事情境之中。（杨义，2009：5）

行为和“在这以后”的行为——之间的区别，但是，毫无疑问，在亚里士多德那里，时间（而不是空间）才是情节结构的本质属性之一。而且，亚里士多德认为，通过因果关系组织起来的连续行为（*propter hoc*）比自然的时间进程（*post hoc*）更重要。亚里士多德的思想对西方的叙事结构理论影响深远。例如，结构主义叙事学的关键人物热奈特就是从托多罗夫的时（tense，表述故事时间与话语时间之间的关系）、体（aspect，叙事者感知故事的方式）、态（mood，叙述者使用的话语类型）三分法入手，并且“原封不动地”[1]（Genette,1980: 29）沿用了托多罗夫的第一个范畴，即时态。他的开山之作《叙事话语》前三章都围绕叙事的时间性展开，即时序、时距和频率。经典叙事学基本沿袭了热奈特的研究范式，对于故事时间和叙事时间不一致的探讨一直是一个研究主调。

另一方面，中国古典叙事诗学的结构观则深受中国传统世界观的影响。这种世界观的思想基础可以概括为看似矛盾的两个方面：一是道家的“道法自然”观，一是儒家法家合流后的“礼法（秩序）”观。关于“道法自然”，毛宗岗对《三国演义》的一则评点便是很好的例子：

> 观天地古今自然之文，可以悟作文者结构之法矣。
>
> （朱一玄、刘毓忱编，1983：450）

毛宗岗将叙事结构置于天（象征客观法则和理性）和地（象征人类社会及其历史）的宏大语境之中。并且，至少从措辞的先后顺序看，他或许认为空间（“天地”）更甚于时间（“古今”）。毛宗岗的这一观点可以帮助我们理解中国人对宏大题材长篇小说的兴趣以及这类小说的宏观结构。

关于“礼法（秩序）”的世界观，金圣叹在对《水浒传》的评点中有以下表述：

> 何谓之精严？字有字法，句有句法，章有章法，部有部法是也。
>
> （施耐庵、金圣叹，2005[1608-1661]：12）

不同于毛宗岗明显自然主义色彩的宏观视角，金圣叹认为实现结构整一性（“精

---

[1] 热奈特的原文为“without any amendment”。

严”）必须依赖一整套叙事方法和技巧。（详见第七章“结撰奇观的章法”、第八章“化工传神的笔法”。）金圣叹认为，字、句、章、部四个层面应该各有其法，这也显然是一种以空间视角切入文本研究的方法。当然，以上关于中西方叙事结构的归纳应该理解为总括性和相对性的，而不是为了突出对立两极的意味。有趣的是，自近代以来，中国叙事文学表现出越来越强的时间性，而西方叙事文学却更加青睐空间性的一面。正如弗兰克（Joseph Frank）在其一篇著名的论文中所论述的那样：“以艾略特、庞德、普鲁斯特和乔伊斯等作家为代表的［西方］现代文学正朝着空间形式的方向迈进。”[1]（Frank,1945: 225）

在简要梳理中西方关于结构的理论后，以下将从时间性（temporality）、空间性（spatiality）和整一性（unity）三个重要方面进一步展开比较。需要指出的是，这三方面在叙事实践中其实密不可分，在这里将它们区分出来仅是出于逐一审视和比较的需要；此外，有关叙事时间的具体概念放在第四章“故事”的第一节进行比较。

一、时 间 性

在中国，时间作为一个正式、稳定的术语应该说是近代以后的事。古代汉语在修辞上似乎都避免直接提及这一概念，而是代之以各种各样的隐喻，比如“光阴似箭”和“一寸光阴一寸金”中的“光阴”、“白驹过隙”中的“白驹”、“逝者如斯夫”中的“逝者”等等。同样的，明清批评家对叙事时间性的理论探讨也相对较少，他们的评点充其量只表现出了对宏观的时间框架、时间指示语（deixis）以及暂停（suspension）、加速（acceleration）、省略（ellipsis）等少数几种时间倒错（anachrony）现象的关注（详见第四章“故事”）。

而西方经典叙事学则在穆勒（Gunther Müller）的 *erzählter zeit*（故事时间）和 *erzählzeit*（叙事时间）的区分的基础上探索了各种形式的时间倒错现象，即任何对线性的故事时间的偏离。热奈特在这一区分的基础上进一步指出，叙事时间是叙事作品“换喻意义上的、向它本身的阅读借用的”[2]（Genette,1980: 34）一种“伪时间”（pseudo-time）。他还从托多罗夫的时态范畴衍生出时序、时距和频率三个概念并

---

[1] 弗兰克的原文为“modern [Western] literature, exemplified by such writers as T. S. Eliot, Ezra Pound, Marcel Proust and James Joyce, is moving in the direction of spatial form”。

[2] 王文融译。热奈特的原文为“...borrows, metonymically, from its own reading”。

分析了它们的各种具体形式。以时序为例，他区分了预叙（prolepsis）和倒叙（analepsis）两种主要类型并对它们进行了复杂的细分，而且还预设了他称之为无时性（achrony）的第三种可能性；在时距方面，他区分了省略（ellipsis）、停顿（pause）、场景（scene）和概要（summary）四种基本类型[1]；在频率方面，他区分了单一叙述（singulative，即“讲述一次发生过一次的事”）、重复叙述（repetitive，即“讲述 n 次发生过一次的事”）和概括叙述（iterative，即讲述一次发生过 n 次的事）。

热奈特对时间倒错的兴趣与他分析的普鲁斯特的叙事作品《追忆逝水年华》中怀旧与自省交织、故事交叉重叠的特点有关。为了表明《追忆逝水年华》里的时间关系多么的复杂纠缠（因而主人公的情绪状态也同样的复杂纠缠），热奈特举了以下这一小段为例。根据故事时间中位置的变化（过去和现在；分别标记为阿拉伯数字 1 和 2）可以分为 9 段（用 A 到 I 九个字母标记）：

> [A2] Sometimes passing in front of the hotel he remembered [B1] the rainy days when he used to bring his nursemaid that far, on a pilgrimage. [C2] But he remembered them without [D1] the melancholy that he then thought [E2] he would surely someday savour on feeling that he no longer loved her. [F1] For this melancholy, projected in anticipation prior to [G2] the indifference that lay ahead, [H1] came from his love. [I2] And this love existed no more.[2]（78-79）
>
> **参考译文**：有时他经过旅馆前，回想起雨天探幽访胜时他把女仆一直带到这儿。但回忆时没有当年他以为有一天感到不再爱她时将体味到的伤感。因为事先把这份伤感投射到未来的冷漠之上的东西，正是他的爱情。这爱情已不复存在。[3]

叙述者马塞尔（Marcel）站在“故事中的现在”回顾从前在相同地点的忧郁情愫，在和此情此景两相比较后，他惊觉过去让他感怀惆怅的那种爱意已同明日黄花。在这段不停穿梭于现在与过去的自省性的文字里，叙述者马塞尔、女仆弗朗索瓦兹（Françoise）和阿尔伯蒂（Albertine）的人物形象和意识相互映衬，共同烘托了一种

---

[1] 查特曼补充了第五种类型：延缓（stretch）以适应电影等新媒体语境的需要。

[2] 引文语句间的标记未见于热奈特的原文，为引者所加。

[3] 王文融译。

忧郁犹在、爱已消逝的复杂情感体验。西方小说普遍倾向于利用错综复杂的时间关系传递微妙的叙事情态，此类例子不胜枚举。马尔克斯《百年孤独》中的第一句话就与以上《追忆逝水年华》的例子有异曲同工之妙：

> Many years later as he faced the firing squad, Colonel Aureliano Buendía was to remember that distant afternoon when his father took him to discover ice.
>
> （Marquez,1971: 8）
>
> **参考译文：许多年之后，面对行刑队，奥雷良诺·布恩地亚上校将会回想起，他父亲带他去见识冰块的那个遥远的下午。**[1]

传统的中国小说在叙事时间层面则显得单调许多。时间的位置一般被设定为现在时，人物内心活动通常由一个全知叙述者展露无遗。在叙事情态的塑造方面，更多依靠意象的运用和景 / 情的二位一体（参见第九、第十章）。叙事中穿插的大量静态描述和诗文都足以激发读者的文情，从而产生一种对于时间鸿沟下的个人、家族甚至国族命运的宏大体验。这种手法在很大程度上补足了汉语欠缺的时态多样性。总的来看，中国古代叙事小说特别是明清小说在时间性上有以下三方面的特征。

（一）时间格局大开合与时间的空间化

亚里士多德从动物“头、身、尾”的身体结构发展出情节结构的三个部分：开端、中间和结尾。与之类似，中国古代叙事文学从四季的自然流动演绎出一种宏大的时间格局，即起、承、转、合。这构成了中国古代叙事的一个基本结构逻辑。然而，对于那些人物和事件关系错综复杂的长篇小说，小说家们必须进一步思考起、承、转、合的具体实现方式。其中一个典型的方式就是时间的空间化。所以，在《三国演义》和《水浒传》这样的小说中，我们可以看出相互关联的情节却是以单独的周期进行叙述。这种特征就是浦安迪所指的“多项同旋”。例如，在阅读《三国演义》时，哪怕再平庸的读者也能辨别出围绕曹操、刘备和孙权展开的三根相互缠绕的故事线。然而，批评家毛宗岗却慧眼独具地指出“总起总结之中，又有六起六结”（详见第七章“结撰奇观的章法”）。这种空间化的叙事结构在《水浒传》中表现得更为明显。

[1] 黄锦炎译。

在前七十回中，我们可以清晰地辨别出八个故事周期，每一个都各自围绕一个关键人物编织故事情节：①鲁智深（三至七回）；②林冲（七至十二回）；③杨志（十二、十三、十六、十七回）；④晁盖（十四、十五、十八至二十回）；⑤宋江（二一、二二、三二至四四回）；⑥武松（二三至三二回）；⑦呼延灼（五四至五八回）；⑧卢俊义（六十至七十回）。时间线索空间化产生的相对独立的叙事周期使得作者可以以更大的深度和更高的完整性叙述和刻画重要人物，而穿梭交织于不同叙事周期之间人物和事件以及叙述者的互见指引（narratorial cross-reference）则维系着作为叙事整体所必需的整一性和连贯性。

（二）时间与空间的诗意融合

中国古代叙事小说一个独特的现象或许是散布于叙述之间的大量诗文。在这些诗文中，开篇第一首通常蕴含着丰富的结构意义，有时还会与结尾诗相互呼应形成“诗起诗结”的形式美学效果。由于起首诗无论在时间上还是空间上都先于叙事本身，在很多情况下可以说暗含着一种超越叙事结构和语境的“超级结构”和“超级语境”。这类诗一个显著特点通常是时间与空间的急剧融合，沧海桑田的漫长变迁往往被压缩成若干诗行中的一瞬间。此处仅选取《西游记》（A）和《水浒传》（B）两部小说的起首诗为例：

A.

混沌未分天地乱，茫茫渺渺无人见。
自从盘古破鸿蒙，开辟从兹清浊辨。
覆载群生仰至仁，发明万物皆成善。
欲知造化会元功，须看西游释厄传。

B.

纷纷五代离乱间，一旦云开复见天。
草木百年新雨露，车书万里旧江山。
寻常巷陌陈罗绮，几处楼台奏管弦。
天下太平无事日，莺花无限日高眠。

这两首诗宏阔的格局以及时间与空间急剧的冲击与融合将读者的感受性引向一个向外延伸的维度，而不是像很多西方小说那样迫不及待地将读者引向特定人物个体的内心世界（参见以上普鲁斯特和马尔克斯作品的举例）。这样的诗为读者提供了一个宏大的时空框架和一种驾驭浩瀚时空的错觉，从而对叙事内容的广度和复杂度提前做好准备。

以诗A为例，前四行介绍了从“混沌未分”到“盘古破鸿蒙”的时空状态改变。混沌未分时发生的事情“无人见”反过来暗示书中即将叙述的故事都是人眼所见、值得信赖的。而对“清浊辨”的理解不应只停留在创世的层面，也应理解为善恶对立的开始。具体到小说即将展开的情节，这将象征以佛祖、菩萨、仙人、唐僧师徒为一方的善的阵营与以妖魔鬼怪、魑魅魍魉为代表的恶的阵营的对立和斗争。“发明万物”则可以理解为对小说中包括灵石孕育美猴王在内的各种奇幻变形的预做交代。最后一行着“释厄”二字则提前透露了唐僧师徒西游路上降妖除魔、历经九九八十一难的主题。

在诗B中，“五代离乱”到北宋复归大治（“天下太平”）的急剧变迁由不同时空的层层叠加得以烘托实现，其手法竟然堪比当今的电影拍摄技巧：从更高层面的自然界意象（“一旦云开复见天”）到较低层面的自然界意象（“草木百年新雨露”），然后到总体的社会生活空间（“车书万里旧江山”），再到具体的社会生活空间（“寻常巷陌陈罗绮，几处楼台奏管弦”）。至此，百年的历史变迁以及北宋社会生活的全貌就浓缩进了寥寥数行间。尾联则透着强烈的预兆：“天下太平无事日”可能暗示着道家哲学所谓的“物极必反”，而“莺花无限日高眠”则不免让人从这种极端的平和无事中嗅出某种诡异的味道，从更长远的设计来看，它也为梁山义军的最终失败提早给出了解释，即生活的安逸总是抑制革命的热情。

（三）时间指示语及时间意味的套语

如前所述，相对于西方小说时态的多样性和时间错位的频繁运用，中国古典小说在叙事微观层面的时间性是相对单一的。除了少数例外情形外，小说中的每一章回或情节的每一周期的叙述基本都采用时间顺序。由于缺少显而易见的时态标记，时间指示语（deixis）和一些具有时间意味的叙述套语（cliché）事实上承担了时间指示功能。本书以若干明清小说为语料，从中筛选出中国古典小说中的一系列有代表性的高频指示语和套语并按不同的指示功能进行分类：

1. 一日

使用最频繁的时间指示语。其引出的叙述一般较为舒缓，通常意味着叙述方向上出现一次转折，新的叙事信息随之产生。其前后可能跨越或省略了相当一段时间。例如，“**一日**，炎夏永昼”、“**一日**，早又中秋佳节”、“**一日**，想起来，相辞要上延安府去”等等。

2. 是日、次日、前日

这些是“一日”最常见的辅助指示语。多与“一日”搭配使用，形成一种同故事叙述（homodiegetic）关系。例如，“**是日**先携了贾蓉之妻，二人来面请”、“**次日**，有人见杀死林子里”、“却说**前日**‘神行太保’戴宗，奉宋公明将令”等等。

3. 忽一日

该指示语与“一日”类似，都意味着时间的省略或跳跃。不同点在于，“忽一日”还暗示一种惊奇（surprise）的效果和更高程度的可说性（tellability）。金圣叹在《水浒传》评点中多次关注该词。有一次，他评论道：“省，而笔势突兀可喜。”（施耐庵、金圣叹，2005[1608—1661]：14）例如，“**忽一日**，见一个人一封书火急奔庄上来”、“**忽一日**，操请关公宴”等等。

4. 原来、那日

这两个或许是最常使用的倒叙（analepsis）指示语，其功能通常是补足与当前叙述情形相关联的过去某个重要事件。在一些情况下，“那日”又可以作为“原来”的回指或辅助指示语。金圣叹将这种指示语的结构功能称作“回环兜锁”（27）。例如，“**原来**高俅新发迹，不曾有亲儿”、“且说黛玉自**那日**弃舟登岸时”等等。

5. 近日

该指示语常常用来归纳或引入某个具有常态性或重复性的时间或状态。例如，“恰**近日**神瑛侍者凡心偶炽”、“**近日**街市童谣曰”等等。

6. 话说、且说、却说

这几个显然是由街头说书沿袭而来的叙述套语。“话说”是最常用的标准版，而“且说”和“却说”可能意味着叙事焦点转移，也可能表示将要开启对同时发生或之前发生的另一段情节的叙述。例如，“**话说**江州城外白龙庙中梁山泊好汉劫了法场”、“**且说**李逵独自一个离了梁山泊”、“**却**

说时迁挟着一个篮儿，里面都是硫磺、焰硝”等等。

7. 又不知过了几世几劫、一住三年……

这类套语一般用来表示叙事时间的快进（acceleration）。例如，“后来**又不知过了几世几劫**，因有个空空道人访道求仙，从这大荒山无稽崖青埂峰下经过，忽见大块石上字迹分明，编述历历”、“高俅投托得柳大郎家，**一住三年**”等等。

8. 自不必说、不在话下、当日/晚/月无事……

这类套语一般表示叙事时间的省略（ellipsis）。当故事余下未述的部分不甚紧要或者太显而易见时，采用此类套语。例如，“这浮浪子弟门风帮闲之事……**自不必说**”、“史进受了，不在话下”、“**当日无事**，次日宋江置酒与燕青送行”等等。

9. 此是后话、暂且不表

这类套语一般用来设置悬念（suspense）。其结构功能也可归类为金圣叹所指的“回环兜锁”。然而，其形式意义往往大于实际功能，因为“此是后话”过后经常没有后话，“暂且不表”也即无须再表。例如，“武松自此，只在六和寺中出家，后至八十善终，**这是后话**”等等。

10. 且听下回分解

此一套语常见于章回末尾，是章回小说一大显著的结构特点。叙述者介入叙事片段的划分，既体现了说书艺术留给明清小说的体裁痕迹，也在客观上有利于叙事时间的空间化。

以上分类或许有失详尽，但足以为中国古典小说在宏观结构层面的时间性提供一个概览。总而言之，不同于西方小说对叙事时间的各种创造性运用，中国古典小说的时间性更多是由时间格局的大开合、叙事时间的空间化、时间与空间的诗意融合以及时间指示语及时间意味的套语的大量使用共同塑造的。本节仅对叙事结构的时间性的总体特征加以分析和比较，时间范畴内具体概念的比较详见第四章“故事”第一节。

二、空间性

一般认为，经典叙事学是围绕着叙事的时间性进行理论阐发的，从而在一定程度上造成了一种弃空间于不顾的印象。结构主义叙事理论大师热奈特在其代表作

《叙事话语》中开宗明义地指出："叙事是一组有两个时间的序列……：被讲述的事情的时间和叙事的时间（'所指'时间和'能指'时间）。"（热奈特著、王文融译，1990：12）在此基础上，他进一步发展出关于叙事时间性的三大支柱概念：顺序、时距、频率。其后的叙事学家大都依循了这一个研究范式。相比之下，对叙事的空间属性的关注则显得远远不够。翻阅经典叙事学的代表著作不难发现，尽管许多叙事理论术语都带有不同程度的空间色彩，如场景（setting）、故事世界（story world）、心理空间（mental space）等，但无论是叙事的空间性抑或空间化叙事都不曾被作为一个专门课题加以讨论。当时间性（temporality）和事件间的因果关系（causality）成为叙事研究的核心要素，空间以及非事件（non-events）在叙事创作、阅读和解读中的意义也就相应地被忽视了。

（一）叙事空间性研究概述

在为数不多的研究叙事空间性的学者中，最早且最具影响的当属美国文论家约瑟夫·弗兰克（Joseph Frank）。他的代表作《现代文学的空间形式》早在结构主义叙事学兴起之前20年就提出了"空间形式"（spatial form）这一重要概念。弗兰克一方面借鉴莱辛在《拉奥孔》中提出的方法原则，即美学形式是"艺术媒体的感官属性与人的感知条件之间的关系"[1]（Frank,1945: 225），另一方面审视了现代主义文学（如庞德、普鲁斯特、艾略特、乔伊斯、福楼拜等人的叙事作品）在形式上的共同点，从而提出了"现代主义文学正迈向一种空间形式"[2]（225）的新论点。弗兰克观点的新颖性使其在20世纪后半叶广受小说批评圈的关注。但可想而知，该观点也遭遇到了激烈的挑战，反对者认为它无非是走向了研究方法的另一极端，即试图以空间的一面拭除时间的一面。在弥合两大分歧的诸多努力中，俄国文学理论家米哈伊尔·巴赫金提出的时空体（chronotope）概念最具代表性。巴赫金将其界定为"在文学中被艺术化表达的时间与空间关系的内在相连性"[3]（Bakhtin,1981: 84-

[1] 弗兰克的原文为"…the relation between the sensuous nature of the art medium and the conditions of human perception"。

[2] 弗兰克的原文为"…modern literature, exemplified by such writers as T. S. Eliot, Ezra Pound, Marcel Proust and James Joyce, is moving in the direction of spatial form"。

[3] 巴赫金的英文原文为"…the intrinsic connectedness of temporal and spatial relationships that are artistically expressed in literature"。霍奎斯特（Michael Holquist）翻译。

85）。时空体这一概念的特点在于将时间与空间要素融为一体的同时依然认可时间作为“第一范畴”（primary category）的地位。后来，巴赫金的主要推崇者之一、法国文学批评家茱莉亚·克里斯蒂娃（Julia Kristeva）继承了他的时空体、文本构造、词的状态（status of the word）等观点，并在提出极具影响的互文性（intertextuality）理论的同时连带发展出了关于文本空间的三维度说，即任一文本都是写作主体（writing subject）、接收者（addressee）以及外在文本（exterior texts）三个维度的交织与对话。（Kristeva,1980: 66-68）

上述三位学者论及的文本空间性都极具宏观性，其中克里斯蒂娃的三维度说透出强烈的符号主义色彩。它们对于认识普遍意义上的文本的空间性无疑具有重要意义。然而，它们的宏观性和影响力也在很大程度上限制了后续探讨的性质与方向，使得它们要么倾向于从空间的视角考察文本的宏观结构与构造，要么将空间化视为一种文本阅读的策略。例如，美国文化研究学者苏珊·弗里德曼（Susan Freeman）在克里斯蒂娃三维度说的基础上论述了空间化作为阅读叙事文本的策略的可行性。（Freeman,1993: 12-33）美国叙事理论家西摩·查特曼在热奈特时间二分法的基础上提出了与之相呼应的故事空间（story-space）与话语空间（discourse-space）。而美国叙事学家玛丽 - 劳勒·莱恩（Marie-Laure Ryan）则在弗兰克与结构主义文论的基础上借鉴文化研究理论对空间的认识，提出了“文本空间性的四种形式”，即叙事空间、文本的空间延伸、作为文本语境与容器的空间以及文本的空间形式（Hühn, Pier, Schmid et al., 2009: 421-432），这使得叙事空间性发展成一个涵盖文本内外、连接主体客体的无所不包的概念。

中国传统文论对叙事空间性的关注也侧重其宏观结构意义。例如，张竹坡在对《金瓶梅》第二回的回评中指出：

> “做文如盖造房屋，要使梁柱笋眼，都合得无一缝可见；而读人的文字，却要如拆房屋，使某梁某柱的笋，皆一一散开在我眼中也。”[1]
>
> （兰陵笑笑生、张竹坡，1991：40）

[1] 明末清初批评家李渔在张竹坡之前提出了一个极为类似的表述：“公师之建宅亦然：基址初平，间架未立，先筹何处建厅，何方开户，栋需何木，梁用何材；必俟成局了然，然可挥斤运斧。”

张竹坡虽未直接论及概念意义的空间性，但事实上将空间结构视为叙事创作和阅读的根本策略。其中，横向的“梁”与纵向的“柱”构成了叙事的宏观结构（macrostructure），即现代叙事理论所谓的故事线、情节发展、叙事层次等，“笋”和“眼”则构成其微观结构（microstructure），即如前指、后指、悬念、照应等，而衡量叙事成功与否的标准是这四个方面是否“合得无一缝可见”，即是否达成结构上的整一性（structural unity）。从理论比较的角度看，这与弗里德曼的空间化阅读策略乃至克里斯蒂娃的三维度说都有异曲同工之妙。金圣叹、张竹坡、毛宗岗等评点家论及的章法理论也代表了一种叙事创作和阅读的空间策略。（详见第一章“结撰奇观的章法”）。又如毛宗岗对《三国演义》“总起总结之中，又有六起六结”[1]的结构性剖析以及对“遥对章法”[2]类型的归纳。此外，明清评点家关于笔法的理论中也富含空间性的因素，如金圣叹 15 种笔法中的“草蛇灰线法”、“横云断山法”等（施耐庵、金圣叹，2005[1608—1661]：4—5），此处且不再一一赘述。

（二）空间的文本化：空间描写与非事件

从比喻意义上说，叙事是一种可以创造世界的体裁。读者借助情节以及文本化了的空间要素构建出一个想象中的故事世界。在此意义上，我们不妨重新思考叙事和描述间的传统体裁区分。这种区分在理论上虽仍有其存在价值，但我们似乎有必要突破它们之间僵化的边界，认识到在叙事虚构特别是现实主义小说中两者通常以杂糅（hybridity）的形式共存。与叙事相比，描写的确缺乏事件性（eventfulness），但我们不能因此认为其缺乏可说性（tellability）。在一些成功的小说中，我们看到描写实际具有潜在的叙事意义：一方面可以帮助读者形成对故事世界的视觉化认识（visualization）；另一方面可以同正在叙事的重要事件产生深层的关联。以下选取两个例子比较中西不同的叙事传统下空间是如何被文本化的，一个来自法国现实主

[1] 毛宗岗原文为“《三国》一书，总起总结之中，又有六起六结。其叙献帝，则以董卓废立为一起，以曹丕篡夺为一结。其叙西蜀，则以成都称帝为一起，而以绵竹出降为一结。其叙刘、关、张三人，则以桃园结义为一起，而以白帝托孤为一结。其叙诸葛亮，则以三顾草庐为一起，而以六出祁山为一结。其叙魏国，则以黄初改元为一起，而以司马受禅为一结。其叙东吴，则以孙坚匿玺为一起，而以孙皓衔璧为一结。凡此数段文字，联络交互于其间，或此方起而彼已结，或此未结而彼又起，读之不见其断续之迹，而按之则自有章法之可知也”。

[2] 毛宗岗原文为“《三国》一书，有奇峰对插、锦屏对峙之妙。其对之法，有正对者，有反对者，有一卷之中自为对者，有隔数十卷而遥为对者”。

义小说《包法利夫人》，另一个来自中国清代人情小说《红楼梦》。《包法利夫人》的例子是对爱玛（Emma）和夏尔（Charles）婚宴场面的一段描写。

> 宴席摆在车棚里。上了四盘牛排，六盘烩鸡块，还有炖小牛肉和三只羊腿，当中是一头烤得金黄透亮的乳猪，边上是四盆香肠配酸馍。桌子角上摆着装烧酒的长颈玻璃瓶。一瓶瓶的甜苹果酒，稠厚的泡沫沿着瓶塞直往外冒，所有的杯子里早已斟得满满的。那几大盘蛋奶糕，稍碰一下桌子就会颤颤悠悠，平滑的糖面上用杏仁粒装饰出新婚夫妻姓名起首字母的图案。特地从伊夫托请了位大师傅，来做圆馅饼和甜点心。他在这儿是初显身手，所以格外卖力气；用餐后甜食时，他端上一盘大蛋糕，博得了个满堂彩。底部先用蓝色硬纸板搭成四四方方一座神庙，门廊、列柱一应俱全，四周洒满烫金纸屑的神龛里，白色的小神像宛然在目；第二层的萨瓦蛋糕做成城堡主塔模样，围在白芷、杏仁、葡萄干和橘瓣做的要塞中间；最上层俨然是座平台，一片绿茵，点缀着果酱的山石、湖泊，榛壳的船只，一个小巧玲珑的爱神在荡秋千，巧克力的秋千杆上，两个真的玫瑰花蕾代替球饰，耸在顶上。[1]
>
> （福楼拜著，周克希译；2002：20）

首先，车棚里举办丰盛的筵席反映了一种资产阶级情调和乡下农场气息混杂的

---

[1] 英文译文为："The table was laid under the cart-shed. On it were four sirloins, six chicken fricassees, stewed veal, three legs of mutton, and in the middle a fine roast suckling pig, flanked by four chitterlings with sorrel. At the corners were decanters of brandy. Sweet bottled-cider frothed round the corks, and all the glasses had been filled to the brim with wine beforehand. Large dishes of yellow cream, that trembled with the least shake of the table, had designed on their smooth surface the initials of the newly wedded pair in nonpareil arabesques. A confectioner of Yvetot had been intrusted with the tarts and sweets. As he had only just set up on the place, he had taken a lot of trouble, and at dessert he himself brought in a set dish that evoked loud cries of wonderment. To begin with, at its base there was a square of blue cardboard, representing a temple with porticoes, colonnades, and stucco statuettes all round, and in the niches constellations of gilt paper stars; then on the second stage was a dungeon of Savoy cake, surrounded by many fortifications in candied angelica, almonds, raisins, and quarters of oranges; and finally, on the upper platform a green field with rocks set in lakes of jam, nutshell boats, and a small Cupid balancing himself in a chocolate swing whose two uprights ended in real roses for balls at the top." Eleanor Marx-Aveling 翻译。下画线系引者添加。

生活方式。按空间顺序或者说视觉习惯（“上、当中、边上、角上……”）介绍餐桌的陈列，而且主要食物精确到具体数量，可以强化一种生动的现场感。对面点师傅的“半叙述”从中间嵌入，可以为前面的静态描写增添几许活泼的气氛，并将描写重点自然而然地过渡到那个精美的大蛋糕。然后又按空间顺序详细地描写了蛋糕的三层。将描写的重点放在蛋糕上有可能使读者联想到它的象征意义，即女主人公爱玛的性格。从前面一个相邻的语境中，读者很容易回想起一个片段：爱玛提议将“婚礼放在半夜里，点着火把举行”（18），而夏尔和他的父亲鲁奥老爹（old Rouault）则在商讨婚礼的现实问题，鲁奥老爹觉得爱玛的这个想法“实在有点匪夷所思”（18）。如果读者将参考语境进一步放大至整部小说，则可能对这段描写产生全然不同的感受：此处的描述可能是资产阶级浮华追求在文本中的第一次象征，而正是这样的性格和精神追求导致女主人公一步步走向背叛和自我毁灭。

由于叙事是一个具有整一性的连贯过程，而且作者一般都带着目的写作并意识到实现这一目的的策略和技巧，因此介入叙述中间或与叙述相伴进行的空间描写通常会根据需要被赋予主题、美学或人物心理等方面的功能。中国明清小说也体现了这些特征，虽然在空间文本化的具体方式上与西方小说存在一些有趣的差异。以下《红楼梦》的例子是女主人公林黛玉丧母后从苏州赴京都投靠外祖母的一个片段，覆盖了从“弃舟登岸”到荣国府之间的空间。

> 自上了轿，进入城中从纱窗向外瞧了一瞧，其街市之繁华，人烟之阜盛，自与别处不同。又行了半日，忽见街北蹲着两个大石狮子，三间兽头大门，门前列坐着十来个华冠丽服之人。正门却不开，只有东西两角门有人出入。正门之上有一匾，匾上大书“敕造宁国府”五个大字。黛玉想道：这必是外祖之长房了。想着，又往西行，不多远，照样也是三间大门，方是荣国府了。却不进正门，只进了西边角门。那轿夫抬进去，走了一射之地，将转弯时，便歇下退出去了。后面的婆子们已都下了轿，赶上前来。另换了三四个衣帽周全十七八岁的小厮上来，复抬起轿子。众婆子步下围随至一垂花门前落下。众小厮退出，众婆子上来打起轿帘，扶黛玉下轿。黛玉扶着婆子的手，进了垂花门，两边是抄手游廊，当中是穿堂，当地放着一个紫檀架子大理石的大插屏。转过插屏，小小的三间厅，厅后就是后面的正房大院。正面五间上房，皆雕梁画栋，两边穿山游廊厢房，挂着各色鹦鹉，

> 画眉等鸟雀。台矶之上，坐着几个穿红着绿的丫头，一见他们来了，便忙都笑迎上来，说：“刚才老太太还念呢，可巧就来了。”于是三四人争着打起帘笼，一面听得人回话：“林姑娘到了。”（曹雪芹、高鹗著，俞平伯校，启功注；2002：25—26）

如图 3-1 所示（见下页），这节叙述—描写过程可以大致分出两个空间框架：一是从封闭的轿子内林黛玉的视角所观察到的空间，一是林黛玉下轿后参与其中的那个空间。在第一个空间框架中，描写由一连串的空间指示语连接，不仅表明林黛玉一路上视线的变化而且以一种客观的方式初步勾勒出贾府的空间方位和建筑格局。京都街市上的繁华喧嚣与丧母无依的林黛玉的内心世界形成强烈对照。将描写焦点放在宁荣二府的正面可以显示其不寻常的地位和庄严的气派，而特殊的进门方式、轿夫的更换、众婆子的随行（先是乘轿，进门后随辇）和服侍都在向读者暗示：面对林黛玉的将是一个充满各种规则和礼数约束的复杂世界。在第二个空间框架中，描写的重点更加细致地放在荣国府的内部布局和特色，从而营造一种栩栩如生使读者不觉浸入其中的阅读体验。然后，静态的描写被“几个穿红着绿”的丫头迎接林黛玉时的一阵喧闹打断。从心理层面来看，动静之间陡然切换或许传递一种友好而积极的信息——林黛玉将要摆脱昨日之阴影开始一段新的生活。但是，如果我们从整部故事来看，这一静一动暗含的信息或许又远不只这么简单：林黛玉将要进入的生活满是复杂的人情世故，最终将超出她所能承受，而贾府这群不一样的丫头的登场或许也可以视为深度刻画她们性格和命运的先声和伏笔。

空间的文本建构并非都要像以上两个例子那样突显。事实上，空间的文本化几乎遍布于叙事的所有细节，其视觉化效果常常被用来制造喜剧性或戏剧性的效果。

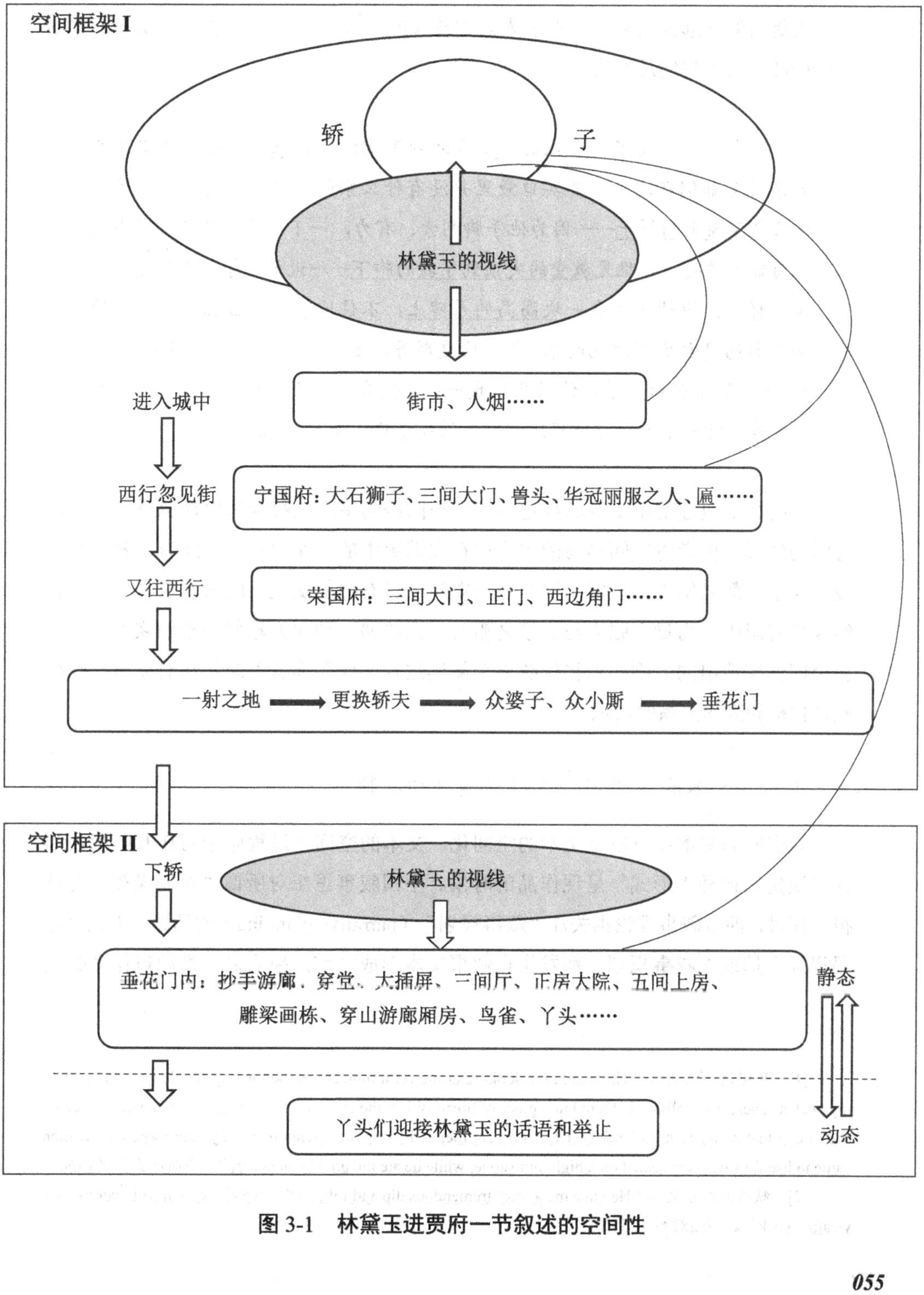

图 3-1　林黛玉进贾府一节叙述的空间性

狄更斯的《远大前程》中对主人公皮普（Pip）第一次遭遇逃犯马格威奇（Abel Magwitch）的描写便是如此：

> 那个人朝我望了一会儿后，把我的身子倒提了起来，使我口袋里所有的东西全都倒在地上。其实口袋里并没有什么东西，只有一块面包。等教堂恢复了原来的样子——因为他手脚利索、有力，一下子就使整座教堂在我眼前翻了过去，只瞧见教堂的尖顶到了我的脚下——说话，等教堂恢复了原来的样子，他让我坐在一块高高的墓碑上，不住地哆嗦，自己却拿起我的那块面包狼吞虎咽地吃起来。[1]（狄更斯著，主万、叶尊译：2004[1861]：2）……他干脆松开手，使劲儿把我一推，使我一个倒栽葱滚了下来。我觉得整座教堂一下子简直跳得比堂顶上的风信鸡还高。[2]（2）

这段文字通过幼年皮普的视角讲述一个阴冷的午后在教堂墓地遭遇逃犯马格威奇时的情形。作者将空间描写的重点放在皮普眼中的这座教堂里。随着皮普被马格威奇在手上颠来倒去，教堂的视觉效果发生奇特有趣的变化，既衬托出马格威奇在幼年皮普眼中的力量之强大与态度之粗暴，又传递一种叫人忍俊不禁的诙谐感。这种空间性塑造出的人物印象将伴随整个阅读过程，使得读者不断加深对皮普与马格威奇性格和人物关系的认识。

（三）文本的空间化：叙事的阅读和阐释

与空间的文本化对应是文本的空间化。文本的空间化过程始于写作开始阶段当作者决定以何种“形式”呈现作品的时候。中国叙事思想对所谓“布局谋篇”有过很多探讨，西方叙事理论也关注“叙事规划”（narrative planning）的话题。无论“布局谋篇”抑或“叙事规划”都发生在叙事文本形成之前，换言之，都源自作者的主

---

[1] 狄更斯的原文为“The man, after looking at me for a moment, turned me upside down, and emptied my pocket. There was nothing in them but a piece of bread. When the church came to itself—for he was so sudden and strong that he made it go head over heels before me, and I saw the steeple under my feet—when the church came to itself, I say, I was seated on a high tombstone, while he ate the bread ravenously”。下画线系引者添加。

[2] 狄更斯的原文为“He gave me a most tremendous dip and roll, so that the church jumped over its own weather-cock”。下画线系引者添加。

观创意，因此，此处对文本空间化的讨论主要侧重叙事阅读和阐释的过程。在某种意义上，文本的空间化似乎也可以理解为空间文本化的一个反转或者解码过程。以上林黛玉进贾府和皮普初遇马格威奇的例子也可用于此处的分析。然而，需要指出的是，由于语言和文化上的差异，中国叙事的空间解读（spatial reading）有其特殊之处。以林黛玉初识贾宝玉一节的叙述为例。曹雪芹用了整整两页篇幅透过林黛玉的视角从头到脚描写了贾宝玉的外在特征，其间还数度穿插林黛玉的内心活动。而当贾宝玉换过衣服再度出场时，作者竟然又做了几乎同样冗长的描述。对这两番描写，作者均以虚实相生、对仗工整的诗意语言作结。其中一节为“面若中秋之月，色如春晓之花，鬓若刀裁，眉如墨画，脸似桃瓣，睛若秋波。虽怒时而若笑，即嗔视而有情”（曹雪芹、高鹗著，俞平伯校，启功注；2002：34）。修辞上的比喻、对仗和虚实相生的特点可以大幅地延伸阅读中的想象空间。为突显这样一种空间审美效果，英译者霍克斯（David Hawkes）甚至创造性地将这些文字译成优美的诗行格式：

> As to his person, he had:
> a face like the moon of Mid-Autumn,
> a complexion like flowers at dawn,
> a hairline straight as a knife cut,
> eyebrows that might have been painted by an artist's brush,
> a shapely nose, and
> eyes clear as limpid pools,
> that even in anger seemed to smile,
> and, as they glared, beamed tenderness the while.
>
> （Cao, Hawkes trans.; 1974: 54-55）

这种独有的描写收尾方式可以在三个层面上延伸读者的审美空间。第一是与之前的详细描写构成一种语境上互为依托的关系。读者可能会立刻感觉到，描写手法已由现实主义转换为虚写。具有批判意识的读者可能还会察觉到，叙述的视角已经不知不觉地从林黛玉转移到叙述者自己。第二个层面是对句内部的空间张力。中国文学里的对仗与英语不同在于对句在字数、词类和平仄上都严格对应。这种修辞特征在对句内部形成的空间张力可以延缓阅读进程，使读者获得更大程度的形式美学体验。

与之紧密相连的是第三个层面：每一行都由一个来自叙述内部的具体事物和一个来自叙述外部的非具体事物叠加而成，从而拓展了想象的空间。所以我们看到，贾宝玉的面容、肤色、眼眸被分别与中秋之月、春晓之花、秋波的空间体验相连。最后两行聚焦贾宝玉的眼睛——“虽怒时而若笑，即嗔视而有情”，叙述者更是逾越了全知者应有的立场，对并未发生的情形（“虽怒时”、“即嗔视”）做出了描述。读者因而不得不依靠自己的想象力去跨越这道鸿沟，文学阅读的趣味性便极大地增强了。

空间解读有时可能会覆盖相当大的叙事跨度。以《红楼梦》中刘姥姥进贾府一事为例。作为一个自认与王夫人同姓连宗的乡下远房亲戚，刘姥姥进贾府一共被叙述六次之多，其中前三次用了相对较多的笔墨，分别是在第六回、第三十九至四十二回和第一一三回。读者如果仅是读了第一次进府，可能会觉得这不过是一个乡下老婆子的打秋风之旅，而作者设计这一情节的目的不过是为了制造喜剧效果和突显贾府的尊荣。然而，只有将上述分散的章回结合起来进行空间解读，读者才可能体会到对刘姥姥的叙述其实是作为故事主线的一条辅助线索。为了让读者体会其用心，曹雪芹用4回的篇幅叙述刘姥姥第二次进贾府，铺陈贾府给予刘姥姥的各种优待，极尽风趣诙谐之能事。正因为这样的设计，读者才会明白第一一三回后，当元妃、贾母、林黛玉等人均已去世，贾府被朝廷抄家，在一派“树倒猢狲散”的衰败景象下，通过微薄之力救贾府于危难的不是别人，正是当年那个不起眼的乡下远亲刘姥姥。

从一个更高的层面来看，读者甚至可以觉察一种对于深层解读该小说必不可少的空间多重属性。第一重空间是由人物和场景构成情节进程的故事空间。在故事空间之上是几个主要人物的梦的空间。梦的空间里发生的事情往往呼应或预示着故事空间里的特定事件。第十三回王熙凤梦见秦可卿既预示着秦可卿在同一回中的离世（“只是我与婶婶好了一场，临别赠你两句话，须要记着。”），也预示着第九十五回元妃的薨逝（“三春去后诸芳尽，各自须寻各自门。”）和贾府最终的没落（“月满则亏，水满则溢”、“登高必跌重”、“树倒猢狲散”、“盛筵必散”）。以相似的方式，第八十二回回中林黛玉梦见贾宝玉对自己表露真情既呼应着第九十七回薛宝钗与贾宝玉的婚配大礼，也预示着第九十八回林黛玉自己的香消玉殒。第三重空间则是太虚幻境代表的玄幻空间。这个空间由道人、和尚、石头、金陵十二钗等象征性人物占据，只有甄士隐和贾宝玉得以从睡梦中进入，它传递着作者的立意本旨和哲学立场，可谓整部小说的“顶层设计”（详见本书第二章“作者（权威）”对“太虚幻境”的分析）。这个空间所体现的本旨和立场构成了小说的超级结构，调节着故事空间和梦的空间中的情节过程并帮助读者对小说做更好的解读。

三、整 一 性

西方经典叙事学对整一性的探讨应该说不是很多。究其原因，大概有三个。一是从结构主义的文本观来看，整一性更像一种阅读的效果，而不像是可以直接从文本中推论和验证的一种叙事属性。二是对叙事性的重视造成一种向内研究叙事单元和要素的趋势，而对于由内而外的研究则较为不够。譬如，按照叙事作为一连串事件的定义，具有意义的叙事最小单元可以小至“国王死了，然后王后死了”[1]（Forster, 198: 86）。三是传统文论对情节的注重和现代主义文论对人物或“空间形式”的注重二者之间潜在的冲突仍然没有得到解决。当然，叙事结构的整一性也并非一个完全没有被触及的问题。比如，查特曼在对结构做叙事学定义时就借用了皮亚杰（Jean Piaget）的三个重要观点：整体性（wholeness）、转换性（transformation）和自身调节性（self-regulation）。[2]（Chatman,1978: 20-21）它们成为区分结构和罗列（aggregate）的三个基本标准。但是查特曼并没有回答皮亚杰的哲学层面和他自己的叙事学分析层面之间的落差问题，也没有明确如何让这三个标准适应叙事研究的具体需要。

鉴于结构主义叙事学对这一问题明显缺乏兴趣，[3]同时也为了回答西方少数学者对中国古典小说“脆弱的整一性”[4]（Bishop,1956: 239）的草率指控，本节将重点介绍中国传统文论的相关视角。在此之前，我想先提一提语言学领域李讷（Charles N. Li）

---

[1] 福斯特的原文为“The King died, and then the Queen died”。

[2] 查特曼将整体性定义为“叙事作为一个由事件和存在构成的连续的复合体”（narrative as a sequential composite of events and existents），将转换性定义为“深层结构在表层的呈现”（the surface representation of the deep structure），将自身调节性定义为“自我维持的能力”（the capability of self-maintaining）。

[3] 应当承认，古典和新古典主义的亚里士多德学派是重视整一性问题的。亚里士多德本人将结构的整一性视为开始、中间和结尾之间的连结（nexus），新古典主义则从亚里士多德的《诗学》派生出三大整一性，即情节整一性（the unity of action）、地点整一性（the unity of place）和时间整一性（the unity of time）。

[4] 毕晓普（John L. Bishop）的原文为“bound by a tenuous unity”。

和汤普森（Sandra Thompson）著名的“主语突显”（subject-prominence）和“主题突显”（topic-prominence）的区分。在他们看来，英语等日耳曼语言一般通过“主—谓—宾”的句法序列突出了主语，而以汉语为代表的一些东方语言的组织则更多依靠话题，因此有时可以无主语成句，或者将主语置于宾语之后。他们的这一观点也可以推广到叙事研究领域，启发我们揭示中西叙事在结构整一性方面的主要差异，见图（3-2）。

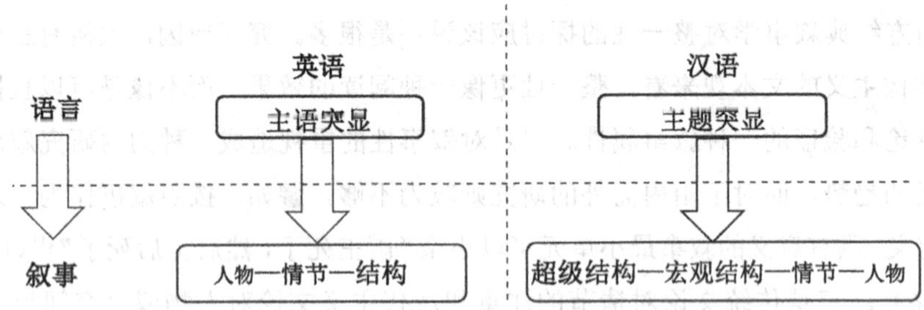

图 3-2　英汉差异：从语言结构到叙事结构

语言上的“主语突显”与叙事以人物为起点似乎存在某种内在联系。西方叙事虚构——除《百年孤独》、《米德尔马契》等少数例外外——一般倾向于选取相对少量的人物展开深度叙述，而中国古典小说更多是在一种超越故事本身的大结构支配下对数量较多的人物展开周期性叙述。我们先看看西方小说中的几个例子。狄更斯的《远大前程》是一部围绕主人公皮普与艾斯黛拉（Estella）关系的成长小说，除了他们外重要人物就只有“坏心肠”的老处女郝维辛（Miss Havisham）、“善良”的逃犯马格威奇和“复杂”的朋友葛吉瑞（Joe Gargery）。奥斯汀的《理智与情感》讲述达什伍德家的两个女儿——“理智”的艾莉诺（Elinor）和“热情奔放”的玛丽安（Marianne）——追求爱情和更好生活的故事。普鲁斯特的《追忆逝水年华》虽然长篇累牍，牵涉人物众多，但是以叙述者为聚焦者（focalizer）的第一人称叙事在很大程度上使人物关系趋向简化和易于把握。而中国明清小说动辄包含数百个人物，主要人物往往作为一个个集群呈现。《水浒传》的读者会发现第一个深度叙述的人物是高俅，其后依次是鲁达、林冲、宋江、李逵等等，他们每一个人又被一系列“卫星”人物众星拱月般地环绕。在《三国演义》中，读者可以看到按照将要形成的三分天下局面划分的三个主要人物的集群。一个是以刘备、关羽、张飞为核心的蜀国英雄阵营，支撑他们的又有其他主要人物如诸葛亮（以及徐庶、庞统等谋士）、赵云、魏延和姜维（诸葛亮的继任者）等等；第二个是以曹操为代表的魏国英雄阵营、曹操的政治对手袁绍和董卓（包含董卓、貂蝉、吕布之间的爱恨权谋）、曹操之子曹丕以及他的军事继承者司马懿等等。第三个是以孙权及其家人为代表的吴国英雄阵营、传奇都督周瑜以及忠诚的谋士鲁肃等等。功能性的人物登场谢场如流水，但主要人物却贯串整个叙事的很大一部分。人物和事件的繁复之所以没有削弱中国古典小说的可读性正是由于超级结构和宏观结构的创造性运用。明末清初的批评家李渔将这种大结构称之为文章的“主脑”（nucleus）：

> 古人作文一篇，定有一篇之主脑，主脑非他，即作者立言之本意也。
>
> （李渔，1991[1611—1682]：8）

需要说明一点，中国古典文论术语的隐喻性和模糊性使得“主脑”也可以相当于“主题”和“隐含作者”，此处将“主脑”理解为故事结构以外的超级结构。中国古典小说一个惯常做法是将所谓“主脑”嵌在起始的章回。这也是为什么金圣叹在“腰斩水浒”时还将原本的第一回辟为“楔子”。实践证明，楔子中的诗词、对白和意象都是值得深入玩味的。《红楼梦》篇首至少有三个方面传递了这种“主脑”或超级结构。首先是贾雨村和甄士隐姓名的修辞效果以及一僧一道的文化象征意义；然后是曹雪芹关于小说创作的那首越界诗和太虚幻境入口处的那副“真、假、有、无”联。以上这两方面前文皆有论及。第三方面是甄士隐与跛足道人的诗歌互答。跛足道人作了一首寓意深远的《好了歌》，甄士隐则以一首同样富有寓意的诗歌为《好了歌》做注解。批评家脂砚斋更是逐行评点《好了歌》并一一指明它们是如何预兆故事中的重要事件。《水浒传》和《三国演义》的第一回嵌入的“主脑”则相对简单，分别是“治—乱—治”和“合—分—合”的社会演进思想以及共同的“乱自上作”的政治立场。

“主脑”立好后，还要考虑如何通过布局谋篇将人物和事件编织成为有意义的章节，这便是中国古典小说的宏观结构。金圣叹从一个更侧重叙事时间的角度提出了“起、承、转、合”四步骤，而毛宗岗在评点《三国演义》时提出的“总起总结之中，又有六起六结”则更具空间解读的色彩。在毛宗岗看来，伏笔、悬念、前后呼应和互见等叙事修辞手法也是宏观结构的功能，因为它们都可以促进叙事的有机的整一性。这一思想反映在他著名的“常山蛇阵”类比当中：

文如常山率然，击首则尾应，击尾则首应，击中则首尾皆应，岂非结构之至妙者哉！

（罗贯中著，李贽、毛宗岗等评：2007[1330—1709]：575）

毛宗岗的“常山蛇”一方面让人想到亚里士多德“头、身、尾”的类比，另一方面也与约瑟夫·弗兰克对《尤利西斯》整一性的探讨有异曲同工之妙：

只有当读者将所有照应联系起来作为整体看待时，作品才能以一种有意义的样式成为整体。[1]

（Frank,1945: 232）

……

任何部分的理解都离不开对整体的知识……当所有照应都找到了它们适当的位置并被读者作为一个一致性的整体领会。[2]（235）

[1] 弗兰克的原文为“… before the book fits together into any meaningful pattern, these references must be connected by the reader and viewed as a whole”。

[2] 弗兰克的原文为“A knowledge of the whole is essential to an understanding of any part … when all the references are fitted into their proper place and grasped as a unity”。

第四章　故　　事

与结构主义著名的“所指”（signified）和“能指”（signifier）区分相对应，法国结构主义文论家托多罗夫（Tzvetan Todorov）于1966年提出了故事（story）—话语（discourse）区分。在叙事理论比较的视野中，这或许是最具根本性和普遍意义的一对叙事概念。其他叙事传统也产生过与之类似的区分，最广为人知当属俄国形式主义的*fabula*和*sjužet*。在此方面，中国古典文论也提出过颇具弹性的“事”（事件/故事/叙事性）和“文”（话语/书写/文学性）的区分。金圣叹在将《水浒传》同《史记》比较时对“文”、“事”区别做了最清晰的表述：

> 某尝道《水浒》胜似《史记》，人都不肯信，殊不知某却不是乱说。其实《史记》是以文运事，《水浒》是因文生事。（施耐庵、金圣叹，2005[1608—1661]：1）

除对文和事（即话语和故事）做出区分外，金圣叹的这则评论还涉及历史和小说的区别，即文学真实性和文学虚构性之间的关系问题。本章及其后第五章就将分别围绕故事和话语两个方面的重要概念展开比较。所选概念不仅对于故事结构很重要，也是中西之间具有共同点和可比性的。本章四个小节的逻辑如下：时序（order）、时距（duration）和频率（frequency）既代表着故事的时间一面，也是热奈特的经典区分；核心事件（kernels）与附属事件（satellites）是事件等级性的两种基本类型，因此也是故事的主要构成单位；悬念（suspense）和惊奇（surprise）是实现故事复杂性的两个典型手段，因此对于丰富叙事的“事件性”（eventfulness）有重要意义；人物（character）作为事件和情节的参与者是阅读快感和其他心理体验的主要源泉。

一、时序、时距与频率

（一）时　　序

中国明清批评家使用两个术语指称西方叙事学的时序概念：一是“先后”（相当于“sequence”），强调时间先后；一是“次第”（相当于“order”），更倾向于重要程度。虽然中国古典小说一般采用时间顺序叙述，但明清小说也呈现了一定形式的时间错位。这大概和对时序的这种双重认知（先后、次第）不无关系。毛宗岗借用女红的技艺对叙事时间错位做了以下形容：

> 三国一书，有添丝补锦、移针匀绣之妙。凡叙事之法，此篇所阙者补之于彼篇，上卷所多者云之于下卷……不但使前事无遗漏，而又使后事增渲染。
>
> （朱一玄、刘毓忱编，1983：306）

显然，在毛宗岗看来，时间错位是叙事的一种权宜之计，一种在追求叙事完整性过程中对给出的信息（narrative given）和未给出的信息（ungiven）或者将要给出的信息（to be given）之间的平衡做法。这进而让我们觉得，在明清批评家那里，时间错位与其说是一种叙事手法倒不如说是一种书写技巧，而且叙述者被认为有责任向读者提供尽可能多的信息。西方叙事学则从故事时间和叙事时间的二分法入手定义时序和时间错位。热奈特认为，时间错位是“指故事和叙事两种时间序列之间所有形式的不一致”[1]（Genette,1980: 40），他区分了两种主要类型的时间错位：预叙（prolepsis）和倒叙（analepsis），前者指“提前叙述或者启用一个以后发生的事件的任何一种叙事操作”[2]（40），后者指“在故事中任何一个特定时刻唤起一个在

[1] 热奈特的原文为“to designate all forms of discordance between the two temporal orders of story and narrative”。

[2] 热奈特的原文为“any narrative manoeuvre that consists of narrating or evoking in advance an event that will take place later”。

此之前已经成为事实的一个事件的做法”[1]（40）。热奈特还在此基础上讨论了更加复杂的情况，比如他称之为“双重时间错位”[2]（83）的无时性（achrony）现象，即一些现代主义意识流小说中常见的倒叙中的预叙（proleptic analepses）和预叙中的倒叙（analeptic prolepses）。

1. **倒叙**（analepsis/flashback/retrospection）

明清批评家脂砚斋将倒叙的现象称为“倒卷帘”[3]。一种常见的形式是唤起一个从前已经发生但是没有得到叙述的与当前叙述存在关联的事件。在热奈特那里，这被称作“内部同故事倒叙”（internal homodiegetic analepsis）或者“补足型倒叙”（completing analepses）（54）。这种形式的倒叙可以通过叙述者或者人物的视角实现。

> 探春又笑道：“这几个月，我又攒下有十来吊钱了，你还拿了去。明儿出门逛去的时候，或是好字画，好轻巧玩意儿，替我带些来。”……探春道：“小厮们知道什么。你拣那朴而不俗，直而不拙者这些东西，你多多的替我带了来。我还像上回的鞋作一双你穿，比那一双还加功夫如何呢？”宝玉笑道：“你提起鞋来，我想起个故事。哪一回我穿着，可巧遇见了老爷，老爷就不受用，问是谁作的。我哪里敢提‘三妹妹’三个字，我就回说是前儿我生日，是舅母给的。老爷听了是舅母给的，才不好说什么，半日还说‘何苦来！虚耗人力，作践绫罗，作这样的东西。’我回来告诉了袭人。袭人说这还罢了；赵姨娘气的抱怨的了不得：正经兄弟，鞋搭拉袜搭拉的没人看的见，且作这些东西。”探春听说，登时沉下脸来道：“这话糊涂到什么田地。怎么我是该作鞋的人么！……”
>
> （曹雪芹、高鹗著，俞平伯校，启功注；2002：287）

探春托贾宝玉给她带东西，许诺像上次那样给贾宝玉做鞋以示感谢。叙述者即

---

[1] 热奈特的原文为“any evocation after the fact of an event that took place earlier than the point in the story where we are at any given moment”。

[2] Double anachronies。

[3] 这个名称将真实生活的生动性和文学的诗意与想象融合在了一起。人们在感受盎然的生活气息的同时或许也会联想起宋代女诗人李清照的几行诗：“昨夜雨疏风骤，浓睡不消残酒。试问卷帘人，却道海棠依旧。知否，知否？应是绿肥红瘦。”

以鞋为引子借贾宝玉之口讲述了一段以前未述的故事。此处运用倒叙不仅给贾宝玉、探春这件平淡无奇的生活小事增添了几分喜趣，而且也非常有助于总体的人物塑造。读完这段叙述，读者对身兼父亲和官僚双重身份的贾政严格而保守的性格以及赵姨娘待人尖酸刻薄、诸事不满于心的性格更加确认无疑。显然，通过在时间上跳回到过去，可以在字里行间暗示人物变化的心理或者作者特定的叙事评价。热奈特在分析《追忆逝水年华》时对此多有论述（Genette,1980: 78-79）。

如果“卷帘”人不是人物而是叙述者，那么通常会有一个时间指示语对时间的转换加以指引，例如“原来”、“那日”、“却说”等等（见第三章第一节第三点“时间指示语及时间意味的套语”）。这是中国古典小说在运用内部同故事倒叙时的一个独特现象。《水浒传》第六回，林冲与欺侮自家娘子的好色纨绔高衙内对峙被一段关于高俅认干儿子的叙述打断，而这段情节在第一回记述高俅发迹时是缺失的。叙述者就是用“原来”开启这段倒叙的：

> 胡梯上一个年小的后生，独自背立着，把林冲的娘子拦着道：“你且上楼去，和你说话。”林冲娘子红了脸道：“清平世界，是何道理，把良人调戏！”林冲赶到跟前，把那后生肩胛只一扳过来，喝道：“调戏良人妻子，当得何罪！”恰待下拳打时，认的是本管高太尉螟蛉之子高衙内。原来高俅新发迹，不曾有亲儿，无人帮助，因此过房这高阿叔高三郎儿子在房内为子。本是叔伯弟兄，却与他做干儿子，因此高太尉爱惜他……
>
> （施耐庵、金圣叹，2005[1608—1661]：160—161）

中国明清小说中另一种常见的倒叙类型是热奈特所谓的“内部异故事倒叙”（internal heterodiegetic analepsis）。明清评点家认为这类倒叙最见于长篇叙事，他们形象地称之为“花开两朵，各表一枝”。这是由中国古典小说故事线多重交织、主要人物众多、情节庞杂的特点所决定。《水浒传》第四回就有一个内部异故事倒叙的有趣例子：

> ……李忠道：“是我不合引他[鲁智深]上山，折了你许多东西，我的这一分都与了你。”周通道：“哥哥，我和你同生同死，休恁地计较。”看官牢记这话头，这李忠、周通自在桃花山打劫。

再说鲁智深离了桃花山，放开脚步……东观西望，猛然听得远远的铃铎之声。（130）

在桃花山结识后，李忠、周通下山劫财给鲁达做盘缠，不想鲁达洗劫山寨，自逃下山，李忠懊恼不已。有趣的是，在即将转入倒叙时，叙述者竟然跳出来要求读者不要忘记桃花山这段未完的叙述，然后便将叙事焦点引向在此之前的另一段情节，即鲁达离开桃花山后的遭遇。这种倒叙策略自然而然地将叙事焦点重新转回到鲁达身上。同时，叙述者又不想因此牺牲了叙事的连续性和完整性，所以他在开启倒叙前搭配使用了一个悬念（“看官牢记这话头……”）。在西方小说中，内部异故事倒叙与其说是一种结构的必然，倒不如说更多的是作为一种以有意义的新奇的方式呈现叙事信息的手法。而且，比较而言，西方小说对这一手法的运用在叙事规模上相对较小，也不会造成中国古典小说那种周期回环的结构形式。以《洛丽塔》开篇若干段落为例。倒叙的次序先是从洛丽塔到主人公从前爱上的小女孩安娜贝尔·李，再到叙述者兼主人公亨伯特·亨伯特自己的生平故事。这样一种时序的颠倒错乱不仅没有损害叙事的密度，而且由于三个人物间的内在相关性使得叙事的效率得以大大提高。

早晨，她是洛，平凡的洛，穿着一只袜子，挺直了四英尺十英寸长的身体。她是穿着宽松裤子的洛拉。在学校里，她是多莉。正式签名时，她是多洛蕾丝。可是在我的怀里，她永远是洛丽塔。

在她之前有过别人吗？有啊，的确有的。实际上，要是有年夏天我没有爱上某个小女孩儿的话，可能根本就没有洛丽塔……

我一九一零年出生在巴黎。父亲是……

（纳博科夫著，主万译；2005[1955]：9—11）

倒叙在西方小说中使用广泛，其例比比皆是。再如，《呼啸山庄》的叙述始于洛克乌遭遇卡瑟琳的鬼魂，但很快就经由女管家纳莉的回忆闪回到30年前。《包法利夫人》第一部从第五章“新娘的疑问”（The Bride’s Query）到第七章“早熟的学生”（Precocious Pupil）之间，爱玛婚后生活的叙述戛然跳转到她早年在修道院学校的岁月，从而使家庭生活乏味的日常性同她内在的强烈好奇形成对比。总之，不论是出于叙事结构或叙事完整性的需要，还是人物性格刻画或叙事心理深度的要求，倒叙可以说是一些成功叙事作品具有引人入胜的魅力的一个重要原因。

2. 预叙（prolepsis/flashforward/anticipation）

预叙是与倒叙相对应的一种叙述时间手法，简单说，就是在未来到来之前将其呈现。热奈特认为，虽然托多罗夫指出荷马的叙述中存在"预定的情节"（plot of predestination）（Todorov,1977: 65）的现象，但实际上预叙在西方小说中出现的频率远不及倒叙。另一方面，热奈特也强调，第一人称叙事比其他叙事类型更容易产生预叙，因为这些作品的怀旧式人物（retrospective character）让叙述者得以提及已经成为过去的将来（Genette,1977: 67）。普鲁斯特的《追忆逝水年华》就是绝佳的例子。犯罪或悬疑小说中经常用到的"我要是知道……"（Had I but known）等叙述套路也是很好的例证。这类小说的写作形式多数都是第一人称叙事。作为对热奈特的一个补充，里蒙 - 凯南则指出预叙也可以有效地运用于第三人称全知叙事。她举了穆丽尔·斯巴克（Muriel Spark）的《让·布罗蒂小姐的年轻时代》（*The Prime of Miss Jean Brodie*）中的一个例子：

> "话语是银子，但沉默是金子。玛丽，你在听吗？我刚才说了什么？"
>
> 玛丽·麦克格雷戈，长得像个肉团，脸上只露出雪人似的两只眼睛、一个鼻子和一张嘴，后来以呆傻出名，总是遭受斥责，二十三岁那年在一场旅馆火灾中送了命。这时她鼓足勇气迸出两个字："金子。"[1]
>
> （里蒙 - 凯南著，姚锦清等译；1989[1983]：88）

里蒙 - 凯南虽然没有明言，但我们无妨认为，预叙也可以是作者表达或修正其叙事评价的一种手段。上述例子中，让时间向前跳跃到玛丽的未来透露了作者对反应迟缓、缺心眼的玛丽的人物设计，也表露了作者对这一总体人物类型的评价态度。

预叙的功能在以第三人称全知叙事为主的中国古典小说中被充分利用。在批评术语上，最接近西方叙事学的预叙概念的应该是金圣叹归纳的 15 种叙事文法中

---

[1] 小说中的英文原文为："'Speech is silver but silence is gold. Mary, are you listening? What was I saying?' Mary Macgregor, lumpy, with merely two eyes, a nose and a mouth like a snowman, who was later famous for being stupid and always to blame and who, at the age of twenty-three, lost her life in a hotel fire, ventured, 'Golden'"。

的“倒插法”。但从金圣叹自己对该技法的说明[1]来看，倒插法其实只相当于伏笔（foreshadowing），很难算得上严格意义的预叙。从叙事文本层面看，最能反映预叙的思想的首先便是以对仗两联的形式出现、提炼一回中故事内容的回目。通过回目，读者不仅可以提前一睹故事梗概，还可以在阅读开始前对叙述立场或评价有所掌握。仅举如下两个回目便足以证明：“薛文龙悔娶河东狮，贾迎春误嫁中山狼”、“美香菱屈受贪夫棒，王道士胡诌妒妇方”。此外，中国古典小说常常会在第一回嵌入一种大手笔的预叙，明清时期的四大名著都显示出这一特征。但是，这种预叙仍然不同于其在西方叙事学中的意义，因为它似乎并不是简单地提前呈现某个事件、情形或后果，而是以一种高度凝练的暗示方式预示未来整体的发展或结局。这种暗示性（suggestiveness）让中国古典小说的作者可以结合运用预叙和伏笔或使二者不分彼此的模糊化（contamination），反过来也解释了金圣叹在说明“倒插法”时的模棱两可。《水浒传》第一回紧接“天下太平”四字的一段文字可以从一个侧面反映预叙在双方文学中的差异：

> 且住！若真个太平无事，今日开书演义又说着些什么？看官不要心慌，此只是个楔子，下文便有：
>
> 王教头私走延安府，九纹龙大闹史家村。
> 史大郎夜走华阴县，鲁提辖拳打镇关西。
> ……
> 忠义堂石碣受天文，梁山泊英雄惊恶梦。
> 一部七十回正书，一百四十句题目，有分教：
> 宛子城中藏猛虎，蓼儿洼内聚蛟龙。
> 毕竟如何缘故，且听初回分解。
>
> （施耐庵、金圣叹，2005[1608—1661]：17—21）

在这里，叙述者直接越界向读者喊话，提前透露整部叙事中主要人物、他们所谓的神话背景和江湖名号、故事将要发生的主要地点以及故事将要走向的结局，等等。

---

[1] “谓将后边紧要字，蓦地先插放前边。如五台山下铁匠间壁父子客店，又大相国寺岳庙间壁菜园，又武大娘子要同王干娘去看虎，又李逵去买枣糕，收得汤隆等是也。”

将这些"虎豹"、"蛟龙"分别与"天罡"、"地煞"对应反映出叙述者（或者说作者）对这场叛乱所持的道德立场。一方面，这应该可以算某种程度的预叙，因为它提前揭示了故事中的一些重要要素和冲突；另一方面，也可以理解为伏笔，因为很多地方仅仅点到即止，离开完整的阅读或对整体情节的把握很难做到有效解读。除了回目和首回外，预叙也见于叙述的过程当中。这种情况通常会附加"此是后话"、"暂且不表"之类的指示语。有时，叙述者的确是为了留住读者的好奇心，但更多时候只是为了结束某个无关紧要的叙述的一个套路。就好比在下面这个例子中，虽然叙述者承诺以后会继续讲述（"此是后话"），但实际上惜春和这几个丫鬟间的故事再也不会被提及：

> 因时已五更，宝玉请王夫人安歇，李纨等各自散去。彩屏等暂且伏侍惜春回去，后来指配了人家。紫鹃终身伏侍，毫不改初。此是后话。
>
> （曹雪芹、高鹗著，俞平伯校，启功注；2002：1300）

(二)时　距

热奈特的时距概念是用来描述不同于"时间错位"（anachrony）的另一种形式的时间关系，即故事时间与叙述时间的长度的对比关系。热奈特称之为"异时性"（anisochrony）。热奈特归纳了叙事运动节奏的四种基本形式，包含"省略"（ellipsis）、"停顿"（descriptive pause）两种极端形式和"场景"（scene）、"概要"（summary）两种中间形式。省略在叙事中经常使用，它是叙述速度的最大化，而叙述时间则减至零。比如，在塞缪尔·巴特勒（Samuel Butler）的《众生之路》（*The Way of All Flesh*）中，我们在接连三个段落中都可以看到省略。"乔治将近二十五岁的时候，他的姨父便以极优厚的条件让他作为他的生意里的一个股东"（巴特勒著，黄雨石译，1985[1903]：11），这里省略了乔治25岁之前的很大一部分成长岁月；"到本世纪初，两三个保姆带着五个孩子差不多定期要到沛兰来呆一阵"（11），至此又省略了乔治在妻子故去后抚养这些孩子的过程；"后来，一八一一年的一个冬天的早晨，我们正在后面孩子卧室里穿衣服，忽然听到教堂里敲起了丧钟，并听说老庞蒂费克斯太太去世了"（12），此处又省略了叙述者这些年与庞蒂费克斯家孩子交往的过程。与省略相反，描述性的停顿则是叙述速度的最小化，而故事时间则减至零。第三章第二节"空间性"的第二点选取的《包法利夫人》的例子便属此类。至于两种中间形式，场景是指叙述时间无限接近故事时间，因此一般只见于人物对白；而概要是指叙述时间的大幅缩减，里蒙 - 凯南引用的纳博科夫《黑暗中的笑声》（*Laughter in the Dark*）中的一个例子非常直观：

> 从前，德国柏林住着一位名叫艾尔比纳斯的男人。他有钱，受人尊敬，很幸福。有一天，他为了一个年轻情妇抛弃了妻子；他爱那女人，可那女人并不爱他，他便不幸地死去了。
>
> （里蒙 - 凯南著，姚锦清等译；1989[1983]：96）

查特曼增补了第五种形式，即减缓（*stretch*）。事实上，热奈特本人也简单提到过与概要相对应的“慢动作的场景”[1]（Genette,1980: 95），之所以语焉不详是因为他关注的是文字叙事而不是影像叙事。为了更直观清晰地呈现时距的这五种形式，特制作以下图表，其中 NT 指叙述时间（narrative time），ST 指故事时间（story time），见表 4-1。

表 4-1 热奈特、查特曼的时距类型分类

时距类型	时间关系 *
省略	NT（＝ 0）＜ ST
概要	NT ＜ ST
场景	NT ＝ ST
减缓	NT ＞ ST
停顿	NT ＞ ST（＝ 0）

*NT= 叙述时间，ST= 故事时间。

明清时期的小说评点家也认识到了时距的问题。但不同于西方经典叙事学条分缕析的分类，他们只粗略区分出两大范畴，即“极省法”和“极不省法”。综合金圣叹、毛宗岗以及张竹坡在这方面的评点来看，不难发现他们将省略和概要归到了极省法的范畴之下，将减缓和停顿归到了极不省法的范畴之下，而场景则基本不在他们的考虑之列。在缺乏叙述时间和故事时间的区分的前提下，他们可能只是按叙

[1] 英译文为“scene in slow motion”。

述的重要性程度来决定时距上的省与不省。这就是为什么金圣叹认为王婆说风情、武松打虎、宋江犯罪、还道村捉宋江等情节的叙述属于极不省法或大落墨法（施耐庵、金圣叹，2005[1608—1661]：30—31）。

对于中国评点家来说，这种宽松而有弹性的区分倒也不乏实际的好处。在他们的评点实践中，我们看到他们有时也会用这两个术语去描述时距以外的叙事现象。以极省法为例，除了省略和概要以外，金圣叹还用其涵盖叙事节约（narrative economy）的其他情形。比如，当武松作为打虎英雄被迎回阳谷县受到礼遇时，凑巧他那久别的兄长武大也从清河县搬来了，而更凑巧的是他们竟然就在大街上撞见了。金圣叹认为这种精心设计的巧合省去了许多叙述上的周折，也应归类为极省法。但显然，这跟西方叙事学的时距现象相去甚远。毛宗岗在《三国演义》的评点中指出了另一种类型的极省法，即通过人物在对话中的陈述补足缺失的重要叙事信息。

> 又一日，卓于省台大会百官，列坐两行。酒至数巡，吕布径入，向卓耳边言不数句，卓笑曰："原来如此。"命吕布于筵上揪司空张温下堂。百官失色。不多时，侍从将一红盘，托张温头入献。百官魂不附体。卓笑曰："诸公勿惊。张温结连袁术，欲图害我，因使人寄书来，错下在吾儿奉先处。故斩之。公等无故，不必惊畏。"众官唯唯而散。
>
> （罗贯中著，郭皓政、陈文新评注；2006[1330—1400]：31）

张温意图加害董卓这一情节通过董卓之口得以补足。先是董卓回了告密的吕布一句"原来如此"，后是他当场斩杀张温后对百官道明原委。这种先斩后奏的极省法既把董卓粗猛暴虐、玩弄权术的性格刻画得淋漓尽致，又制造了情节发展上的惊奇效果，极大地增强了艺术性和可读性。

（三）频　率

频率作为一个叙事时间要素在热奈特之前少有研究。热奈特将其定义为事件发生的次数和它被叙述的次数之间的关系。与时序、时距一样，频率的分类也是从故事—话语二分法演绎而来。热奈特区分了频率的三种基本类型，即单一叙述（singulative，即"讲述一次发生过一次的事"）、重复叙述（repetitive/repeating，即"讲述 n 次发生过一次的事"）和概括叙述（iterative，即讲述一次发生过 n 次的事）。

这种区分看上去科学严谨，但其实在理论上和实践上并非没有问题。首先，就重复叙述（即讲述n次发生过一次的事）而言，一方面它被清楚地描述为叙述次数与事件发生次数之间多对一的关系，而另一方面这种复制行为在叙事实践中即使不是不可能的，也是十分非典型的。一个经常引用的例子是福克纳小说《押沙龙，押沙龙！》（*Absalom, Absalom!*）中查尔斯·邦（Charles Bon）的谋杀。根据里蒙-凯南的统计，邦的谋杀在小说中总共被叙述了39次之多。然而，里蒙-凯南自己也不忘补充说明，每次重复在叙述者、聚焦者、时距、叙述主题、风格等方面都不一样（Rimmon-Kenan,1983: 58）。鉴于所有这些复杂的差异，我们很难说它到底是个真正意义的叙事频率问题，还是叙述的前后照应（narratorial cross-reference）或者人物在对话中的陈述（conversational report）。一个更直观的例子是黑泽明执导的著名电影《罗生门》。在那里，武士的谋杀分别由强盗、武士妻子、通过灵媒说话的武士鬼魂以及目击者重新陈述。然而，这部电影之所以具有观赏性并不是因为事情被重复（更何况事情并非真正被重复），而是在于四个平行的陈述间的相似性和差异性折射出来的复杂人性。因此，从这个意义上说，真正重要的并不是频率本身，而是平行叙述之间相似性和差异性所构成的艺术张力。热奈特或许也意识到了不妥，他曾简要提到所谓的“相同事件”（identical events）或“同一事件的重复”（recurrence of the same event）是指“仅从它们相似性的角度考虑的一系列相似事件”[1]（Genette, 1980: 113）。然而，这样的澄清又在一定程度上与他对频率的三分法相矛盾，因为该分类法的基础是故事与相应的叙述之间的数量关系。

换个角度，热奈特强调的“相似性”可以成为与中国古典文论的叙事频率思想对话的一个连接点。金圣叹区分了两种类型的叙事频率：“正犯法”和“略犯法”。在金圣叹那里，正犯并不是指事件的重复叙述，而是对那些重要的或者能产生阅读乐趣的话题不惜打破叙事禁忌，一而再、再而三地充分利用。他将《水浒传》中正犯的情形归纳如下：

> 有正犯法。如武松打虎后，又写李逵杀虎，又写二谢争虎；潘金莲偷汉后，又写潘巧云偷汉；江州城劫法场后，又写大名府劫法场；何涛捕盗后，又写黄安捕盗；林冲起解后，又写卢俊义起解；朱仝、雷横放晁盖后，又写朱仝、雷横放宋江等。正是要故意把题目犯了，却有本事出落得无一

[1] 英译文为“a series of several similar events considered only in terms of their resemblance”。

点一画相借，以为快乐是也。真是浑身都是方法。

（施耐庵、金圣叹，2005[1608—1661]：5）

在金圣叹看来，打虎、偷汉、劫法场等话题要么以其紧张冲突扣人心弦，要么揭示了人物性格或人性的某些重要方面，因此，非重复无以相映成趣。正犯这类话题的目的正是为了增强故事的趣味性（“以为快乐也”），创造一种寓于相似性之中的奇妙差异性的艺术效果（“却有本事出落得无一点一画相借”）。

金圣叹用略犯法指相似事件或人物之间的部分重复，或者在相对不重要的方面的重复。他列举了《水浒传》中的以下例子：

有略犯法。如林冲买刀与杨志卖刀，唐牛儿与郓哥，郑屠肉铺与蒋门神快活林，瓦官寺试禅杖与蜈蚣岭试戒刀等是也。（5）

以林冲买刀和杨志卖刀为例。这两个人物的故事在小说中相去甚远，而且买刀和卖刀的行为对于人物刻画而言相对是较小的事件。但由于读者有可能对二者之间的相似性产生兴趣，所以金圣叹将之归为略犯法。除了都与刀有关外，相似性还表现在由刀的意象产生的互文性，而作者正是利用这种互文性反映林冲和杨志不一样的性格特征。第七回对林冲买刀的叙述反映了作为八十万禁军教头的他对武器和武艺的由衷热爱，而第十二回对杨志叫卖祖传宝刀并在此过程中杀死了一个挑战者的叙述则反映了他身为将门之后的穷困潦倒和一介勇夫的莽撞。

明清小说也不乏西方叙事学意义上的重复叙述和概括叙述的例子。例如，《水浒传》第四十五、四十六回中杨雄之妻潘巧云与裴如海的偷情就在不同场合通过不同的聚焦者叙述了7次之多。（赵毅衡，1998：102）这显然属于重复叙述。《红楼梦》第五回在说到贾宝玉和林黛玉的亲密友爱时，用了“日则同行同坐，夜则同息同止”（曹雪芹、高鹗著，俞平伯校，启功注；2002：48）的说法一笔带过，可以视为一个概括叙述的例子。当然，明清叙事思想基本上不从叙事频率的角度来看待这两类情形，而是倾向于将重复叙述视为回指照应，将概括叙述视为极省法的一种形式。

二、核心事件与附属事件

核心（kernels）和附属（satellites）是查特曼提出用来描述叙述事件的等级性（hierarchy）的两个概念。核心与附属的区分实际上是基于巴尔特的 *nuclei* 和 *catalysers* 的区分，前者作为“叙事真正的枢纽点”[1]（Barthes,1978: 53），后者则“仅仅用来填充分隔这些枢纽点的叙述空间”[2]（53）。巴尔特打了一个非常有趣的“电话铃响了”的比喻。（94）电话铃声一响，就等于开启了一个接或者不接的不确定性。但是，从铃声响起到接或者不接电话之间的空隙可以由许多细碎的动作或描述填充。比如，这个人可以突然感到吃惊，然后自言自语地嘀咕几句，然后熄了（或者点上）烟，或者他也可以径直走过去拿起话筒。因此，电话铃响就好比一个核心事件，因为它引入了一个带有不确定性的情形，而与之伴随的一系列动作或描述则应视为附属，因为它们至少从表面看不能引出重要的后果。

巴尔特的这个类比非常生动。然而，要从叙事学意义上将核心事件和附属事件区分开来却也并非总是易事，因为叙事的深层结构特点有时更多是作为一种阅读感受获得的，而不是可以从形式表象上轻而易举地观察出来。虽然查特曼自己也坦言这个区分“仅仅是术语意义上的，机械的”[3]（Chatman,1978: 55），但他并没有想办法弥合这两个概念在理论和现实上的差距；他只是强调，核心和附属可以由“叙事逻辑”[4]（53）或者“分析者的元语言”[5]（54）进行确定，它们的区别是“一种任何读者都可以自证的心理现实”[6]（55）。查特曼这些补充的论述虽然听起来言之成理，但其中明显流露出的不确定性和主观性似乎恰恰违犯了结构主义的基本原则。

明清叙事思想在这方面延续了其固有的隐喻化和跨体裁特征。明清之际的批评家毛宗岗和金圣叹都用了“主”、“宾”这对概念指称西方叙事学中所谓的核心事件和附属事件。这种名称虽然看上去不似西方的概念那样有“科学味”，但其实却允许了很高的灵活度和包容性。金圣叹认为主、宾关系不仅限于事件层面，而是将

[1] 巴尔特的原文为“real hinge-points of the narrative”。

[2] 巴尔特的原文为“merely fill in the narrative space separating”。

[3] 查特曼的原文为“merely terminological and mechanical”。

[4] narrative logic。

[5] the analyst’s metalanguage。

[6] a psychological reality that anyone can prove to himself。

其上升到了“叙事之法”的高度：

> 从来叙事之法，有宾有主，有虎有鼠。……夫读书而能识宾主旁正者，我将与之遍读天下之书也。
>
> （施耐庵、金圣叹，2005[1608—1661]：139，179）

毛宗岗对这一叙事现象也颇有感触，他评论道，“以宾衬主”（朱一玄、刘毓忱编，1983：299）是《三国演义》中用到的一个非常成功的叙事技巧。他按“人”、“事”、“地”、“物”四大范畴列举和分析了该小说中21对重要的主宾关系。（299—300）金圣叹进一步拓宽了宾主关系的范围，往大处延伸到情节和故事线，往小处延伸到人物对话。例如，金圣叹认为以下杨志的话语中，句（1）只是作宾的，句（2）才是主，因为它里面包含了杨志真正的用意，即怂恿武松早作决断，落草梁山。由此看来，中国明清叙事思想中的宾主关系远远超出了西方经典叙事学的事件范畴，不仅是一种叙事技术层面的区分，更成为了一种具有高度灵活性和解释力的叙事思想。

> （1）“不是小人心歹，比及都头去牢城营里受苦，不若就这里把两个公人做翻，且只在小人家里过几时。（2）<u>若是都头肯去落草时，小人亲自送至二龙山宝珠寺，与鲁智深相聚入伙如何？</u>”[1]
>
> （施耐庵、金圣叹，2005[1608—1661]：139，179）

三、悬念与惊奇

悬念（suspense）和惊奇（surprise）都是经典的文学理论术语，之所以成为叙事学的关注点主要是由于其与情节发展的内在联系。本章选取它们作为比较对象既因为它们与中国叙事思想存在比较价值，也因为它们与本章其他三个方面的密切关系。一是作为“时间—情感浸入”[2]（Herman, Jahn & Ryan eds., 2005: 578）的效果，悬念和惊奇与小说的时序方面存在着关联。我们经常看到，在小说情节推进过程中，

---

[1] 编号和下画线系引者添加。

[2] temporal-affective immersion。

悬念不断地累积和强化，最终以惊奇的方式得到解决，有时也会通过预叙的时间处理手法使悬念的累积得以强化。二是在叙事中设置悬念常常需要借助某些预示性的附属事件。三是读者对悬念和惊奇的体验常常表现为对感兴趣人物的命运的关切。时序和附属事件已经在前两节有过探讨，将在接下来一节展开对人物的比较。

首先，我想引用艾布拉姆斯从概念意义上对悬念和惊奇所做的区分：

> 关心的读者对将要发生什么——尤其是已同他建立共鸣纽带的人物将要发生什么——缺少确定性，这就是所谓的悬念。如果实际发生的结果有违我们已经形成的任何预期，这就是所谓的惊奇。[1]
>
> （Abrams,1999: 225）

悬念对叙事的意义显然要超过惊奇，因为它可以贯串叙事的局部乃至全局，而且正是悬念的渐强和瞬间变化为惊奇准备了前提条件。在叙事中，悬念与惊奇的互动关系可以变得非常之复杂。通常，悬念是由一种对结果不确定性的好奇心或焦虑感的积累所形成，而这种结果可能被证明是惊奇，也可能不是惊奇。换言之，悬念最终的解决方式既可以是满足读者的预期，也可以是挑战这种预期。我们不妨再举《洛丽塔》为例。叙述者在小说开篇对洛丽塔动情的描述、倒叙洛丽塔之前的安娜贝尔·李以及预叙亨伯特在法庭上的陈词共同构成了一个悬念，即亨伯特与洛丽塔的感情纠葛很可能是离经叛道的，甚至终将是悲剧式的。随着阅读的推进，这样一种期待会自然而然地得到满足，并不会产生多少惊奇效果。然而，围绕奎迪（Quilty）和他在故事中的作用的悬念将会随着洛丽塔吐露事情真相、亨伯特实施报复以后在读者心中产生强烈的惊奇效果。悬念的复杂性还在于它的“韧性”（resilience）（Herman, Jahn & Ryan eds., 2005: 579），也就是说，当叙事结果的不确定性解除后，悬念仍然可能持续存在。以索福克勒斯（Sophocles）的悲剧《俄狄浦斯王》（*Oedipus the King*）为例，虽然读者早已从希腊神话中知道了故事中人物所不知道的真相，但这并不会真正妨碍他们阅读和重读的兴趣。

明清叙事思想注意到了悬念和惊奇对叙事的重要意义。毛宗岗分析了小说家如

---

[1] 原文为“A lack of certainty, on the part of a concerned reader, about what is going to happen, especially to characters with whom the reader has established a bond of sympathy, is known as suspense. If what in fact happens violates any expectations we have formed, it is known as surprise”。

何通过伏笔和预示性的附属事件制造悬念，并将这一技巧形容为“隔年下种，先时伏着之妙”（朱一玄、刘毓忱编，1983：305）。他以他惯常的方式罗列了《三国演义》中所有用到这种技巧的地方。金圣叹有时将悬念和惊奇的互动称为“龙跳虎卧”（施耐庵、金圣叹，2005[1608—1661]：56）。然而，相对于悬念和惊奇，中国明清批评家似乎更看重它们更趋外围、更显微妙的表现形式，毛宗岗称之为“将雪见霰，将雨闻雷”（朱一玄、刘毓忱编，1983：303）和“浪后波纹，雨后霡霂”（304），金圣叹则分别称之为“弄引法”和“獭尾法”（施耐庵、金圣叹，2005[1608—1661]：4）。毛宗岗和金圣叹的这两对区分总体上相当于现代文论中的伏笔（foreshadowing）、收场（denouement）、前奏（prelude）、尾声（postlude）等说法。西方经典叙事学仅对其中的伏笔略有探讨。金圣叹和毛宗岗分别列举了大量叙事实例说明这两种技巧。比如，对于前一种，毛宗岗列举了《三国演义》中曹操败于濮阳之火的例子：

> 《三国》一书，有将雪见霰、将雨闻雷之妙。将有一段正文在后，必先有一段闲文以为之引；将有一段大文字在后，必先有一段小文以为之端。如将叙曹操濮阳之火，先写糜竺家中之火一段闲文以启之；……
>
> （朱一玄、刘毓忱编，1983：303）

对于后一种，金圣叹则举了《水浒传》中武松打虎的叙述：

> 有獭尾法。谓一段大文字后，不好寂然便住，更作余波演漾之。如梁中书东郭演武归去后，知县时文彬升堂；武松打虎下冈来，遇着两个猎户；血溅鸳鸯楼后，写城壕边月色等是也。
>
> （施耐庵、金圣叹，2005[1608—1661]：4）

所谓的“余波演漾”或者“獭尾”不由得让人想起现代西方惊悚悬疑类电影常用的一种手法：当故事中最主要的恐怖或危险情形消除后，电影眼看就要结尾时，突然“回光返照”般地给出一个危机重起的画面或暗示，不仅带给毫无思想准备的观众最后一阵心跳，也留下了一种意犹未尽的悬念感。在现实操作层面，则为拍摄续集预留了空间。然而，这种情形却无法归到西方叙事学的惊奇的范畴，因为惊奇一般是相对悬念而言的，而这种情形在其前面并没有任何的悬念做准备。此外，在实际效果上，它又是惊奇和悬念二者的结合，观众在受到最后一惊后也带走了“余音绕梁”般的念想。

四、人　物

一直以来，人物都是文学理论探讨和争论的一个焦点。以亚里士多德为代表的早期理论家认为情节（plot/action）的重要性胜过人物（character）。亨利·詹姆斯（Henry James）则指出两者之间是一种不可分割、相互依存的关系，他说“人物如果不是事件的决定者，又是什么？事件如果不是人物的证明者，又是什么？”[1]（James, Zacharias, ed.; 2008: 84）E·M·福斯特的观点则更为激进，他直指亚里士多德的观点是不正确的，不仅提出了人物胜于情节的观点（Forster,1985: 83），更做出了著名的扁平人物（flat character）和圆形人物（round character）区分（67）。人物和情节之间的争论似乎既没有休止，也没有答案。

结构主义和解构主义是最大的游戏规则改变者。根据这些批评理论，人物要么被视为纸张上的印迹（marks on the page），要么被视为话语建构的效果（effects of discursive constructions）。在此方面，罗兰·巴尔特做了一个最标志意义的表态，他在宣布了作者之死后顺带地宣布：“当今小说中即将过时的不是小说性本身，而是人物。”[2]（Barthes,1974: 95）形式主义和结构主义叙事学家对待人物的方式也十分相似，他们一般将人物归为不同的情节功能，以便将人物连同人格化的作者从文本中驱逐出去。这种发展方向的开先河者当推俄国形式主义文论家普罗普（Vladimir Propp）和符号学家格雷马斯（A. J. Greimas）。普罗普从俄国民间故事中抽象出七种角色类型：坏人（villain）、神助（donor）、帮助者（helper）、被寻求者（the sought-for person）、派遣者（dispatcher）、主人公（hero）和假主人公（false hero）。（Propp, 1984: 173）格雷马斯则提出了“行动元”（actant）概念和行动元模式：主体 / 客体（subject/object）、发送者 / 接收者（sender/receiver）、帮助者 / 敌对者（helper/opponent）。（Martin & Ringham, 2000: 19）

结构主义叙事学继承了这一传统，试图为所有叙事开启一个普遍适用的模式。

---

[1] 詹姆斯的原文为：“What is character but the determination of incident? What is incident but the illustration of character ?”

[2] 巴尔特的原文为：“What is obsolescent in today’s novel is not the novelistic, it is the character。”

然而，这种做法也可能在某些重要的方面给文学带来损害。在文学的实际阅读中，人们或许并不真正在乎（也不真正确定）人物的特定角色或者功能。以《远大前程》中的主人公皮普为例，身为主人公的他在故事情节中既是主体又是客体，既做过发送者也做过接受者，有两次他是作为马格威奇的帮助者，而后者反过来又成为了他的帮助者，他以为郝维辛是他的帮助者但最后却证明是敌对者，等等。可见，在语言文学的王国里，似乎没有什么真是那么绝对的。与辨别角色类型相比，对于读者更重要的或许是从浸入式的阅读中获得一种奇妙的情感和智力体验。换言之，虽然结构主义文论极力想从文本中去除人的因素，但不可否认，诸如主体性、内在性、美感、阅读心理过程等问题必将继续影响人们对文学文本的阅读。

为了调和关于人物的对立观点，费伦（James Phelan）和拉比诺维茨（Peter J. Rabinowitz）提出了人物的三成分说：模拟成分（mimetic component），指人物所具有的表现现实的潜力；主题成分（thematic component），指人物所具有的体现观点或思想的潜力；以及合成成分（synthetic component），指人物在实施作者或叙述者意图以及情节功能方面的人为属性。（Herman, Phelan & Rabinowitz, 2012: 111-116）考虑到人物与文学史中其他对应人物之间的可比关系，布莱恩·理查森（Brian Richardson）在此基础上又补充了第五种，即互文成分（intertextual component）。（136）

中国明清叙事思想对人物非常重视。虽然没有在人物和情节二者之间做出判断或取舍，但它把关注重点放在人物的性格个性和模仿效果（mimetic effect）上。金圣叹就指出，人们之所以对《水浒传》百读不厌就是因为它成功地描摹了一百零八个英雄人物的个性。[1] 批评家李卓吾从模仿效果的角度谈论了《水浒传》人物塑造的独到之处：

> 说淫妇便像个淫妇，说烈汉便像个烈汉，说呆子便像个呆子，说马泊六便像个马泊六，说小猴子便像个小猴子，但觉读一过，分明淫妇、烈汉、呆子、马泊六、小猴子光景在眼，淫妇、烈汉、呆子、马泊六、小猴子声音在耳，不知有所谓语言文字也何物。
>
> （孙逊、孙菊园编，1991：94）

李卓吾对《水浒传》人物逼真效果的论述得到了明清其他批评家的呼应。金圣

[1] “别一部书，看过一遍即休；独有《水浒传》，只是看不厌，无非为他把一百八个人性格，都写出来。”（施耐庵、金圣叹，2005[1608—1661]：2）

叹的评价是："任凭提起一个，都似旧时相识"（施耐庵、金圣叹，2005[1608—1661]：2）。这非常接近西方文学批评常用的"既视感"的说法。李卓吾对淫妇、烈汉、呆子、马泊六、小猴子的角色类型区分[1]与普罗普对俄国民间故事7种角色类型异曲同工，而这些角色在性格上的类型化则让人联想到福斯特的"扁平人物"概念。他的"光景在眼……声音在耳……不知有所谓语言文字也何物"的观点是对西方文论认为人物不过是"纸张上的印迹"这一过度简化的观点的来自中国古代的批驳。

当然，李卓吾的评论不应被认为中国古典小说只塑造扁平人物。虽然按照福斯特的标准，中国古典小说的很多人物的确是扁平型，但我们必须注意到，中国古代的小说家更关心的不是制造扁平或原型人物，而是充分发掘模式化人物（stock character）的潜力并将他们转化为中国小说特有的"并合式人物"（composite character）（Plaks,1977: 345）。所以，将福斯特的标准机械地套用在中国小说上可能会造成范式上的错误。李卓吾将人物塑造的总原则归纳为"全在同与不同处有辨"（孙逊、孙菊园编，1991：100），而毛宗岗则提出了"同树异枝、同枝异叶、同叶异花、同花异果"（朱一玄、刘毓忱编，1983：300）的人物塑造理念。这种同质（homogeneity）和异质（heterogeneity）的辩证美学超越了福斯特扁平和圆形的划分。李卓吾举了《水浒传》中一系列"急性子"人物为例：

> 且水浒传文字妙绝千古，全在同而不同处有辨。如鲁智深、李逵、武松、阮小七、石秀、呼延灼、刘唐等众人，都是急性的，渠形容刻画来各有派头，各有光景，各有家教，各有身分，一毫不差，半些不混。读者自有分辨，不必见其姓名，一睹事实，就知某人某人也，读者亦以为然乎？（100）

虽然这些人物都可以贴上一个"急性子"的标签，但由于作者的成功刻画，我们只需通过具体的事件或情节片段就可以辨明他们的"同中之异"，反推出这个人物姓甚名谁。显然，这种并合式人物不同于西方小说在人物相对单一化的背景下产生的扁平人物或圆形人物。金圣叹在《水浒传》评点中更是列举了大量这种例子。比如，他认为以下这些人物都可归类为"粗卤人"，但在这个并合人物的群体中，

---

[1] "马泊六"即不正当男女关系的牵线人、淫媒；"小猴子"即小配角、丑角，相当于英语中的"harlequin"。

他们却又同中有异、各有独到：

> 《水浒》只是写人粗卤处，便有许多写法。如鲁达粗卤是性急，史进粗卤是少年任气，李逵粗卤是蛮，武松粗卤是豪杰不受羁靮，阮小七粗卤是悲愤无说处，焦挺粗卤是气质不好……
>
> （施耐庵、金圣叹，2005[1608—1661]：2）

同样是粗鲁英雄汉，却可以进一步区分出性急、少年任气、霸蛮、刚猛不屈、悲愤郁闷和单纯的脾气不好。这不仅是一种人物塑造的美学境界，也是符合我们现实生活的经验的。西方文论中的扁平人物理论无法处理这种复杂关系，而圆形人物理论则一方面过于注重人物性格的复杂性和多面性，从而难以突显人物性格中相对稳定的主流，另一方面由于将刻画的功夫集中在单一的主人公上，不利于谱写出“同中见异、异彩纷呈”的人性交响曲。

综上，本章从四个方面探讨和比较了作为叙事重要内核的故事，分别是：描述叙事时间复杂性的时序、时距和频率，描述叙事事件等级性的核心和附属，通过不同事件呈现方式操纵读者阅读心理的悬念和惊奇，以及作为故事中行为（action）、对话（dialogue）和动机（motivation）的主要参与者或体现者的人物。通过比较，我们发现这些观点和概念其实是中国明清叙事思想和西方经典叙事学所共有的，不同的只是程度与角度上的差异。如前所述，明清叙事诗学中与“核心”、“附属”相对应的观点不仅可以用来描述事件的关系，也被推广至人物、言语和故事线等方面；中国古典小说“并合式人物”的塑造理念也可以丰富和补充西方小说理论的“扁平人物”和“圆形人物”二分法，等等。

第五章　话　　语

在上一章讨论和比较了作为叙事骨架（skeleton）和本原（hypostasis）的故事之后，本章将进而讨论和比较作为叙事血与肉（flesh and blood）的话语。由于叙事话语包含甚广，有必要明确一下本章的范围。首先，由于本章是对叙事理论的比较研究，因此将不会过多涉及修辞学和语言学的话语理论，比如词类、修辞类型、言内与言外行为（locutionary and illocutionary）、语用含义（implicature），等等，但在“言语表现”一节将用到直接引语和间接引语的相关区分。二是从结构主义视角来看，话语是叙事信息传递的形式，并不是叙事的形式本身，因此对话语的探讨和比较不追求面面俱到，而是集中于具有比较价值的三个相互关联的重要方面：聚焦、言语表现和人物塑造。

一、视角与聚焦

叙事研究中有一个很经典的问题，那就是“谁在看？”（who sees?）和“谁在讲？”（who speaks?）的问题。热奈特正是以这对问题为基础提出了聚焦（focalization）概念。“在讲”的当然是叙述者；“在看”的既可以是人物，也可以是叙述者自己（当叙述者同时作为一个人物参与故事），其视点（point of view）导引着叙事的视角（perspective）。为避免关于视觉的这几个传统术语间的混淆和重叠，热奈特提以聚焦的概念涵盖叙事中的“谁在看”现象。从现象上看，聚焦概念描述的是叙事视角的问题，但在本质上它反映的是叙事信息调节的过程带来的心理和意识形态方面的可能性。聚焦包含了叙述者（narrator）、聚焦者（focalizer）和被聚焦者（focalized）三个方面的关系。以《简·爱》的开头为例，叙述者是回忆往事的成年人简，聚焦者是孩童时代的简，而被聚焦者是她在那个阴冷冬日里的所见和所想。在这部分叙述中，叙事信息是从聚焦者的视点开始经过叙述者视角的过滤之后最终到达读者的意识。这个过程就是叙事信息调节的过程。

热奈特将聚焦分为三种：全知叙述下的零聚焦（zero focalization）、以叙述者为聚焦者的外聚焦（external focalization）和通过人物——聚焦者实现的内聚焦（internal focalization）。包括里蒙 - 凯南在内的一些叙事学家认为，零聚焦事实上可以理解为发挥到极致的一种外聚焦（Rimmon-Kenan,1982: 75-77）。一般认为，外聚焦在维多利亚时代的现实主义小说中更常使用，而内聚焦则更多见于现代主义小说。以下从伍尔夫（Virginia Woolf）的小说《到灯塔去》（*To the Lighthouse*）中选取的两个例子可以说明聚焦在心理、感情和意识形态等上怎样发挥作用。

> 要是手边有斧头、拨火棍、或者无论什么能在他父亲胸口捅个窟窿把他当场杀死的武器，詹姆斯都会把它抓起来的。拉姆齐先生只要在场，就会在他子女的心中激起如此极端的感情。现在他站在那里，瘦得像把刀，窄得像条刀刃，满脸嘲笑的神气，不仅因使儿子失望和使在各方面都比他好一万倍（詹姆斯这样认为）的妻子显得可笑而高兴，而且还因自己判断的准确性而得意。[1]
>
> （伍尔夫著，王家湘译；2001[1953]：178）

小说第一章中通过詹姆斯进行的聚焦只有两次，以上引文是第二次。第一次是内聚焦，发生在他母亲宣布明天要趁着好天气一起去灯塔时，内聚焦的目的是为了表现詹姆斯内心的喜悦和兴奋。当他父亲发言说明天天气好不了时，詹姆斯突然感到十分沮丧，内聚焦转为关于他如何看待他父亲的第二次聚焦。第一句话“要是手边有斧头……都会把它抓起来的”尚可以理解为以詹姆斯为聚焦者的内聚焦，但自此以后便滑向了以叙述者为聚焦者的外聚焦。之所以是外聚焦，是因为子女对拉姆齐先生的态度和感受以及拉姆齐先生自己的心思除了叙述者外没有人能同时知晓。

[1] 伍尔夫的原文为：“Had there been an axe handy, a poker, or any weapon that would have gashed a hole in his father's breast and killed him, there and then, James would have seized it. Such were the extremes of emotion that Mr Ramsay excited in his children's breasts by his mere presence; standing, as now, lean as a knife, narrow as the blade of one, grinning sarcastically, not only with the pleasure of disillusioning his son and casting ridicule upon his wife, who was ten thousand times better in every way than he was (James thought), but also with some secret conceit at his own accuracy of judgement”（Woolf, 1994: 3）。

内聚焦到外聚焦的切换可能会造成认知上的前后冲突。这就是为什么叙述者在评价拉姆齐夫人“各方面都比他好一万倍”时，插入了一个说明性的括弧“詹姆斯这样认为”。这种切换也可能造成叙述不可靠性（narratorial unreliability）的疑虑。但是通篇来看，这种叙述不可靠性完全可能是作者为实现整体叙事效果而故意设计的。以拉姆齐先生为例，渐渐地读者会认识到，其人物性格和角色作用远远不像这句评价那样简单。

除了内外聚焦的切换外，《到灯塔去》也有一些内聚焦从一个聚焦者自然而然地滑向另一个聚焦者的例子。这在表现人物的心理深度和人际关系的微妙性方面发挥着独特的作用。在下面这段例子中，拉姆齐夫人在同丈夫以及他的仰慕者坦斯利谈论天气后，感到失望的同时瞥见镜子中的自我。这一不经意的举动引发了她的思忖，然而就在这个过程中，意识的中心（centre of consciousness）又十分自然地滑向她的三个女儿（下画线为引者添加，表示聚焦者滑动的过渡部分）：

> 当她向镜子里看去，看见自己的头发白了，面颊凹陷；五十岁了，她思忖着，也许她本来有可能把事情处理得好一点——她的丈夫、钱财、他的书籍。但是就她个人来说，她对自己的决定永远不会有丝毫的后悔，永远不会回避困难或敷衍塞责。现在她看起来令人生畏，只是在她就查尔斯·坦斯利说了这番严厉的话后，她的女儿们——普鲁、南希、萝丝——才从餐盘上抬起眼睛，默默地琢磨她们在和母亲不同的生活中逐渐形成的离经叛道的思想；也许是巴黎的生活；更为无拘无束的生活；不用总是照顾某个男人；因为在她们心里对于尊重女性和骑士风度、对于英格兰银行和印度帝国、对于戴戒指的手指和带花边的华丽服饰，都抱着无声的怀疑。尽管对她们来说这一切中包含着本质的美，呼唤出她们少女心中的男子气概，使她们在母亲的目光下坐在餐座旁时，对她奇怪的严厉、对她像女王把乞丐的一只脏脚从泥浆里拿出来洗净那样的极度谦恭有礼产生了崇敬之情；母亲因为她们谈到那个一直追随她们到——或更确切地说，被邀请到——斯

凯岛来的讨厌的无神论者而这样极其严厉地告诫她们，也使她们产生了崇敬之情。[1]（179—180）

滑动式内聚焦（slipping internal focalization）的好处在于可以将拉姆齐夫人矛盾的内心世界与女儿们同样矛盾着的内心世界两相对照，同时从多个方面折射出她与女儿们的关系状况。拉姆齐夫人的矛盾心态来自生活和岁月对灵魂的消磨，但是她对家庭价值的恪守最终还是战胜了对自我的质疑。当她不经意间对镜自怜的时候，她也成为了女儿们的一面镜子。她们形成了与她全然不同的对生活、家庭和世界的看法。然而，即便如此，她们仍然相信并且敬重母亲身上的那种“本质之美”。总而言之，聚焦者从拉姆齐夫人转换为女儿们不仅拓展了叙事的心理空间，也使得处于聚焦之下的这两个意识中心之间价值和信息的双向流动变得可能。

中国明清叙事思想中似乎未见专门用来表示聚焦或叙事视角的理论术语。但是，从评点中我们可以看出批评家们认识到了这种叙事现象及其在叙事信息调节方面的作用。最明显的例子就是，他们在评点时会频频使用“向……口中说出”、“从……眼中看出”等套语。这与西方叙事理论中的“谁在讲”和“谁在看”简直不谋而合。金圣叹对《水浒传》第八回野猪林内衙役欲取林冲性命一节的评点中将这种叙事现象笼统地称之为“奇文奇笔”：

话说当时薛霸双手举起棍来望林冲脑袋上便劈下来。说时迟，那时快；

[1] 伍尔夫小说的原文为：“When she looked in the glass and saw her hair grey, her cheek sunk, at fifty, she thought, possibly she might have managed things better—her husband; money; his books. But for her own part she would never for a single second regret her decision, evade difficulties, or slur over duties. She was now formidable to behold, and it was only in silence, looking up from their plates, after she had spoken so severely about Charles Tansley, that her daughters, Prue, Nancy, Rose—could sport with infidel ideas which they had brewed for themselves of a life different from hers; in Paris, perhaps; a wilder life; not always taking care of some man or other; for there was in all their minds a mute questioning of deference and chivalry, of the Bank of England and the Indian Empire, of ringed fingers and lace, though to them all there was something in this of the essence of beauty, which called out the manliness in their girlish hearts, and made them, as they sat at table beneath their mother's eyes, honour her strange severity, her extreme courtesy, like a queen's raising from the mud to wash a beggar's dirty foot, when she admonished them so very severely about that wretched atheist who had chased them—or, speaking accurately, been invited to stay with them—in the Isle of Skye”（Woolf,1994: 5）。下画线为引者添加。

> 薛霸的棍恰举起来，只见松树背后，雷鸣也似一声，那条铁禅杖飞将来，把这水火棍一隔，丢去九霄云外，跳出一个胖大和尚来，喝道："洒家在林子里听你多时！"两个公人看那和尚时，穿一领皂布直裰，跨一口戒刀，提著禅杖，抡起来打两个公人。林冲方才闪开眼看时，认得是鲁智深。林冲连忙叫道："师兄！不可下手！我有话说！"
>
> （施耐庵、金圣叹，2005[1608—1661]：100—101）

金圣叹犀利地对这节叙述做出了夹批。他指出，这节叙述在结构上是以四个步骤呈现并包含了一次由叙述者到薛霸再到林冲的视角转换：

> 此段突然写鲁智深来，却变作四段：第一段飞出一条禅杖隔去水火棍；第二段水火棍丢了，方看见一个胖大和尚，却未及看其打扮；第三段方看见其皂布直裰，跨戒刀，抡禅杖，却未知其姓名；第四段直待林冲开眼，方出智深名字，奇文奇笔，遂至于此。（101）

显然，金圣叹所谓的"奇文奇笔"指的就是通过聚焦者转换对叙事信息的调节。起初，是以叙述者为聚焦者的全景式叙述，薛霸、林冲以及正在发生的行为尽收眼底。然后，视角切换至薛霸的所见（"铁禅杖飞将来"、"跳出一个胖大和尚来"）并进而转换为薛霸、董超二人共同的视角对和尚的外貌进行描述。最后再将视角切换为林冲，借此点明和尚的身份并通过他们之间的对话为这节叙述作结。叙事视角切换造成的叙事节奏变化直接作用于读者的阅读心理，使这个情节片段变得跌宕起伏；视角切换的简洁性、有效性和视觉效果可以媲美现代影视制作。

明清小说还有一种被杨义成为"聚焦于无"的更为隐性（covert）的聚焦形式。在本书"导论"第二节"亮交相辉映之灯"中，笔者简要提到了它在《三国演义》刻画传奇军师诸葛亮时起的作用。下面，我将进一步举例论述它在同部小说中如何成功地刻画了关羽。当时，袁绍和曹操率领讨伐董卓的联军在遭遇到骁勇善战的华雄时受挫，接连两个将军被斩于马下。正在联军苦于无计可施时，当时籍籍无名的关羽主动请战：

> 去不多时，飞马来报："潘凤又被华雄斩了。"众皆失色。绍曰："可

惜吾上将颜良、文丑未至！得一人在此，何惧华雄！”言未毕，阶下一人大呼出曰：“小将愿往斩华雄头，献于帐下！”众视之，见其人身长九尺，髯长二尺，丹凤眼、卧蚕眉，面如重枣，声如巨钟，立于帐前。绍问何人。公孙瓒曰：“此刘玄德之弟关羽也。”绍问现居何职。瓒曰：“跟随刘玄德充马弓手。”帐上袁术大喝曰：“汝欺吾众诸侯无大将耶？量一弓手，安敢乱言！与我打出！”曹操急止之曰：“公路息怒。此人既出大言，必有勇略；试教出马，如其不胜，责之未迟。”袁绍曰：“使一弓手出战，必被华雄所笑。”操曰：“此人仪表不俗，华雄安知他是弓手？”关公曰：“如不胜，请斩某头。”操教酾热酒一杯，与关公饮了上马。关公曰：“酒且斟下，某去便来。”出帐提刀，飞身上马。众诸侯听得关外鼓声大振，喊声大举，如天摧地塌，岳撼山崩，众皆失惊。正欲探听，鸾铃响处，马到中军，云长提华雄之头，掷于地上。其酒尚温。

（罗贯中著，郭皓政、陈文新评注；2006[1330—1400]：20—21）

在这段脍炙人口的“温酒斩华雄”叙述中，聚焦于有与聚焦于无共同作用，后者更是大大地增强和延伸了美学效果。首先是以叙述者为聚焦者，从“飞马来报”和袁绍的反应引出关羽的先声夺人。然后外聚焦转换为以人物为聚焦者的内聚焦（“众观之”），重点放在关羽外貌特征的描写上。进而，又重新切换回以叙述者为聚焦者的外聚焦，全景式地呈现当场的将帅围绕关羽能否应战展开的一番激辩，以曹操为关羽斟酒作结。至此，按照叙事惯例，读者一般会期待一段精彩的打斗场面以凸显关羽的神勇。然而，自关羽“飞身上马”以后，叙述者却并没有如读者预期聚焦关羽和华雄的打斗场面，而是以帐内“众诸侯”为聚焦者，描述帐外的“鼓声”、“喊声”如何影响他们的心理。作者要刻画关羽的神勇却不聚焦帐外的决斗现场，而是选择聚焦帐内的静态。从这个意义上看便是聚焦于无的叙事手法。然后，当关羽下马回到帐中时，作者又短暂地恢复到聚焦于有的状态，以便突显戏剧性和视觉冲击力（“云长提华雄之头，掷于地上”）。在此之后，聚焦于无借助最凝练的一句（“其酒尚温”）强势回归。短短四字，单从语言看与关羽的勇武毫无关联，但却蕴含着强烈的叙事意义，堪称神来之笔。

二、言语表现

聚焦主要是通过对视角的控制调节叙事信息，而言语表现（speech representation）则主要反映了对人物距离的调节。现代语言文学研究对言语方式的区分在思想渊源上可以追溯至柏拉图和亚里士多德的模仿（*mimesis*）/ 叙事（*diegesis*）二分法。简言之，就是展示（showing）与讲述（telling）之间的区分。据此，言语方式相应地被划分为两种基本类型：一是直接话语（direct discourse; DD），对应两分法中的模仿或展示，主要包括对话（dialogue）和独白（monologue）；另一种对应叙事或讲述，包括间接话语（indirect discourse; ID）和言语行为的叙述性转述（narrative report of speech acts; NRSA）。伴随现代主义的兴起以及各种新颖的文学试验，言语方式在上述两种类型的基础上又增加了一种极致的形式，即自由直接话语（free direct discourse; FDD），和一种中间形式，即自由间接话语（free indirect discourse; FID）。

FDD 就相当于在 DD 基础上省略了转述分句（reporting clause），甚至连引号也可以省略。通过省略，FDD 从形式上进一步去除了叙述者存在的迹象，从而可以造成一种人物直接面对读者讲话的错觉。从这个意义上说，FDD 是所有言语形式中最自由、最能模仿现实情境的。海明威的《老人与海》中大量运用了 FDD 的言语表现形式，下面便是一例：

> “你头一趟带我上船，那时我多大岁数？”
>
> “五岁。当年我把一条生龙活虎似的鱼拖上了船的时候，那家伙险些儿把那只船撞得粉碎，你也险些儿给送了命。还记得吗？”
>
> “我记得鱼尾巴叭哒叭哒地直扑打，船上坐板也裂开了缝，还有你用棍棒打鱼的声音。我记得你把我扔到船头上放着湿钓丝卷儿的地方，我觉得全船都在颤动，我又听到你用棍子打鱼的声音，象砍一棵树似的，接着一股新鲜的血腥味儿扑遍了我的全身。”
>
> “你真的记得那回事儿吗？还是我告诉你的呢？”
>
> “打我们头一趟一同到海里去的时候起，什么事儿我都记得一清二楚的。”

> 老头儿用他那双日晒风吹的、坚定的、慈爱的眼睛望着他。
>
> （海明威著，海观译；1979[1955]：4）

然而，研究最多的却是DD和ID的中间形式FID。在DD和ID中，人们都很容易辨别出两个言语行为者，即人物和叙述者。而在FID中，由于叙述者和人物的文本标记被擦拭，这种人物和叙述者的双声性（bivocality）变得模糊，从而使FID成为一个包含了人物意识与隐含作者痕迹的模糊地带。FID的这种属性被认为是人们对小说传递何种价值争论不休的一个重要内在原因。例如，透过《洛丽塔》中大量存在的FID，读者应该如何辨别作为人物的亨伯特的价值和作为叙述者的亨伯特的价值。虽然围绕FID的争论仍在继续，但我们至少可以认同麦克黑尔（Brian McHale）和里蒙-凯南的两个观点：前者认为FID具有“移情”（empathetic）和“反讽”（ironic）的效果并且是“意识流的首要载体”(primary vehicle of the *stream of consciousness*)（McHale, 2009: 437），后者认为FID所体现的“说话者和态度的多重性”可以增强文本的“语义密度”（semantic density）（Rimmon-Kenan,1983: 115）。FID在意识流小说中的广泛使用已无需赘言，下面举自《爱玛》的例子将着重说明它如何增强叙事的移情和反讽效果：

> 这孩子缺少的就只是好好栽培与调教了。那柔情似水的蓝眼睛，那种种与生俱来的妩媚，可不能虚掷在海伯里的下层社会和相关圈子里了呀。她以往结交的人都配不上她。她刚刚分手的那些朋友，虽然都是大好人一类的，但是必定会对她造成损害。那家人姓马丁，爱玛对这类人的禀性了解得也算很透了。他们租种了奈特利先生的一大片农田，住在唐韦尔教区——人倒是非常忠厚可靠，她相信。她知道奈特利先生很看重他们。但他们肯定是粗粒粗气，不会很斯文的，非常不适宜当密友，不适宜当一位在增添些许学识与风采就能变得十全十美的少女的密友。她可得关心她，她可得拉她一把。她可得把这孩子跟她那些水平不高的朋友隔离开来，并把她引入上等社会。她还要让这孩子形成自己的见解与气派。这会是一桩饶有兴味的差使而且必定是一种高层次修善积德之举，对爱玛自己的生活状态，对自己打发闲暇锻炼能力来说，也是一件再相宜不过的事。（奥斯汀，李文俊、蔡慧译；2005：16）

爱玛热切地想帮她的新朋友哈丽埃特（Harriet Smith）改善品位，让她配得上上流社会的公子哥儿。画线部分便是爱玛的内心独白。FID 的使用让读者可以持续地直接进入人物的意识（而不必像 ID 中那样被转述分句阻隔），而且可以使人物的意识和叙述者的转述融为一体，共同对读者发声（读者从而不必停下来思考他们之间态度不一致的问题），因此可以很好地强化移情的效果。设想画线的内心独白部分是通过 DD 或者 ID 形式呈现，例如“Encouragement shall be given to her,” Emma thought. “I will notice her, improve her ; ...” (DD) 或者 Emma thought that encouragement should be given and that she would notice her , improve her ; ... (ID)，读者或许依然能感到些许反讽的味道，但是 FID 的形式（Encouragement should be given. She would notice her ; she would improve her ; ...）和盘托出了爱玛先入为主的执念，因此可以传递更强烈的反讽信息。FID 的言语表现形式的另一好处是它可以同时与人物和叙述者保持一种适当距离，从而避免了过于主观或过于客观。一方面，自由间接话语的自由形式让读者得以直接且持续地进入爱玛的意识；另一方面，间接的形式——连同第三人称和过去式——让读者可以采取一定的空间和时间距离审视爱玛的内心世界。此外，自由间接的形式也可以让读者产生一种爱玛内心的声音被仿拟的错觉感。所有这些都有助于增强言语表现的反讽效果。

图 5-1 借用利奇和肖特的图形归纳了不同言语表现类型的各自特征和相互关系。如果将“D”（discourse，话语）替换为“T”（thought，思想），该图也适用于描述叙事的思想表现方式（thought representation）。

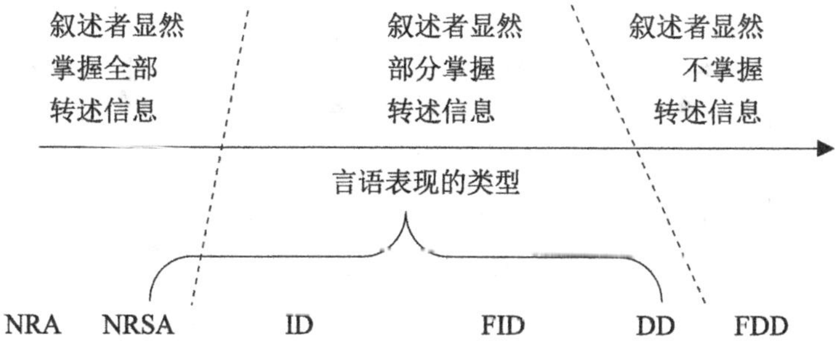

（NRA＝Narrative report of action /行为的叙述性转述；
NRAA＝Narrative report of speech action /言语行为的叙述性转述）

图 5-1 转述信息“干扰”度与言语表现类型的关系

中国叙事小说采用 FDD 和 FID 是近代以后语言文化西化的结果。纵览明清小说四大名著，我们发现最常用的言语表现方式仍是DD，偶尔可见ID和NRSA。从文学史的角度来讲，这当然可以认为是反映了一种普遍性。但这并不妨碍我们从中国文学传统的角度思考言语表现方式的内在逻辑。中国原生叙事思想似乎没有把言语表现划作一个单独的关注方面，而是将其纳入更广泛的人物塑造的范畴，在研究方法上承袭了人物研究的“同、异”之辨和古典文论中一以贯之的“文心”观点。我们从李渔下面一则评论中可窥一斑：

> 言者，心之声也。欲代此一人立言，先宜代此一人立心。……说一人肖一人，勿使雷同，弗使浮泛。
>
> （李渔，1991[1611—1680]：47）

李渔将“言语”定义为“心之声”，这与中国古代儒家和道家的“心”说以及刘勰的“文心”观是一脉相承的。（参见本书第六章“作为首位和本源的文心”）既然可“代此一人立心”，说明人同此心、心同此理，心心之间的共通性是必然的。“说一人肖一人，勿使雷同”则强调人物的言语不但要逼真，也要突出个性。“勿使浮泛”除指突出个性外，也含有人物刻画笔触要具体细腻的意味。李渔推论的“言”、“人”、“心”三者之间关系可以逆向地呈现为图5-2所示：

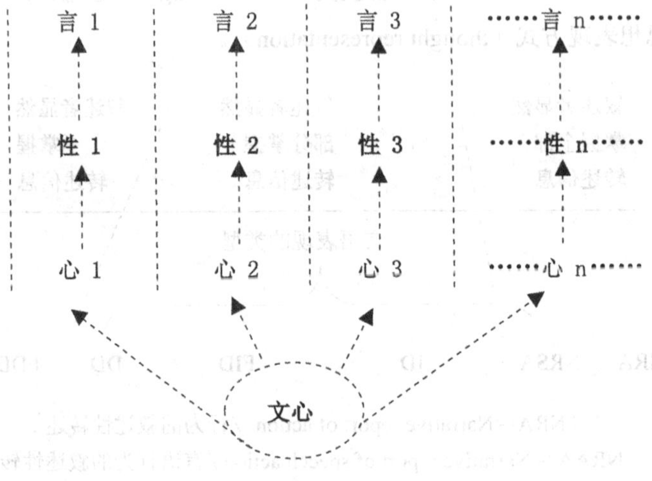

图5-2 李渔的言语表现方式观

无独有偶，与李渔差不多同时代的金圣叹以类似的角度和方式高度评价了《水浒传》成功的言语表现（“声口”）：

> 《水浒》所叙，叙一百八人，人有其性情，人有其气质，人有其形状，人有其声口。……施耐庵以一心所运，而一百八人各自入妙……
>
> （施耐庵、金圣叹，2005[1608—1661]：11）

同时，李渔对逼真和细腻的强调也呼应了前人李贽所谓的“许多话在纸上有声有气，如见如闻”（孙逊、孙菊园编，1991：138）。在这方面，《水浒传》堪称明清小说的典范。言语对人物塑造的作用被发挥到极致，丰富多样的人物声音形成了一种“众声喧哗”（polyglossia）的生动效果。在下面这段文字里，水泊梁山的第二十号人物戴宗将即将成为第二十一号人物的李逵介绍给宋江。通过极具创造和个性的言语互动，两个人物似乎跃然纸上、栩栩如生，以至金圣叹都不禁连连惊呼：“如画”、“绝倒”、“独奇”（施耐庵、金圣叹，2005[1608—1661]：431）：

> 李逵看著宋江问戴宗道：“<u>哥哥，这黑汉子是谁</u>？”戴宗对宋江笑道：“押司，你看这厮恁么粗卤！全不识些体面！”李逵道：“<u>我问大哥，怎地是粗卤</u>？”戴宗道：“兄弟，你便请问‘这位官人是谁’便好。你倒却说‘这黑汉子是谁，’这不是粗卤却是甚么？我且与你说知：这位仁兄便是闲常你要去投奔他的义士哥哥。”李逵道：“<u>莫不是山东及时雨黑宋江</u>？”戴宗喝道：“咄！你这厮敢如此犯上！直言叫唤，全不识些高低！兀自不快下拜，等几时！”李逵道：“若真个是宋公明，我便下拜；<u>若是闲人，我却拜甚鸟！节级哥哥，不要赚我拜了，你却笑我</u>！”宋江便道：“我正是山东黑宋江。”
>
> 李逵拍手叫道：“<u>我那爷！你何不早说些个，也教铁牛欢喜</u>！”扑翻身躯便拜。宋江连忙答礼，说道：“壮士大哥请坐。”戴宗道：“兄弟，你便来我身边坐了吃酒。”李逵道：“<u>不耐烦小盏吃，换个大碗来筛</u>！”（431）

李逵自己是江湖上出了名的“黑旋风”，却全然不顾眼前这位陌生人可能贵重的社会地位，直截了当地称其为“黑汉子”。金圣叹评点道：“黑汉子，则呼之为‘黑汉子’耳，岂以其衣冠济楚而阿谀之。写李逵如画”（431）。当戴宗说破宋江身份后，李逵仍不忘着一“黑”字，所不同只是“黑汉子”换成了“黑宋江”而已。一个字两次重复巧妙地将李逵率直粗卤、胸无城府的形象刻画得淋漓尽致。戴宗提示李逵的话“这位仁兄便是闲常你要去投奔他的义士哥哥”妙处不止一端。除了提示李逵和推动情节之外，它实际也是在间接刻画李逵这个人物：宋江在天下英雄心中几乎是公正和义气的代名词，而李逵一直梦想投奔宋江，这反过来是在告诉我们李逵是怎样的人物。无怪乎金圣叹一语中的地指出“从戴宗口中表出李逵生平”（431）。李逵在接下来的言语中自称绰号（“也教铁牛欢喜！”）进一步反映他心地单纯，甘愿驯服于传说中的这位宋江大哥。当然，作为语言现象，还有进一步分析的空间，此处不具。李逵入席时嚷嚷要大碗换小盏喝酒，也显示出他的英雄豪放和表达快乐方式之直接。李逵言语中常用的“鸟”、“爷”字眼也是极有个性的语言标签。金圣叹在他的评点中对此一一做了标记。相比之下，戴宗以直言批评对李逵，以恭敬得体的言语对宋江，表明他谙于世俗人情，既能获得李逵的尊敬（由于相似的耿直）又能获得宋江的信任（由于共同的周虑）。宋江的谨言慎行则反映了他沉着内敛、相机行事的潜在的政客性格。

除了表现人物性格和人物间的权力关系之外，中国古典小说中的言语也常常是一个意识形态渗透（ideological infiltration）的载体。例如，林冲被判发配充军后与妻子和岳父商量休妻事宜，他们之间的言谈无不是为了强化男权社会的伦理秩序，即女性不管在什么情况下都应该“出嫁从夫、在家从父”：

> 那娘子听罢哭将起来说道：“丈夫！我不曾有半些儿点污，如何把我休了？”林冲道：“娘子，我是好意。恐怕日后两下相误，赚了你。”张教头便道：“我儿放心。虽是女婿恁的主张，我终不成下得你来再嫁人？这事且由他放心去。他便不来时，我安排你一世的终身盘费，只教你守志便了。”那娘子听得说，心中哽咽；又见了这封书，一时哭倒，晕绝在地，林冲与泰山张教头救得起来，半晌方才苏醒，兀自哭不住。（180）

三、人物塑造

人物（character）与人物塑造（characterization）的区分是由西方经典叙事学中

故事与话语的二分法衍生而来。在经典叙事学中，人物是指性格特征（character-traits）的一种构造或者故事的一种内在功能（Rimmon-Kenan,1980: 133-134），而人物塑造则是指将这些特征或功能塑造成为叙述话语的过程。[1] 然而，在叙事实践和阅读实践中，这两个概念其实是不分彼此地紧密联系在一起的，人们在探讨人物塑造的时候不能不同时讨论人物，反之亦然。因此，本书第四章第四节“人物”中关于“同、异之辨”、“并合式人物”等问题的探讨同样适用于本节，故不重复赘述。同样，本章前两节关于“言语表现方式”和“聚焦”的探讨也与人物塑造存在相当的关联。

（一）西方文学理论中的人物塑造理论综览

文学理论界对于西方文论与文学中的人物塑造问题并不陌生。大体而言，西方文论将人物在小说中的基本呈现形式划分为“直接人物塑造”（direct characterization）和“间接人物塑造”（indirect characterization）两大类（Rimmon-Kenan,1980: 61）。同时，按照人物性格特征，又划分为可以简单概括的“扁平人物”（flat character）和思想、情感、性格富于层次感与多重性的圆形人物（round character）两大类。（Forster, 1955: 67-82）

直接人物塑造一般会借助形容词和特定的句法安排实现人物特征的明示。这在维多利亚时期前后的英国小说中屡见不鲜。以奥斯汀的小说《理智与情感》为例。三姐妹迥异的性格一开始便被作者直接呈现在读者眼前。我们仅考察对大姐埃莉诺的描述，便可发现短短的一段文字大量地运用了直接展示人物性格的形容词和名词结构（如“极有见识”、“冷静”、“心地善良”、“活泼可爱”等）以及若干含有性格判断意味的句式（如“虽然只有十九岁，却能当好母亲的顾问”、“她懂得怎样克制情感；这是她母亲有待学习而她的一位妹妹执意拒绝学习的一门学问”等）。（Austen,1992[1811]: 3-4）这使读者很快就能对埃莉诺的性格类型及特征做出辨识。而相比之下，间接人物塑造则更多通过人物的话语、心理活动或特定行为去暗示人物性格上的某些特征。间接人物塑造是现代主义和后现代主义文学最主要的人物塑造手法，运用是极其广泛的。一个直观的例子是，海明威《老人与海》中老渔夫桑提亚哥的人物性格不是由叙述者直接为读者进行归纳或者形容，而是在漫长的叙述

[1] 包括里蒙-凯南在内的一些叙事学家认为，人物塑造在概念上还应该包括从叙述话语中反推性格特征的过程。出于可比性和可操作性考虑，人物塑造的这一方面不在本书讨论之列。

过程中通过他与小孩曼诺林之间的遭遇、经历、对话和行为间接表现出来。总的来说，间接人物塑造适合于对圆形人物或者说复杂人物进行多角度、深层次的刻画。

直接与间接、扁平与圆形的二分法虽不无道理，但也以其笼统从而不利于我们对文学作品展开更深入具体的分析。而且，需要指出的是，由于西方叙事学和小说理论强大的话语影响力，人们在普遍接受这种二分法的同时不免忽略了在很大程度上不为西方文论界所知的中国传统人物塑造手法。这不利于文学理论的发展以及中西文学的交流互鉴。而这也正是本书写作的初衷。本研究以西方文论的相关理论作为参照，聚焦作为中国本土叙事文学经典的明清小说中具有代表性的人物形象的塑造，从中归纳出中国古典小说人物塑造在以下若干方面的独特性，并以之作为西方人物塑造理论的补充。

（二）中国古典小说中重要人物首次登场的创造性叙述

中国古典小说很重视重要人物的首次出场。多数情况下，主要人物的登场都会具有主题上的寓意。《水浒传》中高俅出场的描述结合了直接与间接二法。施耐庵首先用“不成家业”、“浮浪破落户子弟”等直截了当的字眼将高俅呈现为一个除了玩球一无是处的“帮闲”之人。但紧接着，作者又娓娓道来，详细讲述了高俅如何伺机发迹，如何通过阿谀逢迎和陪王子皇孙踢球一跃成为大权在握的高太尉。细致周详的间接塑造不仅使高俅的人物形象变得更真实饱满，更以所叙故事的戏剧性和荒谬性映射出时代的腐朽，这也就为读者以后认同英雄反叛的正当性准备了条件。同样，李逵的出场也极富主题意味。当戴宗引荐李逵让宋江认识的时候，他的蛮憨、洒脱和令人忍俊不禁的言语方式都为我们呈现出一个四肢发达、头脑简单的人物形象。然而，恰恰是这种“简单”方能与宋江的老成奸诈形成强烈对照，而正是这种对照才可以从叙事主题的层面解释宋江后来为何会置梁山众兄弟们的前途和性命于不顾，接受朝廷的招安。

对重要人物首次登场的创造性叙述还表现为对登场的方式和节奏恰到好处的把控。在节奏方面，根据情节发展的具体需要又可以分为两个截然相反的方向。一是“未见其人，先闻其声”式的骤然出场，一是“千呼万唤始出来，犹抱琵琶半遮面”式的刻意延迟。前者最有代表性的莫过于《红楼梦》中王熙凤的出场：

一语未了，只听后院中有人笑声，说：“我来迟了，不曾迎接远客。”

黛玉纳罕道：这些人个个皆敛声屏气，恭肃严整如此，这来者系谁，这样放诞无礼。心下想时，只见一群媳妇丫鬟围拥着一个人，从后房门进来。

（曹雪芹、高鹗著，俞平伯校，启功注；2002：27—28）

王熙凤的出场可谓是整部小说中最精彩的部分。她的一句“笑声”竟先于她的人物形象被呈现在读者眼前。更重要的是，这句“笑声”不仅打断了贾母的话，也让在场的所有人屏住呼吸、肃立聆听。在等级森严、尊卑有序的贾府中，一个年轻的女性成员竟可以做出此等行为，自然显得极不寻常。林黛玉心里觉得她“放诞无礼”也就不足为怪了。然而实际上，这样一个“骤然出场”是极富叙事意义的。一方面，它省却了大量的叙事笔墨，使得王熙凤在贾府的权势地位、在整个小说中的重要性以及她那与时代极不协调的外向性格都变得不言自明。从另一个角度看，随着故事情节的展开，读者会发现，林黛玉对王熙凤“放诞无礼”的第一印象渐渐地被她体现出来的某些超凡脱俗的特质所颠覆和取代。

与“骤然出场”相对应，“刻意延缓”的一个典型例子是《三国演义》中诸葛亮的出场。全书对诸葛亮的首次提及出现在第九章的一首引诗之中：“董卓专权肆不仁，侍中何自竟亡身？当时诸葛隆中卧，安肯轻身事乱臣。”（罗贯中著，郭皓政、陈文新评注；2006[1330—1400]：36）在此后的20来章里，诸葛亮的传奇故事一直是作为一个大大的悬念。在这期间，为了留住读者的兴趣，作者还刻意安排从刘备的谋士口中道出“伏龙、凤雏，两人得一，可安天下”的名谚警句（151）。然而直到第三十二章，在接连遭受军事挫败之后，刘备才最终决定寻访诸葛亮。而即便到了这样一个令读者望眼欲穿的关键节点，诸葛亮的出场再一次由于刘备二顾茅庐无果进一步延缓。这样刻意拉长叙述密度、放慢叙事节奏的目的不仅仅是为了更好地刻画诸葛亮的奇绝形象，也是在为读者最后一瞬间的惊奇之感积蓄能量。因而，到第三十八章，当诸葛亮面对刘、关、张雄辩地论述他对天下三分的战略构想之时，不仅刘备等故事内的听众当场为之倾倒，甚至连故事外的全体读者都会叹服诸葛亮的智谋，并产生进一步阅读的更大兴趣。

西方文论关于人物塑造的部分从未或者极少触及重要人物首次出场的叙事意义这一问题。西方小说在创作中似乎也无意于利用这一特殊的场合或时机。因此，重要人物首次出场的创造性叙述可谓是中国古典小说在人物塑造艺术上不同于西方的第一个重要方面。

（三）人物塑造的美学取向：美在虚实之间、模式化中的多样性

在中国古典小说中，重要人物首次登场之后，一般会对其进行一番外形相貌上的细致描写。这似乎成为了一个古典小说创作的约定俗成。最典型的比如《红楼梦》对于贾宝玉和王熙凤外部特征的描写。比较而言，西方小说对人物长相细致描写的兴趣要低得多。以奥斯汀小说《傲慢与偏见》中男主人公宾利和达西的描写为例，读者仅能找到十分有限的几个宽泛的形容词，如“好看”（good looking）、“绅士般的”（gentlemanlike）、“俊朗修长的身材”（his fine tall person）、“高贵的仪态”（noble mien）等（Austen, 1992[1811]: 225），而更多的笔墨则是放在了他们各自的收入、财产以及社会地位上。

中国古典小说在描写人物外部特征时所展示出来的美学特质或取向更加值得关注。这可以概括为“虚”与“实”的结合运用，或者说是追求一种介乎“生动”与“模糊”之间的美感。比如，在对贾宝玉面容的描写中，我们可以读到“面若中秋之月”、“色如春晓之花”、“虽怒时而若笑”、“即嗔视而有情”一类的语句（曹雪芹、高鹗著，俞平伯校，启功注；2002: 34）。虽然人们都很熟悉面容、肤色、怒、嗔等词语的内涵，但如果将它们与中秋之夜的明月、春日早晨的花蕾、若笑之怒、有情之嗔叠加起来理解，这之间的张力和空间性则极大地拓展了。然而，即便是这样充满韵律和意象的虚实结合，在批评家脂砚斋的眼里看来也不过只是刻板的陈词滥调。他（她）认为，在贾宝玉的人物塑造上，上述描述远不及两首诗词的刻画来得深刻而传神：“二词更妙，最可厌野史‘貌如潘安，才如子建’等语。”（孙逊、孙菊园编，1991: 121）脂砚斋认为，作者借所谓的后世诗人之口对贾宝玉所做的评价比上述华词丽藻的描述更为高明：

> 无故寻愁觅恨，有时似傻如狂；纵然生得好皮囊，腹内原来草莽。
>
> 潦倒不通庶务，愚顽怕读文章；行为偏僻性乖张，那管世人诽谤。
>
> （曹雪芹、高鹗著，俞平伯校，启功注；2002: 35）

通过反对对于外部特征的过度描写，并使读者关注这两首诗的人物塑造意义，脂砚斋似乎是在暗示虚实结合并非总能产生一种介乎“生动”与“模糊”之间的美感。换言之，在对于外表的描写中，过分强调生动往往会导致模糊；然而在对于性格的刻画中，模糊性的创造性运用则可以极大地增强生动性。因此，这种生动性与模糊

性的辩证法以及如何创造性地运用它们以避免简单的模式化可以视为以脂砚斋为代表的中国文学批评家对人物塑造理论的又一重要贡献。

除此之外，值得一提的是，中国古典小说家们创造出了一种超越西方文论中“扁平人物”与“圆形人物”二分法的第三种人物类型，即“复合人物”。这就使得人物塑造中出现一种“模式化中的多样性”的艺术效果。批评家毛宗岗将这种手法归纳为“同树异枝、同枝异叶、同叶异花、同花异果”（朱一玄、刘毓忱编，1983：300）。金圣叹大量列举了《水浒传》中的此类人物。仅以粗鲁性性格为例，金圣叹指出：

> 《水浒》只是写人粗卤处，便有许多写法。如鲁达粗卤是性急，史进粗卤是少年任气，李逵粗卤是蛮，武松粗卤是豪杰不受羁靮，阮小七粗卤是悲愤无说处，焦挺粗卤是气质不好……
>
> （施耐庵、金圣叹，2005[1608—1661]：2）

（四）曲笔传统：以背面敷粉法为例

源于“春秋笔法”的曲笔传统在中国古典小说的人物塑造上主要表现为金圣叹所谓的“背面敷粉”（4）之法。这种方法与“对照”有着相似的效果，但却具有不同于“对照”的形式特点。这主要表现在两个方面：①它不借助于同任何一个具体而明确的对象之间的类比和比较。②作为一种与布局谋篇密切相关的大的叙事策略，其效果往往只有在经过很长的叙事篇幅之后才能感受得到。与西方文学理论进行横向比较，这或许相当于间接人物塑造的一种极端的形式。而如果在中国叙事诗学的体系内部展开纵向比较，它则在多个方面近似于“曲笔”或者“聚焦于无”的叙事手法。对于背面敷粉法，金圣叹也有十分独到的见解。例如，对于《水浒传》中宋江与石秀的人物塑造，他指出：“如要衬宋江奸诈，不觉写作李逵真率；要衬石秀尖利，不觉写作杨雄糊涂是也。”（4）

换言之，在刻画宋江的奸诈方面，叙述者并没有先入为主地直接为读者呈现，他甚至也没有通过宋江的言语及心理活动间接为我们展露，而是巧妙而细致地将其嵌入宋江与李逵的互动与关系之中。在此过程中，通过不断放大李逵的性格，作者希望将其作为读者推断宋江性格的一个反面参照系。在《红楼梦》中，主要人物如贾宝玉、林黛玉以及薛宝钗的刻画中一定程度上也运用了背面敷粉法。只不过，与《水浒传》中借相反性格的人物作为背景不同，对上述三个人物的刻画往往更多地聚焦于同一人物的性格的另一方面。以贾宝玉为例，作者看似是将其描述成了一个游手好闲、性情不定、乏善可陈的花花公子。这在上文引用的诗歌以及小说中的大量事例中都可以找到证据。然而，只有当读者真正对小说的主题、结构以及人物关系网络有了一个更深刻的理解之后，他或许才能发现，贾宝玉身上的负面特质渐渐变得可疑，而他身上的正面成分则渐渐变得有据可考。进而，他才能得出以下结论：一切都仅仅是因为贾宝玉所表现的非传统的因素不能为他所处时代的文化正统所认同或容忍。

总之，在面对异文化中的各种文学经验时，西方文学理论所区分的直接人物塑造和间接人物塑造很多时候是缺乏解释力的。从这个意义上说，西方经典叙事学应该接受其他文学中各种案例的检验。本节借由中国古典小说特有的若干人物塑造技艺，补充西方人物塑造及人物类型的两分法理论的不足，同时也提炼了明清叙事思想关于人物塑造的一些理论精华，以便读者特别是西方读者更好地理解和欣赏中国古典小说。

下　篇

明清叙事思想若干核心概念研究

第六章　作为首位和本源的文心

中国传统叙事思想自先秦发轫以始，产生过两个集大成者，一是南北朝时期的刘勰，二是明末的金圣叹。他们的叙事诗学里蕴含了一些极不同于西方叙事理论的元素。在迄今为止的文学学术研究中，对中国古代叙事思想核心要素进行提炼在很大程度上仍是未有之举。本书下篇将甄选其中的五大核心要素进行文献考究，并在西方经典叙事学的理论视野下阐发其现实意义。这五大核心要素即文心、章法、笔法、意象和景 / 情。这五大要素既各自独当一面，又存在相互关联。在中国古代文论浩如烟海却失之系统的大前提下，本书期待这项工作可以为中国古代叙事思想构建一个最简化的解释框架。首先展开讨论和比较的便是本书提出的作为叙事乃至所有文学作品的首位和本源的"文心"。

在为宇文所安《中国文论：英译与评论》所写序言中，乐黛云先生提出了如何"真正找到一个'山外之点'来重新观察层峦叠嶂、深邃莫测的中国文论之'山'"（宇文所安，2003：4）的研究问题。在叙事学研究领域，杨义先生也在《中国叙事学》一书中发出"深入地研究中国叙事文学的历史和现实，研究其本质特征，并以西方理论作为参照，进行切切实实而又生机勃勃的中国与世界的对话"（杨义，2009：1）的研究倡议。可见，在对中国文论再认识并将其与西方文论进行具体而深入的比较方面还有许多有意义的工作值得去做。在当代西方叙事理论盛行的背景下，中国传统叙事思想中的一些别具文化内涵和文学意义的概念遭受了不同程度的无视或简单式解读，"文心"概念便是其中突出的一例。一方面，人们对它的认知大多仅停留在对《文心雕龙》书名中"文心"二字的字面理解上，忽略了刘勰的具体表述以及这一概念在刘勰之后漫长历史中的重要演进。另一方面，对于"文心"在中国古典小说批评中的应用尚缺乏一定的梳理和归纳，也未能将其与西方文论和叙事学中若干相近的概念进行比较。在文学发展日益陷入困境、各种“终结论调”[1]甚嚣尘上的今天，重新审视“文心”的内涵有助于我们在经历（后）结构主义激动人心的理论浪潮之后重新思考文学中“人”的问题和“心灵”的问题，从而更好地回答当今社会在文学层面面临的一些挑战。

一、文心的思想渊源和文学理论化

（一）儒学中“心”说概要

中国传统哲学在其儒学、道学与释学的经典学说中都突显了“心”这一重要概念。以对中国文化和文学影响尤深的儒学为例，一般认为，最早关于“心”的概念性论述可以追溯到孟子提出的“君子所性，仁义礼智根于心”（孟子，1999 [前 250—前 150]：290—298）以及“尽其心者，知其性也；知其性，则知天也”（290—298）。从孟子的这两个观点中，我们不难推断出，经典儒学的思想家认为“心”在人认识自我（性）、外部世界的结构和规律（天）以及人类社会的道德伦理规范（仁、义、礼、智）等方面发挥着根本性的作用；而另一方面，我们也能从中发现，“心”与“性”之间存在着某种转喻式的（或者说“深层—表层”）的同一性。“心”、“性”之间的这种关系使得“心”的存在状态取决于其与“性”以及“天”的互动，从而使“心”不再是一种纯粹的虚无，而是被理解成一种具有向外张力、对人的灵智产生潜在影响的内在力量。诚如成中英先生所指，孟子提出的“心”、“性”概念是一个“基于认识论的、有价值论内涵的本体论概念”[2]（Cheng,1997: 33-46）。以孟子为代表的经典儒学思想家对“心”的认识在很大程度上影响了中国传统文人的世界观以及他们创作、欣赏和阐释文学的视角。

宋明时期的新儒学思想家进一步发展了“心”的概念并确立了一门颇有影响力的学说，即“心学”。在此方面，较为突出的代表人物有陆九渊（1139—1193）和

---

[1]　继哈罗德·布鲁姆于 20 世纪 90 年代声称我们进入了文学“最糟糕的时代”后，希利斯·米勒又于 2002 年提出了“文学就要终结了”的论断。在文化研究领域，特里·伊格尔顿和弗雷德里克·詹明信认为理论也即将走向终结。

[2]　成中英先生的英文原文为“ontological concept with axiological content grounded in epistemology”。

王阳明（1472—1529）。陆九渊提出了“万物皆备于我”、“宇宙便是吾心，吾心便是宇宙”等观点，而王阳明则将人在思想精神上的追求界定为“求本心”和“致良知”两个方面。显然，陆九渊、王阳明都更倾向于使用“心”和“理”（宇宙、良知）的关系取代经典儒学的“心”和“性”的关系。而程颢（1030—1085）、程颐（1033—1107）兄弟以及朱熹（1130—1200）则试图用“性即理”的观点弥合新儒学与经典儒学之间的罅隙。总体而言，新儒学对“心”的发展主要体现在将其置于一种介于“人”与“非人”之间的意识之境，前者主要表现为“性”，而后者主要表现为“理”。从思想脉络上看，宋明时期新儒学的这一发展与其后明清文论家对“文心”的理解和运用应当是不无联系的。正如同非虚非实、介于“人”与“非人”之间的“心”一样，在明清文论家的眼中，“文心”也成为了一种介乎文学想象、创造与阐释过程的具有主体间性的调节因素。

（二）古典文论中的“心”与“文心”

“心”的概念在文学理论发展中也相应地历经了一个漫长的过程。作为文学术语，最早可见于西晋文学家陆机（261—303）的文学理论名篇《文赋》。该文开宗明义地指出：“余每观才士之所作，窃有以得其用心。夫放言遣辞，良多变矣，妍蚩好恶，可得而言。”（Owen, 1992: 76-77）陆机认为通过推心置腹般的细读，作者的“用心”——尤其是才士著述的良苦用心——是可以从文章中被破解或重构出来的。除了从读者解读的角度说明作者“用心”的可参透性，陆机也从作者创作的角度阐释了“澄心”与“心游”的意识境界。他将作者创作的过程描述为：“罄澄心以凝思，眇众虑而为言。笼天地于形内，挫万物于笔端。始踯躅于燥吻，终流离于濡翰。”（110）这不仅将“心”确立为文学创造的起点，实质上也涉及了作者的主体性（“凝思”、“眇众虑”）和创作的论域（“天地”、“万物”）等理论问题。对于创作的艺术想象问题，陆机提出了“精骛八极，心游万仞”（96）的创作观，认为文学想象可以并且应该超脱时空的限制，将创造力发挥到极致。这种富于开创性的创作观对于人们思考文学创作的样式和内容都是具有启发意义的。总而言之，陆机的理论观点实现了哲学之“心”在文学理论中的具象化，并且在很大程度上成为200年后南朝文学理论家刘勰（465—522）提出“文心”说的一个理论先导。

刘勰的《文心雕龙》分10卷50篇，在当时的历史条件下堪称鸿篇巨制。作为中国第一部系统的文学理论著作，《文心雕龙》“体大而虑周”（章学诚，

1988[1801]：75），几乎涵盖了包括创作、样式、风格、技艺、批评、美学在内的文学各个方面。刘勰首创“文心”概念，并使之成为《文心雕龙》一书的题旨和文眼。在该书最后一章，刘勰对“文心”做出如下解释：“夫文心者，言为文之用心。……心哉美矣，故用之焉。”（Owen, 1992: 292）刘勰的“文心”上承陆机的“用心”观点，标志着“心”的观点在文学理论中的术语化，下启以金圣叹为代表的明清叙事思想（下文另述），堪称中国古典文论发展过程的关键节点。刘勰不仅阐明了“文心”的概念意义，也详细探讨了“心”与“文”的关系，以及它们在作为文学创造主体的“人”身上的统一。在《文心雕龙》第一卷“原道第一”篇中，刘勰对所谓“三才”之一的人做了如下定义：“为五行之秀，实天地之心，心生而言立，言立而文明，自然之道也。”（188）可见，刘勰认为人一方面是天地之“心”，另一方面人自身的“心”又是化育“言”和“文”的起始和前提。换言之，只有发自于“文心”的“言”和“文”才是符合了“自然之道”，也才无愧于作为“五行之秀”与“天地之心”的“人”。

值得指出的是，刘勰关于为文之道的论述实际上与美国浪漫主义文论家艾布拉姆斯（M. H. Abrams, 1912-　）20世纪中叶提出的艺术四要素论（如图6-1所示）不谋而合。艾布拉姆斯的艺术四要素指的是世界、作品、作家、读者，只不过在刘勰的版本里，世界被指为“天地”，作品成了“言”和“文”，作家和读者则合并为“人”。刘勰将作者和读者并称为人符合他的理论逻辑，因为在他看来调和二者的关键因素便是“文心”：作者以其文心著述，以求知音；读者以其文心推敲，以求正解。因而从这个意义上看，作者与读者并非截然对立，而是互为条件、相互通达的。由于现代西方文论的先入为主，艾布拉姆斯的四要素论被中西方文学理论界广泛认可，然而实际上刘勰的“文心”说在一定程度上是更具优势的。在艾布拉姆斯的模型里，作品被置于中心位置，而世界、作家和读者则处之边缘。这种以作品为中心的设计适应了20世纪四五十年代开始盛行的新批评以及紧随其后的结构主义文论，但另一方面这也导致了四要素之间关系的等级化以及读者、作者与世界三者之间的不可通融性。

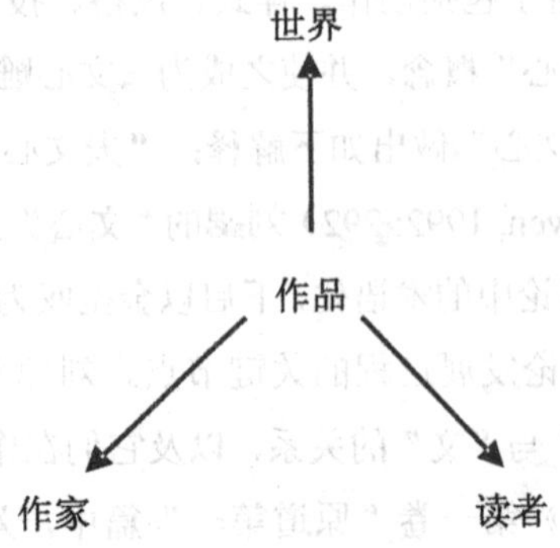

图 6-1　艾布拉姆斯的艺术四要素论图示（Abrams,1953: 6）

相比之下，刘勰的模型则将为文之道呈现为一个流动的过程，即“天地—人—心—言—文—道”。在这个过程中，天地（“世界”）、人（“作家”、“读者”）、言 / 文（“作品”）之间并没有那种森严的中心与边缘之分，总揽一切和贯串始终的只有一个难以名状的“自然之道”。按照刘勰的逻辑，这种“自然之道”内化为“心”，在文学的活动中则表现为“文心”。刘勰虽言简意赅，但对于后世文论的影响却极其深远。美国华裔比较文学家刘若愚先生（James J. Y., Liu; 1926—1986）便是一个突出的例子。出于对艾布拉姆斯将作品置于中心位置的质疑，刘若愚先生在参考刘勰理论的基础上修正了艾布拉姆斯的四要素论模型（如图 6-2 所示）：

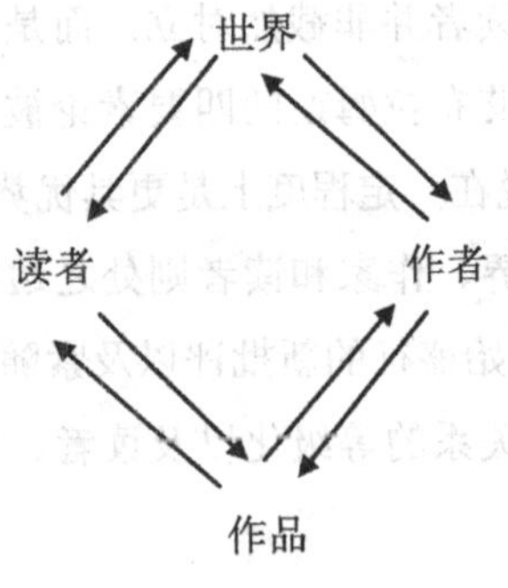

图 6-2　刘若愚对艾布拉姆斯图示的修正（Liu, 1975: 10）

刘若愚的修正模型至少有以下几个方面的优点。一是更加形象地表现出文学创造过程的流动性和开放性，很好地解答了新批评与结构主义文论面临的理论困境。二是作品中心地位的取消使得四大要素之间形成了一种双向的交互循环，从而突显了文学意义的多元性与不确定性。三是随着作品在地位上降为平等的一方，“作品→读者→世界”的指向性运动表明任何作品在对现实世界产生影响之前都必须先经过读者这一重要的环节，这无异于是对读者反应批评（reader response criticism）的积极回应，在很大程度上提升了读者的地位、反映了文学的社会属性。四是双向箭头实质上正代表不可名状的“文心”在四大要素之间的通融性和调节作用，这无疑是对结构主义与后结构主义文论的有力挑战，为文学活动中的“想象”、“天赋”、“直觉”、“灵感”等不可名状之物在文学理论中留出了一席之地。

综上可见，刘勰的文心说不但对中国古典文论的发展影响深远，也具有与西方文论的对话性和互补性。然而，由于文心本身难以诉诸语言描述，也难以从文本中找到直接确证的迹象，所以在中国古典文论中基本处于一种不言而喻的隐形状态。在文学批评实践中，似乎只有当对作品的结构设计、情节安排或语言运用的美妙之处无以言表时，评点家们才想起使用“文心”一词。在平常的文学批评和阐释中，评点家们往往采用较之文心更为具体和确定的词语，比如“文气”、“文情”、“文笔”等等。另一方面，也正是由于“文心”难以名状的抽象性，它成了一个超越体裁限制的批评术语，适用于从诗歌、小说到绘画等几乎所有传统艺术门类及其创造、欣赏与阐释过程。

二、明清叙事思想中的文心：以金圣叹的叙事思想为例

依循陆机、刘勰等文学理论家的批评传统，明清之际的批评家金圣叹（1608—1661）第一个将“心”和“文心”的思想运用到叙事小说批评之中，特别是以《水浒传》为代表的“才子书”。在金批本《水浒传》的“读第五才子书法”一文中，金圣叹开篇即指出读者体悟“作书之人”的“心胸”或“锦心绣口”的重要性：

> 大凡读书，先要晓得作书之人是何心胸。如《史记》，须是太史公一肚皮宿怨发挥出来，所以他于《游侠》、《货殖传》特地着精神，乃至其余诸记传中，凡遇挥金杀人之事，他便啧啧赏叹不置……《水浒传》却不然，施耐庵本无一肚皮宿怨要发挥出来，只是饱暖无事，又值闲心，不免伸纸弄笔寻个题目，写出自家许多锦心绣口，故其是非皆不谬于圣人。
>
> （施耐庵、金圣叹，2005[1608—1661]：1）

在对这一论述举例加以说明后，金圣叹又将重心从读者转向了作者，指出：

看来，作文全要胸中先有缘故。若有缘故时，便随手所触，都成妙笔；若无缘故时，直是无动手处，便作得来，也是嚼蜡。（3）

金圣叹强调“心”在写作和阅读两个过程中的重要性是非常具有文学理论意义的。具体而言，通过强调作者“要胸中先有缘故”，金圣叹实际上表达了对文学创作中“为写作而写作”的创作方式的不认可。这也可以视为金圣叹自我文学创作观的宣示，即作者应当带着特定的元叙事观点去写作并且对叙事的结构和目的做出充分的预想和设计。另一方面，通过强调读者“先要晓得作书之人是何心胸”，金圣叹实际是提倡一种将作者的个人特质以及特定社会历史条件考虑在内的批判式解读。换言之，他是在鼓励读者不仅要“逐行逐字”地去阅读，更要从“字里行间”乃至“字外行外”去阅读。

在此基础上，金圣叹进一步认为“文心”是将一部作品同其他作品区分开来的根本差异性特征。他借《史记》与《庄子》两部作品的比较论证了“文心”所具有的自在性与可转移性的特点：

夫以庄生之文杂之《史记》不似《史记》，以《史记》之文杂之庄生不似庄生者，庄生意思欲言圣人之道，《史记》摅其怨愤而已。其志不同，不相为谋，有固然者，毋足怪也。若复置其中之所论，而直取其文心，则惟庄生能作《史记》，惟子长能作《庄子》。（12）

可见，金圣叹认为决定文本作者属性的因素不是论点，而是“文心”。因为，论点在实际操作中是可以错置和混淆的，而且论点的错置和混淆并不足以使文本的作者属性（或曰归属性）全然失去指向性。这就是为什么“以庄生之文杂之，《史记》不似《史记》，以《史记》之文杂之，庄生不似庄生”。然而，假定我们可以将“文心”从文本中抽离（“直取其文心”），那么文学文本将会完全失去其归属的指向性，最终沦为一片无主之地（“惟庄生能作《史记》，惟子长能作《庄子》”）。

金圣叹的“文心”观本质上是一种跨体裁和基于文学直觉的批评方法。金圣叹常常把写作过程与金针刺绣的过程做类比，提出“观鸳鸯而知金针，读古今之书而能识其经营”（147）。他直指“文心如绣”（47），认为文心之于文学杰作正如绣女精巧的心思和功夫之于令人拍手称绝的刺绣作品，见图 6-3。这个比拟是不无道理的。首先，正如一个作者用手中的笔和墨创作文学作品，精于绣艺的女子也是用手中的针和线创造美轮美奂的锦缎。换个角度看，一件刺绣作品也是由结构（structure）和式样（pattern）组成，其实现过程也是一个时间空间的配置过程。在笔墨或针线之外，起决定作用的是一颗才华和训练皆具的创作之心灵。艺术作品直入人心的神奇力量正源于此。

图 6-3　传统的手工刺绣作品

金圣叹关于“文心”的另一个比拟是中国古典建筑美学。我们从现存古代园林的建筑风格中可以看出，中国的古典建筑不仅强调风水上的尽善尽美，也同样注重精致的含蓄性（譬如“曲径通幽”）以及“意”与“象”间天趣般的融合。（见图 6-4）金圣叹将这样一种美学经验应用到了文学叙事批评，指出“文心真有前掩后映之妙”（41）。

图 6-4　中国江南水乡之一景

从叙事理论比较的角度看，经金圣叹发展的“文心”思想与西方结构主义叙事理论的“隐含作者”概念具有很强的相似性和可比性。这一概念最早由美国文学批评家韦恩·布思（Wayne C. Booth, 1921-2005）提出，借指一种“作者会根据具体作品的特定需要而以不同的面目出现”[1]（Booth,1961: 71） 的阅读体验。布思认为，作为真实作者的“第二自我”[2]（75），隐含作者“有意或无意地选择了我们阅读的东西；我们把他看作真实作者的一个理想的、文学的、创造出来的替身；他是他自己选择的东西的总和”[3]（71）。布思对隐含作者的定义与金圣叹的“文心”思想有很高的相似度。他们都认为，一方面作者“要胸中先有缘故”（“有意无意地选择了我们阅读的东西”），另一方面是读者“要晓得作书之人是何心胸”（“我们把他看作真实作者的一个理想的、文学的、创造出来的替身”）。同样具有可比性的

[1] 布思的英文原文为“...the writer sets himself out with a different air depending on the needs of particular works”。

[2] 布思的英文原文为“second self”。

[3] 布思的英文原文为“...chooses, consciously or unconsciously, what we read; we infer him as an ideal, literary, created version of the real man; he is the sum of his own choices”。

还有美国叙事学家西摩·查特曼（Seymour Chatman, 1928-　）对“隐含作者”的描述。他认为“它 [隐含作者] 静悄悄地指示着我们，通过整体的设计，通过所有的各种声音，通过它选择让我们知晓的各种手段”[1]（Chatman,1978: 148）。

“文心”与“隐含作者”的共同特征或可归纳为弥散性（all-pervasiveness）、意图性（intentionality）与意义潜在性（meaning-potentiality）。首先，不论金圣叹所指的“文心”还是布思与查特曼口中的“隐含作者”都不同于我们从文学作品中直接获取的具体的、明示的语言信息；它是从不同层次弥散于文本之中的，是作为读者的我们在作者总体选择的无形控制之下建构出来的一个作者的精神存在。其次，两者都表明，文学文本不是读者可以任意想象和解读的一片无主之地，而是充满和渗透着特定意图或指向性的，并且无论宏观还是微观层面的结构和设计都在表达着特定的意义。两者的差异主要表现在“文心”的概念更大、更微妙、更有赖于阅读过程中的文学直觉。一是与西方小说不同，中国古典小说尤其是明清章回小说的叙事结构不仅仅停留在情节的层面，而且发展出了极具中国特色的“宏观结构”（如《三国演义》中的“总起总结之中，又有六起六结”（毛宗岗，1983[1632—1709]：298））和“超级结构”（如《水浒传》篇首与篇末的“天下太平”诗；《红楼梦》中大荒山无稽崖青埂峰下的僧、道、顽石的世界以及甄士隐、贾宝玉梦中的太虚幻境对结构的规定和暗示）。二是作为结构主义叙事学与修辞叙事理论妥协的一个概念，“隐含作者”在一定程度上可以通过话语或文体的分析从局部结构及语境中得以证实，而“文心”则显得更为“透明”和背景化，其可辨性很大程度上取决于读者体察文学性时的敏感程度或情感深度（sensibility）。换言之，“文心”概念代表的是一种中国文人对于文本的特有读法，一种在阅读中感受到的所谓“神交”或者“意会”的境界和雅趣。三是从上文艾布拉姆斯与刘若愚图示的比较可以看出，中国传统叙事思想中的“文心”概念是具有流动性和可转移性的。在西方叙事理论中，作品处于稳固的中心位置，从而使得包括“隐含作者”在内的一切信息封存于文本之内。而“文心”却是实现了“四要素”平等化的一个灵动的要素。它一方面使得“作品”与“世界”产生某种程度的一致性，另一方面使“作家”、“作品”、“读者”之间的信息流动变得可能并使之趋向于理想化。

---

[1] 查特曼的英文原文为“It has no voice, no direct means of communicating. It instructs us silently, through the design of the whole, with all the voices, by all the means it has chosen to let us learn”。

三、文心的多重结构意义探析：以金批本《水浒传》为例

在对《水浒传》的评点中，金圣叹从词句、人物与事件、情节结构、布局谋篇等不同层次和角度探讨了“文心”对于叙事结构的意义。在词句层面，金圣叹犀利地指出，施耐庵在潘金莲登场之前早已巧妙地将她的名字嵌入字里行间以作伏笔：

> 三人转湾抹角，来到州桥之下一个潘家有名的酒店。
>
> （施耐庵、金圣叹，2005[1608—1661]：33）
>
> ……
>
> 老儿答道：“老汉姓金，排行第二。孩儿小字翠莲。”（34—35）

金圣叹在夹批中指出：“看他有意无意将潘金莲三字分作三句安放入，后武松传中忽然合拢将来，此等文心都从契经中学得。”（34）在金圣叹看来，这并非单纯的巧合，而是一种源自作者“文心”的具有主题意义和结构意义的叙事技艺。金圣叹推断施耐庵的这种叙事“文心”受到了佛经的影响，这也是可以从全书的其他部分得到佐证的。比如，第二十六回“偷骨殖何九送丧，供人头武二设祭”中武松在为兄报仇之前勤叙邻里。除了让当事的潘金莲和王婆作陪外，武松还邀请了开银铺的姚二郎、开纸马谱的赵四郎、卖冷酒的胡正卿和开馉饳铺的张公。金圣叹认为这四个人物“合之便成财、色、酒、气四字”（305），他也将施耐庵此处的文笔称之为“奇绝”的“才子之文”（305）。从叙事结构的角度看，武松邀请四位特定的邻居的异常举动会在读者心中形成一种陌生化的效果，而读者对这四位邻居象征意义的思考则可以强化一种故事高潮即将来临的预期。随着这种预期通过后续阅读中得以证实，读者从阅读中获得的满足感也相应地达至最大。从道德教化或意识形态的角度看，“酒、色、财、气”四字自然而然地让人联想到佛家文化所谓的“酒色财气，人之四恶”以及“报应不爽”的人生信条。故而，阅读不仅仅是一个对语言和情节的体验过程，更是一个无形之中通过字里行间建构或者强化道德价值观的过程。

金圣叹也将施耐庵在事件安排与人物塑造方面的匠心和创造力归因为“文心”。武松 传中，施耐庵在写完武松杀嫂后有意刻画了武松在十字坡、快活林的风流轻薄形象，而且在写完潘金莲与西门庆之事后又以“正犯”笔法写出玉兰与张都监的

一段插曲。这种叙事笔法对于人物性格的深刻性、事件的丰富性和结构上的美学效果都具有重要意义。金圣叹认为造成这种高超的叙事手法的也正是作者的“文心”：

看他写武松杀嫂嫂，偏写出他无数风流轻薄，如十字坡、快活林，皆是也。今忽然又写出张都监家鸳鸯楼下中秋一宴，娇娆旖旎，玉绕香围，乃至写到许以玉兰妻之，遂令武大、武二，金莲、玉兰宛然成对，文心绣错，真称绝世也。（339）

的确，武松在十字坡和快活林的有意轻薄实则发挥着多重的叙事功用。首先，它与从前潘金莲面前那个“存天理、灭人欲”的武松形象形成了鲜明对照，从而刻画出武松柔性与机智的一面。其次，风流和轻薄在武松那里实际是作为一种自找麻烦的计策，因而增强了故事发展的趣味性，并且在情节上形成了若干个跌宕起伏的小高潮。再次，这些小事件使读者的阅读幻想不断累积，进而使读者对鸳鸯楼中武松与玉兰的故事产生更大的幻想，而这一幻想的最终破灭则直接导向了武松一传的最高潮——怒杀蒋门神、张都监，血洗鸳鸯楼。另外，让金莲和玉兰“宛然成对”体现的正是一种“同树异枝、同枝异叶、同叶异花、同花异果”（毛宗岗，1983[1632—1709]：100）的人物塑造美学。玉兰这一人物可以在读者心中触发两个截然不同的悬念。一是在武松前番“艳遇”的铺垫之下，加之张都监“许以玉兰妻之”，读者或许会觉得武松否极泰来、美事可成；二是玉兰与金莲名字互为对仗、张都监与西门庆共同的权贵身份以及鸳鸯楼的某些暗示信息又可能令读者产生一种祸不单行的隐忧。从宏观结构看，将武松杀嫂与血洗鸳鸯楼两个故事结合起来，就解释了后来武松为何会化身行者并最终走向梁山。

除词句、事件与人物外，金圣叹还在更高的结构层面阐释了“文心”的妙用。比如，在情节结构的因果律方面，金圣叹列举了戴宗、李逵邀请公孙胜出山医治宋江背疾一事，并详尽地剖析了其内在的因果关系：

请得公孙胜后，三人一同赶回，可也。乃戴宗忽然先去者，所以为李逵买枣糕地也；李逵特买枣糕者，所以为结识汤隆也；李逵结识汤隆者，所以为打造钩镰枪也。夫打造钩镰枪，以破连环马也。连环马之来，固为高廉报仇也；高廉之死，则死于公孙胜也。今公孙胜则犹未去也。公孙胜未去，是高廉未死也；高廉未死，则高俅亦不必遣呼延也；高俅不遣呼延，则亦无有所谓连环马也；无有所谓连环马，则亦不须所谓钩镰枪也；无有连环马，不须钩镰枪，则亦不必汤隆也。乃今李逵已预结识也；为结识故，已预买糕也；为买糕故，戴宗亦已预去也。夫文心之曲，至于如此，洵鬼神之所不得测也。

（施耐庵、金圣叹，2005[1608—1661]：620）

在西方叙事学中，时间和因果律是组织事件的两大原则，常常被用来区分故事（story）与情节（plot）。经典叙事学认为，故事的组织依赖事件在时间上的先后顺序，而情节的结构则离不开事件之间的因果性。一个经典的例子是，“国王死了，然后王后死了”可以被视为一个最简化的故事，而“国王死了，然后王后忧伤而死”（Rimmon-Kenan,1983: 17）则构成了一个情节。有趣的是，西方叙事学从未对叙事的因果性做过像金圣叹这般复杂详尽的分析。在金圣叹看来，公孙胜破高廉连环马阵可以作为一个故事的结果，然而这一结果的线索和伏笔可以一直追溯至“戴宗忽然先去”这样一个全然不起眼的行为。金圣叹对情节发展的剖析在很大程度上相当于庄子版的蝴蝶效应：“[风] 始于青萍之末，盛于土囊之口”（施耐庵、金圣叹，2005[1608—1661]：4）。他将这种由严密的因果关系织就的天衣无缝的叙事结构归因于“文心之曲”。

金圣叹还将《水浒传》中飞空驾险、结撰奇观的大结构归因为作者施耐庵的“文心照耀”：

作者之胸中，夫固断以鲁、杨为一双，锁之以林冲，贯之以曹正，又以鲁、武为一双，锁之以戒刀，贯之以张青，……。然而，其事相去越十余卷，彼天下之人方且眼小如豆，即又乌能凌跨二三百纸而得知文心照耀，有如是之奇绝横极者乎？故作者万无如何而先于曹正店中凭空添一妇人，使之与张青店中仿佛相似，而后下文飞空驾险，结撰奇观，盖才子之才，实有化工之能也。（181）

金圣叹认为鲁达和杨志属于牵动主线并且互为映照的主要人物，鲁达和武松亦是如此。他将这类成双成对、互为映照的主要人物比作“二孽龙”，而联结他们的其他重要人物或形象则分别被比作“金锁”和“贯索奴”。因此，在叙述鲁达和杨志这“二孽龙”中，林冲为“金锁”，操刀鬼曹正为“贯索奴”。而在鲁达和武松这“二孽龙”中，作为“金锁”的是具有象征性意象的戒刀，菜园子张青则为“贯索奴”。这已然是结构精巧的大手笔了。然而，眼光犀利的金圣叹却进一步指出，鲁、杨的故事与鲁、武的故事相距十几章之遥，在这种情况下读者却仍能感到两者“仿佛相似”。这主要得益于巧中见巧的故事结构：分别作为两个故事“贯索奴”的曹正和张青不仅同为开店的，而且他们的妻子都先于他们本人登场，分别与主要人物（“二孽龙”）杨志和武松发生了有趣的邂逅。故而读者方能顾后而瞻前，觉察到两者之间的“仿佛相似”。金圣叹认为，造成如此结构奇观的“才子之才”和“化工之能”归根结底都是作者的“文心照耀”。

值得注意的是，西方叙事理论几乎无法描述诸如此类的复杂叙事结构现象。纵观叙事学的术语体系，我们仅能找到几个看似相近、实则相去甚远的词汇，比如语言层面的“照应”（reference）、叙事频率层面的“重复”（repetition）以及阅读心理层面的“似曾相识之感”。然而，所有这些在描述金圣叹所谓的“飞空驾险、结撰奇观”的中国叙事经验时都是隔靴搔痒而力有未逮的。这也恰好从反面说明源自中国传统思想文化和文学创作经验的“文心”在文学理论上独特的重要价值。

综上所述，在文学日益功用化、人们对文学之为文学越来越不求甚解、文学以及文学理论的前途日渐堪忧的当下，从中国传统文学思想宝库中重新使用一些具有特色和解释力的概念，并在当代理论视野下阐发其生命力与解释力，对于开展中西叙事学的比较研究和丰富当代叙事学的理论内涵都具有建设性意义。“文心”概念根植于中国哲学中“心”的认知传统，经过漫长的历史演进由陆机和刘勰阐发为一个具有深刻底蕴的文学理论术语，以金圣叹为代表的明清小说评点家进一步将其引入到叙事小说批评。从以《水浒传》金批本为代表的明清小说可以看出，作为一个介于人与非人、物质与非物质之间的文学概念，“文心”可以很好地涵盖和解释西方叙事学较少涉猎的一些结构精巧和奇观。从叙事理论比较的角度看，“文心”说与西方文论及叙事学中的“艺术四要素”说、“隐含作者”、“因果性”等虽有一定的相通之处，但却不同于甚至在一定程度上优于其任何一个。“文心”这一概念包容了文学的开放性、不确定性与创造性，体现了对于创作主体天赋、直觉、灵感与心灵的认同和尊重，寄托了人对于文学的理想化诉求，因而可以树立为中国传统叙事思想中的一个第一位的概念。

第七章　结撰奇观的章法

一、章法思想的文学理论化

如果说“文心”负责叙事虚构的发生、总体设计和思想气质的形成，那么它必须要借助一定的叙述手段才能得以实现。在金圣叹看来，将叙事文塑造成传世名作的是词、句、章、卷四个层面“精严”的结构之法。他在《水浒传》“序三”中写道：

> 盖天下之书，诚欲藏之名山，传之后人，即无有不精严者。何谓之精严？字有字法，句有句法，章有章法，部有部法是也。（12）

虽然金圣叹在这里将字法、句法、章法、部法相提并论，但他在评点中实际使用最多的却是章法。甚至在一些原本可以用字法或句法描述的地方，金圣叹也采用了章法一词。金圣叹在四个术语中偏爱章法，大概是因为该词包含的显著的结构性色彩。在汉语中，“章”是一个极富弹性的概念，可以用来形容任何一个具有结构完整性和巧妙性的作品，从小说篇章到诗词或口头话语，从文学作品到书法、绘画、建筑，进而延伸至人的许多其他的经验类型。中国古代的文人将“出口成章”视为出类拔萃的才华，而艺术创作的重要评价标准之一即“有无章法”。鉴于此，本书延续金圣叹的做法，将章法用作一个描述叙事小说结构方法的综合的有弹性的概念。其意义在英文中相当于笼统的“the art of composition”。

与中国叙事思想其他核心要素一样，章法的思想渊源也可以追溯至刘勰的《文心雕龙》。刘勰虽未直接使用“章法”二字，但在第32篇“镕裁”中对文章理想的结构做了如下描述：

首尾圆合，条贯统序。

（Owen,1992: 247）

这条言简意赅的描述可以视为章法思想文学理论化的一个原点。“首尾圆合”的结构思想与后世的中国古典小说“诗起诗结”的章回结构之间应该存在一种内在的联系，而刘勰对“条贯统序”的强调或可视为中国古典小说在驾驭复杂的情节进程方面的一个指导原则。在这个原则的基础上，刘勰进一步指出了章法在文本构建过程中的作用机制：

夫人之立言，因字而生句，积句而成章，积章而成篇。篇之彪炳，章无疵也；章之明靡，句无玷也；句之清英，字不妄也。振本而末从，知一而万毕矣。（252）

这段文字可以从三个角度来看。首先是以一种自下而上的方式分析了文章显而易见的结构单位：字、句、章、篇；其次是以一种自上而下的方式逆推不同结构单位对于“立言”效果的影响；最后是通过具体的“本”与“末”的类比进行形而上的升华（“一”与“万”）。刘勰这段论述与上文引用的金圣叹的“字法、句法、章法、部法”观点实质是一种源与流的关系。刘勰的理论探讨虽然看上去细致周详，但总归是一种脱离了具体的文学文本和语境的顶层规约。真正从批评实践的角度对章法进行论述的是明清时期的小说评点家。金圣叹在小说体裁框架下进一步发展了刘勰的“首尾圆合、条贯统序”思想，为普通读者提供一个浅显易懂的章法理论，即起、承、转、合之法。他在“读第五才子书法”中写道：

凡人读一部书，须要把眼光放得长。如《水浒传》七十回，只用一目俱下，便知其二千余纸，只是一篇文章，中间许多事体，便是文字起承转合之法。若是拖长看去，却都不见。

（施耐庵、金圣叹，2005[1608—1661]：4）

在金圣叹看来，所谓章法，一言以蔽之就是起承转合之法。与刘勰的高屋建瓴相比，这种从批评实践得来的见解显得更加有血有肉。金圣叹所说的“一目俱下”和“拖长看去”的别样体验与英国批评家卢伯克（Percy Lubbock）在《小说技巧》一书中描述的情形简直如出一辙，虽然后者重点在谈长篇小说批评的局限性：

> 抓住一部作品模糊虚幻的形式，把它抓牢，从容翻阅，然后加以概括的评述——批评家就是这样做的，而这样做总是一再遭到挫折。没有一种东西，也没有一种力量，能够使作品在我们眼前保持固定不动，让我们来得及仔细检查它的形态和构思。一部作品在记忆中消逝、变动得很快，就像我们阅读时一样迅速；甚至在最后一页刚刚翻过去的时刻，书中大部分内容，它的细节，便已经模糊不清。稍稍过些时候，几天或几个月之后，它们真正还会剩留多少呢？我们能够希望从通常所谓的书中获得的，不过是一连串的印象，也就是在朦胧不定的形态中显现出来的某些清晰之点……谁也不会光靠随随便便的一瞥所记住的东西去贸然批评一栋建筑、一座雕像、一幅绘画；不过，一般说来文学批评家所据以发表见解的东西也不过如此。[1]
>
> （卢伯克著，方土人译；1990[1921]：2）

本章对中国古典小说章法的分类沿用张世君（2004：82—86）归纳的三大类型：起结章法、遥对章法和板定章法。张世君认为，这三种类型的章法在塑造小说结构方面各有其侧重，各有其功用。“起结章法建立小说叙事篇章的大结构，遥对章法充实大结构中的叙事段落，板定章法采用程式化的手法具体描写人与事。”（86）

二、起结章法

从小说的结构形式看，起结章法是最具显著性和全局性的一种章法类型。金圣

---

[1] 卢伯克的原文为“To grasp the shadowy and fantasmal form of a book, to hold it fast, to turn it over and survey it at leisure—that is the effort of a critic of books, and it is perpetually defeated. Nothing, no power, will keep a book steady and motionless before us, so that we may have time to examine its shape and design. As quickly as we read, it melts and shifts in the memory; even at the moment when the last page is turned, a great part of the book, its finer detail, is already vague and doubtful. A little later, after a few days or months, how much is really left of it? A cluster of impressions, some clear points emerging from a mist of uncertainty, this is all we can hope to possess, generally speaking, in the name of a book… Nobody would venture to criticize a building, a statue, a picture, with nothing before him but the memory of single glimpse caught in passing; yet the critic of literature, on the whole, has to found his opinion upon little more”（Lubbock, 1921: 1）。

叹和毛宗岗分别对其做了具体的论述。金圣叹高度评价《水浒传》的诗起诗结的结构，认为其是最了不起的章法艺术：

> 一部大书，诗起诗结，“天下太平”起，“天下太平”结……[1]
>
> （施耐庵、金圣叹，2005[1608—1661]：2）
>
> 以诗起，以诗结，极大章法。[2]（804）

西方小说鲜见这种诗起诗结的结构现象。这大概和西方文论对小说和诗歌的体裁区分是有关系的。虽然诗歌一般被排除在小说的篇章之外，但我们仍可以在西方小说中读到一种与之类似的形式——题词（epigraph）。乔治·艾略特（George Eliot）便是一个善用题词的高手。根据有关统计，“她的作品中共有225条题词。其中96条是她原创的，另外129条引自56个已确认的作者和8个未具名的作者”[3]（Higdon, 1970: 128）。在艾略特的著名小说《米德尔马契》（*Middlemarch*）中，86章中的每一章之前都各有一条题词。应当说，这不仅只是一种文学的装饰。它也可以从某一方面体现作品的主题意义并且反映作者的艺术品位和思想境界。以托尔斯泰（Leo Tolstoy）的著名小说《安娜·卡列尼娜》（*Anna Karenina*）为例，在篇首那句脍炙人口的警句“幸福的家庭家家相似，不幸的家庭各个不同”[4]（托尔斯泰著，草婴译，1982：3）之前，就有一条引自《圣经》的著名的题词：“伸冤在我，我必报应。”[5]这样一条短小的题词其文学功能却不可小觑。它不仅让读者可以在阅读开始前一窥全书的主题，也可以激发读者的文学联想，让他们参考《圣经》中的一个更大的语境，从而借由这种互文性大大拓展了文本的想象空间和审美空间。

比较之下，中国古典学小说的起首诗和结尾诗的这种意味更加明显。它们以对称的形式前后呼应，不仅传递一种叙述的起始和终结感，也使隐含作者可以通过一个全知全能的叙述视点直接和隐含读者交流叙事信息。让我们再次举用《水浒传》的起首诗：

---

[1] 金圣叹对《水浒传》起首诗的评点。

[2] 金圣叹对《水浒传》结尾诗的评点。

[3] 希格登的原文为“… there are 225 epigraphs in her works—96 of them original and 129 drawn from the works of fifty-six identified and eight anonymous authors”。

[4] 托尔斯泰的原文为“Happy families are all alike; every unhappy family is unhappy in its own way”。

[5] “Vengeance is Mine, I will repay。”

纷纷五代离乱间，一旦云开复见天。
草木百年新雨露，车书万里旧江山。
寻常巷陌陈罗绮，几处楼台奏管弦。
天下太平无事日，莺花无限日高眠。

（施耐庵、金圣叹，2005[1608—1661]：2）

首先，这首诗为我们简要概括了故事发生的历史背景：在经历了五代动荡不安的无政府状态后，北宋政权逐渐恢复了社会的安宁和繁荣，人们开始过着无忧无虑的自在生活。然而，问题很快就来了：如果作者只是要介绍故事发生的背景，用白话文同样可以做到，为什么要如此突兀地放一首诗呢？回答这个问题，读者首先要明白，诗歌的暗示性和模糊性最适宜于传递敏感或者微妙的信息。其次，起首诗既不可等闲观之，也不可孤立视之，而是至少应该和结尾诗比照来看。这样，读者就会发现，两首诗都包含"天下太平"的字眼。这种文体学意义上的重要词汇的"重复"与形式上的首位对称相互叠加，使读者容易联想到中国古代哲学中"物极必反"的辩证法。因而，正如天下的失序混乱终将归于太平，天下太平也可能预示蛰伏待出的混乱局面。这样，起首诗和结尾诗就起到了一种区隔（demarcate）叙事时空的作用，使得小说的起始和结尾构成一个完整且自然的叙事回路（cycle）。诗歌的结构意义在其他明清小说中也多有体现。例如，《三国演义》开篇便以一首意义深邃的诗歌将历史的波澜壮阔和沧桑变迁呈现在读者眼前：

滚滚长江东逝水，浪花淘尽英雄。是非成败转头空。青山依旧在，几度夕阳红。

白发渔樵江渚上，惯看秋月春风。一壶浊酒喜相逢。古今多少事，都付笑谈中！

（罗贯中著，郭皓政、陈文新评注；2006[1330—1400]：1）

同样，在《三国演义》末尾也有一首篇幅更长的诗与之呼应，以工整的韵律形式高度提炼了全书故事梗概，同时强化了一种历史的沧桑感和天下兴替的内在必然性。除了诗起诗结外，《三国演义》的起结章法还体现在全书开宗明义的第一句话"天下大势，分久必合，合久必分”和这句话在全书结尾时的重申。这种将整个故事的叙述包含在诗意的起结之间的叙事方法既赋予长篇小说在宏观结构上的整一性，又可以突显一种“物极必反”的哲学思想。这一点与《水浒传》的起结章法并无二致。当然，中国古典小说对诗歌的偏好也可以解释为小说对自身体裁身份的诉求，即更多地被人认同为“美文学”（*belles-lettres*）而不是“街谈巷议”或“俗文学”。这是另一个话题，不做更多探讨。

起结章法不只是“诗起诗结”，它也是适用于不同叙述层面的一个弹性的结构策略。“诗起诗结”可以赋予整个叙述以宏观结构的完整性和某种形而上的意义，而应用于叙述不同层面的起结章法则有助于将情节组织成相互关联的片段单元（episodic unit）。在《读三国志法》一文中，毛宗岗将《三国演义》诗起诗结的大框架称为“总起总结”，认为在它们里面又层层嵌入了“六起六结”：

> 《三国》一书，总起总结之中，又有六起六结。(1) 其叙献帝，则以董卓废立为一起，以曹丕篡夺为一结。(2) 其叙西蜀，则以成都称帝为一起，而以绵竹出降为一结。(3) 其叙刘、关、张三人，则以桃园结义为一起，而以白帝托孤为一结。(4) 其叙诸葛亮，则以三顾草庐为一起，而以六出祁山为一结。(5) 其叙魏国，则以黄初改元为一起，而以司马受禅为一结。(6) 其叙东吴，则以孙坚匿玺为一起，而以孙皓衔璧为一结。凡此数段文字，联络交互于其间，或此方起而彼已结，或此未结而彼又起，读之不见其断续之迹，而按之则自有章法之可知也。
>
> （罗贯中著，毛宗岗批评；2006[1330—1400]）

值得一提的是，毛宗岗“总起总结之中，又有六起六结”的观点与西方批评家斯特维克（Phillip Stevick）的观点几乎如出一辙。斯特维克是在反思卢伯克关于叙事的篇幅和读者解读结构的能力之间的关系的基础上提出这一观点：

> 至少自荷马以降，长篇叙述的读者都有一个清楚的预期，那就是：作品内容将会被划分，在它的开始和结尾之间将会包含一系列处于从属地位的开始和结尾。而且，这种期待得到满足时的快感并不亚于欣赏一个中国

瓷瓶时获得的那种抽象的形式的乐趣。[1]

（Stevick, 1976: 175-176）

然而，西方文论对中国小说这种片段式结构特征的评价很多时候是失之公允的。这或许与亚里士多德开创的诗学传统有关，因为在亚里士多德看来，最糟糕的情节就是那种“事件单个地来看不必要或者不合理”[2]（Dorsch,1965: 45）的片段式情节（episodic plot）。美国学者毕晓普（John L. Bishop）更曾直截了当地指出，中国古典小说让西方读者“最感到不安的是它在情节上的异质、片段式的特点”[3]（Bishop, 1956: 239）。他也举了《三国演义》为例，认为该书之所以让西方读者感到不安是因为罗贯中“在一部文学作品的局限之内用了过多的人物和事件”[4]（242）叙述了三个交战国兴起和衰亡的故事。毕晓普的看法显然是一个带有偏见的西方中心主义的视角，因为中国历朝历代的小说读者从未感到《三国演义》的情节让他们不安，相反他们倒是普遍认为其故事引人入胜、其结构设计精巧、其情节百读不厌。

也有一些西方学者将浸入式文本阅读同中国的文学传统和哲学思想结合起来，提出了不一样的观点。陆大伟（David L.Rolston）和浦安迪（Andrew H. Plaks）是其中最突出的代表。他们的观点虽然有时也存在过于简化的倾向，但角度的新颖性和对中国传统的尊重是值得肯定的。例如，陆大伟提出，中国古典小说不仅“起、承、转、合”四个步骤符合自然世界季节变换的规律，就连章回数也与《易经》存在某种关联。他认为中国古典小说结构整一性的最低要求是开头和结尾互为呼应，同时“首尾之间的整一性则通过精心插入的伏笔和回指照应得以实现”[5]（Rolston, 1997: 265）。浦安迪则在中国哲学的“阴”、“阳”之辨的基础上提出了中国古典小说“二

---

[1] 斯特维克原文为“At least since Homer, audiences of extended narratives have expected categorically that the work will be divided, that it will contain within its beginning and end a series of subordinate beginnings and endings. And the fulfilment of this expectation evokes in the reader something not unlike the abstract formal pleasure one finds in a Chinese vase”。

[2] 原文为“...the events are not individually necessary or plausible”。

[3] 毕晓普的原文为“...one most disturbing to the Western reader is the heterogeneous and episodic quality of plot”。

[4] 毕晓普的原文为“with a plethora of characters and incidents within the confines of a single literary work”。

[5] 陆大伟的原文为“...the unity of the work is produced by the careful insertion of foreshadowing and retroactive reflections ...”。

元补衬”（complementary bipolarity）和“多项同旋”（multiple periodicity）的结构原则（见图 7-1），并以此回应了其他一些西方学者对中国小说结构整一性的质疑。（Plaks, 1977: 335）

图 7-1　中国道家哲学的太极八卦图

因此，按照浦安迪的理论，中国古典小说的诗起诗结、对仗工整的回目、每个情节单元的起结、物极必反式的情节发展逻辑以及人物的善恶分际都是反映所谓的“二元补衬”原则，而多个叙述层次（比如《红楼梦》中的多重叙事空间）或多条故事线（比如《三国演义》中的“总起总结之中，又有六起六结”）的并行推进则符合“多项同旋”的原则。“多项同旋”中的多项并不是相互独立的。《三国演义》中的“六起六结”就有一个共同的内在逻辑，即在“天下大势，分久必合，合久必分”的必然规律的调节下三个政治集团登上历史舞台形成制约与平衡的权力格局。而且，通过一系列共同的或者穿插的人物和事件，这三个政治集团也是你中有我、我中有你地交织在一起。同样的道理，《水浒传》对主要英雄人物的交替叙述也绝非随意的自由书写（free writing），而是有意识地将他们打造成“并合式人物”（参见第四章“故事”第四节“人物”）。这些并合式人物不同的经历却相同的命运逐渐突显了一种社会整体层面的必然性，即官逼民反、乱自上作。这些一条条的故事线也并非松散地彼此叠加，而是通过精妙娴熟的伏笔、回指照应、互文、事件间的间隙（interstitial space between events）和联络功能的人物（如第六章“作为首位和本源的文心”第三节分析的所谓“金锁”和“贯索奴”）将这些“片段”整合成为一个有机的整体。

由此观之，中国古典小说这种所谓的“片段性”与亚里士多德所说的“片段性”不可等量齐观。后者主要针对悲剧的情节，意思是说缺少足够连贯性、不能通过情节的自然发展走向高潮的悲剧不是好的悲剧。而中国明清时期的小说极少围绕单独一个悲剧英雄展开叙述，而是从宏大的叙事视野对世道人心展开网络式、全景式的描摹。小说不只是虚构的故事，在一定意义上也是历史和社会批评。西方虽然也不乏展示社会历史众生相的小说杰作，如《百年孤独》、《战争与和平》、《米德尔马契》等，但在叙事旨趣上显然大不同于中国明清的《三国演义》、《水浒传》和《红楼梦》等小说。中国明清批评家毛宗岗则指出，长篇叙事呈现出一定的片段性既是叙事篇幅导致的必然，也是叙事内容变化性的需要：

> 盖文之短者，不连叙则不贯串；文之长者，连叙则惧其累坠，故必叙别事以间之，而后文势乃错综尽变。
>
> （罗贯中著，李贽、毛宗岗等评；2007[1330—1709]）

三、遥对章法

遥对章法是指跨越相当可观的叙事篇幅制造前后对照、呼应或即视感效果的叙事结构手法。与起结章法相比，它是为了在叙述的局部层面增强结构密度和整一性。毛宗岗对遥对章法做了形象和较为全面的描述：

> 《三国》一书，有奇峰对插、锦屏对峙之妙。其对之法，有正对者，有反对者，有一卷之中自为对者，有隔数十卷而遥为对者。
>
> （罗贯中著，李贽、毛宗岗等评；2007[1330—1709]）

根据金圣叹的描述，遥对章法可以借助人物和事件的相似性创造一种文本内部的互文性或似曾相识之感。他以《水浒传》中鲁达和武松两个重要人物的塑造为例：

> 鲁达、武松两传，作者意中却欲遥遥相对，故其叙事亦多仿佛相准。

如鲁达救许多妇女，武松杀许多妇女；鲁达酒醉打金刚，武松酒醉打大虫；鲁达打死镇关西，武松杀死西门庆；鲁达瓦官寺前试禅杖，武松蜈蚣岭上试戒刀；鲁达打周通，越醉越有本事，武松打蒋门神，亦越醉越有本事；鲁达桃花山上，踏匾酒器，揣了滚下山去，武松鸳鸯楼上，踏匾酒器，揣了跳下城去。皆是相准而立，读者不可不知。

（施耐庵、金圣叹，2005[1608—1661]：57）

从这段话可以看出，虽然鲁达和武松的故事各有其场景和因果性，并且在这两方面差异很大，但是却有一连串极其相似的行为和功能。对称式地呈现他们的行为一方面可以将他们表现为一样勇猛、侠义和反叛式的人物，另一方面可以使他们的个性和经历形成强烈对照。例如，虽然他们都有与女人的奇遇，但鲁达是帮助弱势的女子，由此可以见他粗卤强壮的身体里的“菩萨心肠”，这也正是五台山文殊院智真长老当初收留和偏爱他的原因；而武松先杀潘金莲后杀玉兰则反映他嫉恶如仇的个性和复仇时的极端非理性。在另一对事件中，由于触犯戒律，醉酒的鲁达被拒绝进入寺院，还遭到其他和尚的冷嘲热讽，透过醉眼他感到连佛像都在嘲笑他，于是一气之下砸烂了庙里的金刚；而武松在景阳冈前不顾“三碗不过冈”的警示，一气喝掉十八碗，结果反而借着酒劲赤手空拳打死了为害一方的猛虎。两个事件遥遥相对，使两个人物的形象相映成趣。同时，作为两个人物叙述中各自的小高潮，这两个事件也成为推动情节发展的分水岭，因而具有叙事结构的意义：前一个事件造成鲁达下山，进而结识小说的另一个主要人物林冲，后一个事件使武松成为名满阳谷县的打虎英雄，从而在异乡兄弟武大和嫂嫂潘金莲相认。

由于西方小说多聚焦一个或少数几个主人公，并且倾向避免人物或事件间的重复，因此西方叙事学鲜见对这种叙事技巧的探讨。俄国形式主义文论家普罗普（Vladimir Propp）在研究俄国民间故事的结构共性时采取了类似的思路。比如，民间故事 A 的结构骨架可以是“沙皇赠给好汉一只鹰。鹰将好汉送到了另一个王国”，B 的结构可以是“老人赠给苏钦科一匹马。马将苏钦科驮到了另一个王国”，C 的结构可以是“巫师赠给伊万一艘小船。小船将伊万载到了另一个王国”，以此类推。（普罗普，2006[1928]：17）可见，普罗普是以整个俄国民间故事的结构共性作为对象，而中国明清批评家是以同一部叙事作品的结构规律作为对象，二者除思路相似并无其他。

四、板定章法

“板定”一词原本是俗语的用法，以张竹坡为代表的明清评点家将其用于小说批评。板定章法可以指小说家个人特有的叙事特点，也可以指一部小说作品中必然重复出现的语言表现形式或叙述技巧。与前两种章法类型相比，板定章法在更为微观的层面塑造叙事结构、推动情节向前发展。明清小说中最常见的一种板定章法是通过模式化的表达方式引入突出闯入故事情节的人物或事件，就好比俗语所谓“半路杀出个程咬金”或者成语所谓“无巧不成书”。其目的在于终止当前叙述或转移叙事焦点。金圣叹在“读第五才子书法”中将这种章法称为“横云断山法”。脂砚斋大量列举了《红楼梦》中板定章法的例子，以下便是其中之一：

> <u>方谈得三五句话，忽家人飞报</u>：“严老爷来拜。”士隐慌的忙起身谢罪道：“恕诳驾之罪，略坐，弟即来陪。”
>
> （曹雪芹、高鹗著，俞平伯校，启功注；2002：8）

甄士隐和客人贾雨村刚开始闲谈，便突然被严老爷的到来打断。然而，有趣的是，在整部小说中，严老爷这个人物从未出现过。可见，严老爷的角色就是前文探讨过的“贯索奴”。作者借用这个贯索奴达成了他的指示（denotative）和结构（structural）意图。首先，从语言的角度看，一个“忽”字和一个“慌忙”以及严老爷的“缺席的在场”（absent presence）足以表现出三个人物间不平等的权力关系。因此，读者就有可能意识到，虽然甄士隐给了贾雨村足够的礼遇，但后者作为一个仍在谋求功名的儒生显然处在权力的劣势地位上，而作为士绅的甄士隐一方面要以儒士之道收留贾雨村，一方面又要以卑躬之态去迎接严老爷。更重要的是，随着甄士隐“慌的起身”离去，叙事视角就集中到了贾雨村一人身上。贾雨村这才有机会关注窗外园子里撷花的丫鬟。对这个无名丫鬟（后来知道名叫“娇杏”；脂砚斋阐释为谐音“侥幸”）描写以及贾雨村和她四目相接后各自心理活动的描写既可以激发读者的浪漫想象，也为下一回的叙述埋下了伏笔。果不其然，读者将在下回读到，功名成就的贾雨村向甄士隐提出纳娇杏为妾。看上去不起眼的板定章法让作者收到了一石二鸟的叙事效果。

另一种常见的板定章法是通过有意设计的伴随情形突显人物在性格或社会地位上的反差。张竹坡在对《金瓶梅》的评论中犀利地指出：

> 《金瓶》有板定大章法。如金莲有事生气，必用玉楼在旁，百遍皆然，一丝不易，是其章法老处。他如西门至人家饮酒，临出门时，必用一人或一官来拜、留坐，此又是“生子加官”后数十回大章法。
>
> （朱一玄编，1985：209）

按张竹坡的意思，作者很可能将孟玉楼设计成潘金莲的一面镜子。每当潘金莲因为小事对他人发脾气时，她身边总有一个沉着冷静、好言相劝的孟玉楼。在李瓶儿为西门庆诞下第一个儿子官哥后，更是如此。所以，在官哥出现之后的叙述中，读者常常发现，潘金莲的骄奢淫逸与孟玉楼的谨守妇德形成对照，潘金莲强势好斗的个性（例如撺掇西门庆家法四妾孙雪娥、羞辱丫鬟宋惠莲上吊自杀、不择手段对付官哥的母亲六妾李瓶儿）与孟氏和事佬的角色形成对照，潘金莲热烈的性欲与孟氏被动接受西门庆形成对照。总而言之，作者或许希望将孟玉楼树立为一个与潘金莲对照的躬行中庸的理想女性形象。至于西门庆临出门时总有人突然来访，这也是一种一石二鸟的板定章法：一方面突显西门庆做官后门庭若市，一方面转移叙事焦点，为新的叙事信息留出空间。

从一个更深的理论层面看，我们可以将板定章法理解为用巧合（coincidence）去平衡或者补充因果性（causality）的一种努力。西方哲学从传统上重视理性（rationality）和因果性，而中国哲学则强调关系性（relationality）和巧合的可能性。我们无论从《孙子兵法》中的“巧能成事”到日常生活中常说的“无巧不成书”都能读出这样一种意味。正如我们的生活永远受到巧合和未知的影响，巧合也理应成为小说情节乃至小说创作的一个必要条件。因此，只要小说的虚构世界（fictional world）能够在现实世界（real world）和可能世界（possible world）之间找到一个适当的位置，我们就应该认为它是一个以自身名义存在的世界。因为，说到底，世上哪有完全由因果性构成的小说呢？即便有，这样的小说有任何可读性吗？

第八章　化工传神的笔法

一、笔、笔法、春秋笔法

早在刘勰的《文心雕龙》一书中，作为概念意义的“笔”字就以不同组合使用了73次之多。其中最有意义的组合包括“属笔”、“鬻笔”、“载笔”、“鸿笔”、“良史之直笔”等。刘勰没有停留在“笔”字的各种比喻用法上，而是进一步发掘其理论价值。比如，他对“言”和“笔”的区分在很大程度上类似于现代语言学对“言语”（speech）和“书写”（writing）的区分：

> 予以为：发口为言，属笔曰翰……
>
> （Liu, 1983[约465—520]: 444）

而在另一对“文”和“笔”的概念比较中，刘勰又使比喻义的“笔”成为一个多义词，其意义由广义的“书写”缩小为“无韵律的书写”，与之相对立的“文”则指“有韵律的书写”。这或许也是汉语中常用的“文笔”一词很早的一个源头。

> 今之常言，有文有笔，以为无韵者笔也，有韵者文也。（444）

后世批评术语中的“文法”和“笔法”即脱胎于此。鉴于明清批评家金圣叹在他的小说评点中并未区分文法和笔法（在“读第五才子书法”中他采用的是“文法”一词并且归纳了《水浒传》的十五种“文法”，但在正文批注中他却更多采用“笔法”一词），又鉴于按照《文心雕龙》所示，“文法”更偏向韵文，“笔法”更偏向散文，为求一致本书采用“笔法”一词。章法和笔法都与文心有着直接的联系，是作者表现其文心的两种重要手段。在功能上，章法更多表现为总体的结构上的“奇观”，而笔法则表现为局部叙述技巧上的“传神”。刘勰在《文心雕龙》中将笔法和文心的关系形容为：“属意立文，心与笔谋”（陆侃如、牟世金，1982：225）。可见，笔法是在“立文”过程中与文心的一种动态的互动或磋商（negotiation）。

特别值得一提的是，由于中国古典小说在体裁演进过程中与“史”的天然联系，它也相应地承袭了史家常用的所谓“春秋笔法”。一般认为，孔子在《春秋》编纂过程中有意通过对言辞及其比例的技巧性控制传递了他对历史人物或事件的态度评判。带着这样的认识，古代的《春秋》读者在一定程度上弱化了所叙事件本身的价值，而是将更多注意力放在对事件叙述方式和行文细微之处的阐释上。与孔子几乎同时代的史家左丘明将《春秋》的作文之法上升到了艺术的高度：

> 君子曰：《春秋》之作，微而显，志而晦，婉而成章，尽而不污，惩恶而劝善，非圣人孰能修之！
>
> （李学勤，1999：756）

这种阅读《春秋》的方法深远影响了后世的修史方式，也在很大程度上影响了中国古代文人的阅读习惯和文学批评话语。在春秋笔法的影响下，小说家们渐渐将这种操控手法吸收至小说的创作中，他们写作时要考虑的问题也变成了“写什么”、“不写什么”、“怎么写”和“写的目的是什么”。小说家们从春秋笔法中继承的思想实质可以归纳为“曲折寄寓、微言大义”（王先霈、王又林，2006：174）。《红楼梦》如何利用姓名、诗文、谶语、梦境和幻境寄托作者真实意图上文已有不少例子。此处再举《水浒传》一书的“楔子”为例。故事主要发生在宋徽宗的时代，但作者却不直接切入，而是从之前宋仁宗在位的时代叙起。宋仁宗只是重用了两个下凡的星宿，即“文曲星”包拯和“武曲星”狄青，便实现了“五谷丰登、万民乐业、路不拾遗、户不夜闭”的“三登之世”。在接下来的叙述中，作者并无只言片语意指社会的腐败和失序。然而这种叙述“不在场”本身就是有意义的，它留下的“真空”也将由富于感知的读者自行填补：徽宗年间下凡的“天罡”、“地煞”一百零八星宿并不像仁宗时的“文曲”、“武曲”那样受用于朝堂，而是被一步步地逼上了水泊梁山；仁宗只重用了两个星宿便开创了“三登之世”，徽宗若能对一百零八星善加利用又该是怎样呢？这便是作者“曲折寄寓”期待的效果。

从另一个角度来讲，“春秋笔法”也可以为用来回应一些西方学者对中国古典小说“模糊性”的批评。例如，毕晓普（John L.Bishop）在一篇争议和影响都不小的文章中声称：“如果说中国小说的最终动机在原则上是模糊的，那么其道德目的同样如此。”[1]（Bishop,1956: 245）事实上，中国古典小说的“道德目的”几乎从不模糊。即便《金瓶梅》、《水浒传》这些不乏暴力、谋杀和通奸情节的小说，情节发展也通常围绕因果业报之类的劝人向善的主旨。“最终动机”也不是模糊的，而往往是刻意隐晦的；作者一般将其寄托在叙事的深层结构或者表层最不起眼的细微处。这正是“曲折寄寓、微言大义”的真谛。

二、明清叙事常用笔法探析

明清小说评点家在批评实践中将“笔法”理论发挥到了极致。他们将传统的“春秋笔法”和中国哲学的阴阳思想结合，归纳出一系列成对的笔法类型，如实笔和虚笔、正笔和闲笔、直笔和曲笔、犯笔和省笔等。这些成对的笔法的后一项——虚笔、闲笔、曲笔、省笔——更多反映了春秋笔法，因此将成为本章探讨的重点。其中，实笔和虚笔相对宽泛，而且评点家们有时将它们和其他笔法类型混为一谈，故不作为此处探讨的重点。本章还有意排除了犯笔和省笔，因为二者与西方经典叙事学的“频率”和“时距”概念颇为相似，在本书第四章第一节已做探讨。

（一）闲　笔

金圣叹在《水浒传》的评点中使用次数最多的笔法类型就是闲笔。据本书作者统计，“闲笔”一词共使用 40 余次，其次是曲笔 17 次。与正笔相比，闲笔是为了让读者暂时地从变化着的情节中抽身出来，将注意移向虚构世界的“非情节要素”。情节中行动要素的放缓或停滞可以延长读者的阅读过程，从而强化审美体验。金圣叹形象地将闲笔的文学美学效果同其他类型的人类体验做比较：

> 贪游名山者，须耐仄路；贪食熊蹯者，须耐慢火；贪看月华者，须

---

[1] 毕晓普的原文为“...if the principle of ultimate motivation in Chinese fiction is ambiguous, its moral purpose is equally so”。

耐深夜；贪看美人者，须耐梳头。

（施耐庵、金圣叹，2005[1608—1661]：506）

从某种意义上说，金圣叹对闲笔的思考与俄国形式主义文论家什克洛夫斯基（Viktor Shklovsky）的“陌生化”（defamiliarization）理论有异曲同工之妙。什克洛夫斯基认为：

艺术的手法就是对象“陌生化”的手法和使形式变得困难的手法，这种手法增加了感知的难度和长度；因为，对于艺术而言，感知过程本身就是目的，所以必须被延长。[1]

（Holub,1984: 18）

可以说，金圣叹的闲笔思想与西方文论的“陌生化”理论在本质上是一致的。金圣叹主张对那些习以为常、不以为意的细节要耐下闲心，细细品味，而什克洛夫斯基也强调要给平常的事物赋予一种不平常的气氛，从而获得新鲜的审美感受。闲笔在明清小说中最重要的功能就是控制叙事信息和节奏，掩藏作者的立场或意图。在这方面，《水浒传》中张都监在武松打死蒋门神后善意收留和庇护他就是一个典型的例子。作者用如下一段闲笔介绍武松在张都监府中度过的时日：

早晚都监相公不住地唤武松进后堂与酒与食；放他穿房入户，把做亲人一般看待；又叫裁缝与武松彻里彻外做秋衣。…… 武松自从在张都监宅里相公见爱，但是人有些公事来央浼他的，武松对都监相公说了，无有不依。外人俱送些金银、财帛、缎匹等件。武松买个柳藤箱子，把这送的东西都锁在里面，不在话下。

（施耐庵、金圣叹，2005[1608—1661]：342）

---

[1] 引自霍拉勃（Robert C. Holub）的《接受理论》（*Reception Theory*）。什克洛夫斯基原文的英译版为“The device of art is the device of ‘defamiliarization’ of objects and the device of the form made difficult, a device that increases the difficulty and length of perception; for the process of perception is in art an end in itself and must be prolonged”。

对这节叙述，金圣叹插入了一条夹批："此一段竟与连日闲文，一样平平叙去，遂令读者不觉。"（342）这段描写武松"平静"生活的闲文看起来平淡无奇，读者到这里可能会进一步陷入一个错觉，即由于张都监的乐善好施武松的命运从此将发生根本改变。[1] 然而，随着情节继续发展，读者发现张都监不过是在有计划地构陷武松。一旦武松醒悟过来，等候张都监一家的又将是一场血腥的屠杀。通过闲笔和正笔共同作用形成的反差和惊奇，读者的阅读快感又一次得到满足。可见，通过这样的闲笔控制叙事信息的分配，作者实际是为读者预设了阅读的效果。此外，即使在日常生活的细枝末节，作者也不忘提前埋伏一个"柳藤箱子"作为包袱。后来被张都监和玉兰当作武松罪证的正是这个柳藤箱子。末尾，叙述者以一句"不在话下"更加强化了闲笔的意味。

有时，最不起眼的细节中甚至可以隐藏最重要的叙事信息。例如，《红楼梦》第 31 回通过贾宝玉、林黛玉和袭人的一次对谈不经意地将三人的命运编织到字里行间。这段对谈的背景是这样的。贾宝玉的贴身丫鬟袭人咳血后，晴雯被叫过来伺候贾宝玉。贾宝玉此时正因为袭人咳血和此前端阳节无趣的聚会而伤感。晴雯嫉妒袭人和宝二爷的关系，说了些风凉话。结果造成贾宝玉不悦，晴雯和袭人二人由于斗气都哭了。正在这时，林黛玉不速而至。林黛玉问袭人缘由时半开玩笑地叫她"好嫂子"。林黛玉的言辞使得贾宝玉和姑娘们的微妙关系变得更加耐人寻味，也让袭人深深地感到害羞。

> 袭人笑道："林姑娘，你不知道我的心事，除非一口气不来，死了倒也罢了。"黛玉笑道："你死了，别人不知怎么样，我先就哭死了。"宝玉笑道："你死了，我作和尚去。"袭人笑道："你老实些罢，何苦还说这些话。"黛玉将两个指头一伸，抿嘴笑道："做了两个和尚了。我从今以后，都记着你做和尚的遭数儿。"
>
> （曹雪芹、高鹗著，俞平伯校，启功注；2002：330）

在汉语口头语中，"死"字是一个非常常用的程度副词，修辞上也可算作夸张。

[1] 由于这部小说长期流传，其情节梗概和主要人物的命运早已广为人知，因此并无太多悬念感可言。但是，理论上，这并不能否定施耐庵在创作时的初始设计和意图。

引文画线部分的这些表达方式时至今日我们仍在使用。鲜活的表达不仅增强了场景的生动性，也赋予阅读两种不同的可能性。一般读者很可能不经意地一气读过，满足于生动的打趣和调情所带来的幻想；然而，精明的读者或掩卷后重读的读者则会惊奇于这一小段“闲笔”的真实分量。说“死了倒也罢了”的袭人长期照顾贾宝玉而且暗自喜欢他，但最终却没能如愿成为妾室，只能无奈地外嫁一个毫无感情的陌生男人；说“我先就哭死了”的女主角林黛玉与贾宝玉的爱情不能实现，在三人中第一个含恨而终；说“你死了，我作和尚去”的贾宝玉在贾府没落后出家。最后一句林黛玉打趣的话——“我从今以后，都记着你做和尚的遭数儿。”——也暗示当“梦”破灭那一天贾宝玉与所有小姐丫鬟的情感都将随风而逝。

（二）曲　　笔

作为使用频率仅次于“闲笔”的一种笔法类型，“曲笔”与中国古典美学尚“隐晦”（implicitness）而不尚“彰显”（manifestness）的价值取向不无关系。正如园林艺术讲究“曲径通幽”，叙事小说也以“深文曲笔”为妙境。明清小说家多将曲笔运用于人物塑造，尤其是复杂型和/或争议性人物的塑造。一个代表性的例子就是《水浒传》中一百单八好汉的头领宋江。单从叙事的表层看，读者或许会以为宋江被塑造成了一个好汉中的好汉。一方面，他是怀着忠君报国之心的，是官场和社会的腐败黑暗逼迫他走上落草之路。另一方面，他对义道和孝道的模范恪守使得他成为一个闻名遐迩的传奇人物并最终成为天下英雄的一个共同的精神领袖。然而，在叙事的深层，通过曲笔的创造性运用，宋江实际上已经被刻画成一个复杂得多的圆形人物（round character），甚至颠覆了他的正面形象。金圣叹对塑造宋江的笔法有如下总结：

> 盖此书写一百七人处，皆直笔也，好即真好，劣即真劣。若写宋江则不然，骤读之而全好，再读之而好劣相半，又再读之而好不胜劣，又卒读之而全劣无好矣。
>
> （施耐庵、金圣叹，2005[1608—1661]：406）

金圣叹称《水浒传》除宋江外的一百零七个好汉都是用“直笔”刻画。这当然是有些言过其实，因为其中一些好汉只是简单带过，谈不上运用了多少笔法。但是，他指出宋江人物性格的迷惑性却是十分之犀利。从“骤读”到“再读”到“又再读”

再到“又卒读”，宋江的形象也相应地由“全好”变为“好劣相半”、“好不胜劣”和“全劣无好”。通读全书，读者会发现作者主要采用两个方法刻画宋江。一是将宋江与他最忠实的追随者之一的李逵宛然成对。在许多场合，李逵愚钝、粗卤、有勇无谋的言行恰恰是为了引导读者反思忠义面具下的宋江是多么虚伪、渴望权力甚至危险的一个人物。因此，在一定意义上，作者是在用一个“肌肉男”的形象反衬一个复杂得多的“政客”形象。另一个方法便是在叙述宋江时常常采用的曲笔。例如，根据金圣叹的总结，全书在多个类似的场合中都采用曲笔暗示宋江如何苦心盘算、包藏祸心，意欲取代晁盖成为梁山首领：

> 夫晁盖欲打祝家庄，则宋江劝：哥哥山寨之主，不可轻动也。晁盖欲打高唐州，则宋江又劝：哥哥山寨之主，不可轻动也。晁盖欲打青州，则又劝：哥哥山寨之主，不可轻动。欲打华州，则又劝：哥哥山寨之主，不可轻动也。何独至于打曾头市，而宋江默未尝发一言？宋江默未尝发一言，而晁盖亦遂死于是役。…… 通篇皆用深文曲笔，以深明宋江之弑晁盖。（684—685）

作者没有用只言片语直陈宋江真实的内心，而是在叙述之前就做好整体的结构设计，通过步步为营的“渗透”（osmosis）将这些信息传递给读者。这种手法反映了作者高超的叙事技艺，也拓展了想象和阐释的空间，使更高层次的批判式阅读成为可能。普通读者可能只是从英雄好汉的事迹和反叛朝廷的行为中获取阅读乐趣，而具有一定批判意识的读者则可以透过深文曲笔一睹人物的真面目以及作者的真实意图。运用曲笔的另一个妙处在于将宋江刻画成为一个独具中国官场特色的“政客”形象。人们看到，这个郁郁不得志的从前小吏开口讲话时讲的是儒家的仁义道德，而当他不讲话时，内心里可能正上演着各种的算计和谋略。

曲笔的运用也作为一种叙事策略促进了一些明清小说的成功。通过用一种曲折回环的方式讲述故事和刻画人物并将叙事图景中一些部分遮掩起来，作者可以有效地扣住读者的好奇心，从而避免出现福斯特（E. M. Forster）警告过的那种情形：“小说家唠唠叨叨没完没了，而一旦读者猜到接下来会发生什么，他们要么打瞌睡，要么把他毙掉。”[1]（Forster,1985: 68）

---

[1] 福斯特的原文为“The novelist droned on, and as soon as the audience guessed what happened next, they either fell asleep or killed him”。

第九章　塑造风格维度的意象

在利奇（Geoffrey N. Leech）和肖特（Michael H. Short）的重要文体学著作《小说文体论：英语小说的语言学入门》一书末尾，他们对未来可能的研究领域做了这样的展望：

> 文体学介入小说研究还有一些我们尚未涉及的方面。最明显有待发展的领域是用文体学的办法揭示小说中的主题和价值。[1]
>
> （Leech & Short, 2007: 304）

如果我们以一个比较的视野观照中国古典文学，那么利奇和肖特所谓的“用文体学的办法揭示小说中的主题和价值”或许会将学者的关注引向中国文学中的“意象”现象。在中国古典小说中，意象除了贡献于小说的美学形式外，还常常负载了主题功能和作者价值。中国古典小说可以视为多种不同体裁特征的一个大熔炉，其中最值得关注的是史、诗和书。为了取得作为一种文学体裁的合法性，同时与儒学的社会正统相符合，中国古典小说吸收了这些体裁的许多文学性（literariness）特征，其中的一个重要特征就是意象。顾名思义，意象是指非具体的意和具体的象之间——或者说是“概念”（conceptual）和“知觉”（perceptual）之间——一种不可分割的状态（indivisibility）。小说作者之所以在叙述中采用特定的意象主要是想借其象征性（symbolism）和表现力（representation），或者为了达到某种前景化（foregrounding）的效果。这就使我们有可能通过对某些象似性（iconicity）的文体学分析揭示潜在的“主题和价值”。

[1] 利奇和肖特的原文为“…There are still aspects of stylistic involvement with novels that we have hardly begun to account for as yet. The stylistic explications of theme and evaluation are the most obvious areas awaiting development”。

一、意象在中国文论中的源流

中国文论对意象的探讨最早可以追溯至刘勰的《文心雕龙》：

> 独照之匠，窥意象而运斤；此盖驭文之首术，谋篇之大端。
>
> （陆侃如、牟世金，1982：204）

刘勰的理论语境中意象是一个形而上的概念，因此他举了一个生动的例子加以说明：一个经验丰富的木匠在运斧之时并不用眼睛看着样品或图纸，而是依循他的内心之眼。刘勰将内心之眼之所见称为“意象”。很明显，在刘勰那里，意象指的是作者在形诸笔墨之时心中已有的大意主旨或者总体设计。

随着中国文学的发展，特别是汉代直至唐宋诗歌的繁荣，意象逐渐褪去其形而上色彩，被具体化为衡量诗歌好坏与否的一个文体特征。至此，意象发展成为中国文学美学的一大鲜明的特色。我们只需要对比两首主题情境相似的诗歌就能说明这个问题。一首是元代诗人马致远的《天净沙·秋思》，一首是英国浪漫主义代表诗人华兹华斯（William Wordsworth）的“I Wondered Lonely as a Cloud”：

天净沙·秋思	**Autumn Thoughts**[1]
枯藤老树昏鸦，	Withered vines, olden tree, ev'ning crows;
小桥流水人家，	Tiny bridge, flowing brook, hamlet homes;
古道西风瘦马。	Ancient road, wind from west, bony horse;
夕阳西下，	The sun is setting,
断肠人在天涯。	Broken man, far from home, roams and roams.

这首短诗由一连串相互联系的意象构成，而且几乎所有意象都是静态意象。如果从上下文考虑，甚至连“夕阳西下”也不应视作一个动态的意象，而应作为一种时间的指示、气氛的渲染和迈向一个沉重的结尾的过渡。结尾行的“断肠人”和“天

[1] 此处选用了湖南师范大学已故教授赵甄陶先生的译本。

涯”两个意象再次触发之前的所有意象，作为一个整体共同作用于读者的心灵；这个整体就是一个充满寂寥和惆怅之感的“意境”（见图 9-1）。

图 9-1　根据《天净沙·秋思》意象创作的一幅中国画

英语诗歌中的意象似乎也能让我们产生某种相似的感受，但同时我们也发现一个更明显的特征，那就是，英语诗歌中除了以庞德（Ezra Pound）为代表的意象主义流派（Imagism）外很少有像中国古代诗歌那样注重意象之美的，而是更突显诗人或诗中之人的意识以及由他体验或触发的行为（action）。我们从华兹华斯这首诗的一个片段就能看出：

I wandered lonely as a cloud
That **floats** on high o'er vales and hills,
When all at once **I saw** a crowd,
A host, of golden daffodils;
Besides the lake, beneath the trees,
Fluttering and **dancing** in the breeze.

显然，这首诗是以诗人的意识为中心的，诗人位置（“I wandered”）和视点（“I saw”）的移动以及时间的流动引导着读者的文学想象。而“cloud”、“vales and hills”和“golden daffodils”这些词语只不过起着指示功能和韵律功能。

中国古典小说青睐意象除了受到诗歌影响之外还有语文学上的因素。汉语的一些显著特点，比如时态、数和格缺少形式标记、意合结构（paratatic）以及汉字形态上的象形会意特征是意象大量使用的一个深层的原因。仅以以上诗句中“天涯”一词为例。赵甄陶先生主要考虑到韵律的效果，创造性地将其译为“far from home”，应该说在本质的所指层面与“天涯”是一致的。然而，读到“天涯”一行的中国读者与读到“far from home”的西方读者在文学体验上却可能出现很大的差异。这是因为，“天涯”虽然本身是一个意象，却可以进一步分解为三个更小的意象单元，即“天”、“水”（在“涯”字中用作部首）和“厓”（“高岸”的象形）。当然，读到这行诗的中国读者自然而然地理解“天涯”的意义和意象，而不必逐一地去想象这三个组成部分各自的意象。这正是长期形成的语言习惯（habitus）和文化浸润（immersion）的结果。也正是这种习惯和浸润使得这个词成为人们寄托对远方怀想的最常用的文学用语之一。

二、明清叙事常用意象类型探析

在简要概括意象作为一个重要文学概念的理论源流后，笔者下文将分类详细探讨它在塑造中国古典小说风格维度方面的独特作用。应该说，这种作用是复杂而且多方面的。基于对《水浒传》和《红楼梦》相关语言特征的分析，我将意象的功能划分为以下三种主要形式并分别论述它们如何充实和丰富中国古典小说的风格维度。

（一）专有名词蕴藏的丰富意象内涵

《水浒传》一个突出的语言特征是几乎所有重要人物都有一个风格迥异的外号，这个外号一般是在介绍人物首次登场时配合他们的真实姓名使用的。实际上，一百单八好汉各有外号，有的代表某种突出的外表特征，有的概括他们在江湖上的名声或者威望。例如，林冲的外号“豹子头”中蕴藏的意象就可以向三个方向激发读者的想象。首先，在读到对林冲的任何具体描写之前，读者可以先在脑海里构建出一个林冲的视觉形象。二是豹子头的凶猛意象与林冲落草为寇前“八十万禁军枪棒教头”

的身份天然合拍。三是“林冲”二字的短促有力尤其是一个“冲”字所表现的动感与“豹子头”的意象相互呼应，也预示了这个将来的反叛将领勇猛仗义的性格。鲁达的外号将“花”和“和尚”两个意象叠加虽然表面上是指鲁达的文身，却也可能暗示他本质上并非一个和尚。事实上，鲁达最初做和尚就是为了逃避刑罚。“花和尚”这个名号也增强了他与若干女性遭遇时的诙谐感。

在《红楼梦》中，大多数小姐丫鬟的名字都包含了一个特定的意象。例如，宝玉的贴身丫鬟袭人的名字就传递了强烈的美学和象征意味。她的全名“花袭人”源于宝玉的即兴口占。三个字的独特组合不仅是一个音美、意美、形美的女人名，而且透出一种奇绝气质。在整个小说阅读过程中，这个意象也会把读者的想象向三个方向引申。首先，通过这个名字，读者会想象贾府大观园内争奇斗艳的群芳和穿行花丛之间的美人；读者也可能会自设悬念：除了显见的主仆关系外，花袭人这个人物与贾府之间会不会有什么别样的深层关系呢？其次，这个名字有可能反映作者的某种价值判断。通过借宝玉之口赋予她这样一个清丽脱俗的名字，作者或许意在突显她与贾府其他丫鬟的不同。情节的发展将为我们证实，袭人是一个对贾府尤其对宝玉最忠诚、最尽心的丫鬟，她的这种品德得到了包括贾母和王夫人在内的贾府长辈的高度肯定。然而，另一方面，她在对待其他丫鬟时却又有工于算计和咄咄逼人的一面，这让她不是嫉妒别人就是遭到别人的反感。这两个方面都与她名字里的这个“袭”字暗合。最后，这个意象也在一定程度反映宝玉对身边女人们直觉之敏感和见解之深入。

有时，意象也被嵌在地点名称中。《水浒传》中武松屠杀张都监的“鸳鸯楼”便是一例。“鸳鸯”在中国文化中是一雄一雌、双宿双飞的情爱之鸟，象征美好忠贞的爱情。因此，鸳鸯楼从一开始就萦绕着些许浪漫甚至情欲的气息。特别是玉兰和武松之间的情意一度让人浮想联翩，张都监许诺将玉兰许配武松更是将这种气氛推向高潮。然而，这层浪漫气息的下面却涌动着肮脏和卑劣，最终导致武松血洗鸳鸯楼。金圣叹对鸳鸯的意象做了更深入的阐释。他认为这个意象隐含着与情节发展有关的一种二元辩证逻辑：

> 鸳鸯楼之立名，我知之矣，殆言得意之事与失意之事相倚相伏，未曾暂离，喻如鸳鸯二鸟双游也……
>
> （施耐庵、金圣叹，2005[1608—1661]：350）

（二）描摹或修辞功能的意象

中国古典小说普遍偏好对场景和人物进行静态描写，因此描摹或修辞功能的意象不胜枚举。在描写中运用这种意象可以创造一种介于生动和模糊之间的美感，从而同时满足读者的“视觉”需要和想象需要。或许正是由于意象内在的隐喻化（metaphorization）过程，中国古典小说中的意象多与修辞手法相伴出现。以下这段《水浒传》中鲁提辖拳打镇关西的描写就包含三个风格迥异的意象以及三种修辞手法：

> 扑的只一拳，正打在鼻子上，打得鲜血迸流，鼻子歪在半边，却便似开了个**油酱铺：咸的、酸的、辣的，一发都滚出来**。……提起拳头来，就眼眶际眉梢只一拳，打得眼棱缝裂，乌珠迸出，也似开了个**彩帛铺的：红的、黑的、紫的，都绽将出来**……又只一拳，太阳上正着，却是做了一个**全堂水陆的道场：磬儿、钹儿、铙儿，一齐响**……（37—38）

首先，这三个意象是由三个**明喻**（simile）引出，即油酱铺、彩帛铺和全堂水陆的道场。然后，作者又运用**移觉**（synaesthesia）强化比喻的效果，以致郑屠受鲁达三拳后的痛苦分别与油酱铺的咸、酸、辣味（味觉），彩帛铺的红、黑、紫色（视觉）以及道场中的磬、钹、铙响（听觉）发生联系。而这三拳的描述又是以严格的**排比**（parallelism）形式呈现，冲击力和戏剧性大为增强。其中第三拳的描写更是一箭双雕：“全堂水陆的道场”既着重于郑屠听觉上的痛苦感受，也暗示他在这一拳后的一命呜呼。

这三个意象的妙处在于它们都是中国人日常生活熟悉的情境，因而在阅读时可能产生更多的趣味。让我们设想，如果全知的叙述者将郑屠的心理感受直截了当地告诉读者，读者对这三拳的威力一定不会像现在这般感受深刻。因为，如果郑屠的心理活动被直陈在读者面前，读者将处在一个完全被动的叙事信息的接收端；然而，在意象和移觉的联合运用下，读者则可以凭借真实生活的经验和记忆主动构建出自己的故事体验。

在《红楼梦》的人物塑造中，意象的运用达到了新的高度。作者根据场合和人物身份的需要创造性地选用不同意象，收到了传神的效果。以下选取王熙凤和刘姥姥的例子各一个：

> ……一双丹凤三角眼，两弯柳叶吊梢眉……粉面含春威不露，丹唇未

启笑先闻。

（曹雪芹、高鹗著，俞平伯校，启功注；2002：28）

这一段文字全由规整的**对仗**（antithesis）组成，作者采用大量华丽辞藻形容王熙凤初次登场时的穿着打扮和言谈举止。从这个意义上说，意象的使用或许也可以理解成作者展示其高超的遣词和修辞能力的一种方式。除了最显见的**明喻**和**隐喻**外，最突出的特点就是在表现这些意象时的**虚实**结合。比如，在描写王熙凤的眼睛时，用到了实在的“三角”和虚拟的“丹凤”；在形容她的眉毛时，用到了看似具体实则模糊的“柳叶吊梢”的意象；粉色的面颊是看得见摸得着的，却衬之以难以名状的“春”和“威”；最后一行的“丹唇未启”和“笑先闻”形成有趣的**对照**（contrast）和**夸张**（hyperbole）效果，使这个贾府大总管的个性和气场跃然纸上。

对照之下，描写刘姥姥时作者不仅采用全然不同的意象，而且巧妙地将它们嵌入到刘姥姥的语言当中，既制造一种诙谐的效果又突显刘姥姥的粗俗和圆滑。

“嗳，我也是知道艰难的！但俗语说的，‘**瘦死的骆驼**比**马**大’，凭他怎么，你老拔根**寒毛**，比我们的**腰**还粗呢。”（71）

刘姥姥进贾府“打秋风”，王熙凤许诺给她20两银子暂且用着，但同时也不忘强调大户人家自有的难处。在这种情况下，刘姥姥既对王熙凤的慷慨心怀感激，又为她的话分两头多少感到些难堪。于是，她就通过贬低自己迎合和取悦王熙凤。在这两组意象中，“瘦死的骆驼”和“马”、“寒毛”和“腰”的**隐喻**、**夸张**和**对照**共同构成一种令人喷饭的诙谐效果，刘姥姥的形象也霎时变得栩栩如生起来。

（三）象征或主题功能的意象

批评家金圣叹敏锐地注意到《水浒传》中一些反复出现的意象，他认为这些意象具有象征或主题暗示的功能。他的做法是在夹批中标注特定意象出现的准确次数，比如在武松醉上景阳冈一节中，他统计了“哨棒”一词出现的次数，而在武松杀嫂一节中他又统计了武大和潘金莲家中“帘子”出现的次数。金圣叹又将这种叙事技法称为“草蛇灰线法”。顾名思义，当蛇在草丛中逶迤前行时，身体的一些部分是隐藏不见的，但是人们只需观察暴露的部分就可以估摸出其大小和长度；同样的道理，做工的木匠只需在木料上标记一些不连续的线条就能对整件艺术品心中有数。金圣叹对这些象征符号的特点和结构意义做了如下说明：

> 骤看之，有如无物，及至细寻，其中便有一条线索，拽之通体俱动。
>
> （施耐庵、金圣叹，2005[1608—1661]：4）

以“帘子”意象为例。金圣叹统计，从武松第一次回兄长家算起这个意象的有意义的重复共计16次。第一次是大嫂潘金莲掀开门帘迎接他回家，最后一次是他从东京办差回来掀开帘子只看见兄长的“灵床子”。出于篇幅考虑，此处仅摘取其中可以呈现基本线索的五个有意义的重复：

（1）武松替武大挑了担儿，武大引着武松，转湾抹角，一径望紫石街来。转过两个湾，来到一个茶坊间壁，武大叫一声：“大嫂，开门。”只见帘子开处，一个妇人出到帘子下，应道：“大哥，怎地半早便归？”（261）

（2）那妇人独自一个，冷冷清清，立在帘儿下等着，只见武松踏着那乱琼碎玉归来。那妇人揭起帘子，赔着笑脸迎接道：“叔叔寒冷。”（265）

（3）假如你每日卖十扇笼炊饼，你从明日为始，只做五扇笼出去卖。每日迟出早归，不要和人吃酒。归到家里，便下了帘子，早闭上门，省了多少是非口舌……（269）

（4）当日武大将次归来，那妇人惯了，自先向门前来叉那帘子。自古道：“没巧不成话。”那妇人正手里拿叉竿不牢，失手滑将倒去，不端不正，却好打在那人头巾上。（270）

（5）且说武松到门前揭起帘子，探身入来，见了灵床子，又写“亡夫武大郎之位”七个字，呆了297）！

在例（1）中，“帘子”先于潘金莲出现在武松以及小说读者眼前。封建中国的妇女一般囿于礼教、深居简出，因此“帘子”可以视为分隔潘金莲家庭生活和外面世界的一个象征之物。潘金莲一句“大哥，怎地半早便归？”听上去只是寻常人家一句普通问话，虽然进一步细读也可以玩味出二人之间地位的不均等。

得知这个不期而至的“叔叔”就是闻名遐迩的打虎英雄，而且还做了县衙都头，潘金莲喜出望外。他对这个相貌英武的小叔子心生欢喜，执意要求他留在家里住。武松推辞不脱只好答应。例（2）讲述一个下雪的傍晚，潘金莲在帘儿下翘首以盼的竟是武松而不是她奔波劳碌的丈夫。到这里“帘子”又具有了某种心理暗示的色彩，好像是在见证潘金莲的寂寞和她对武松不无爱意的牵挂。她每次见到武松都会怦然心跳，她迎对武松时的笑脸和体贴同她在例（1）中对待武大的态度形成了鲜明的对比。

随着潘金莲对武松日渐轻浮，武松也变得反感和警惕。他也开始忧心这种迹象对他可怜的兄长可能造成的影响。因此，在动身前往东京之前，他对毫不知情的武大提出了例(3)中的忠告，其中包括每次回家要“下了帘子”以免流言蜚语。至此，“帘子”已经将三个人拴在了一起，并且将故事情节推至一个关键的转折点：读者好奇，在武松外出期间，“帘子”还能生出些什么事端来呢？果不其然，在接下来的例（4）中，“帘子”又成为潘金莲和未来的奸夫西门庆邂逅的媒介。如火般炽烈的奸情变得一发不可收拾，最终导致他们联手谋杀了武大。所以，在例（5）中，刚从外地返家的武松掀开“帘子”进屋却只看到兄长的灵位。

在例（1）和例（5）中，“帘子”都是闯入读者视线的第一个物体。然而前后的情形和情绪却是如此的天差地别。在例（1）中，潘金莲掀开帘子将武松迎进家门时，武松心里感受到的想必是一股家的温暖，而在例（5）中，当他自己掀开帘子后，迎接他的却只有他唯一亲人的灵位。在这节整个故事中，只有“帘子”是唯一不受影响的事物，默默见证所有戏剧性的发展。虽然它只是个平淡无奇的物件，但在关键叙事节点的重复出现使之成为将情节要素串联成统一整体的一个具有结构意义的意象。“帘子”意象的这种结构功能正是金圣叹所指的“草蛇灰线法”。除此之外，“帘子”也是潘金莲变化中的心理和情感的一个外在象征，可以被视作隐居和诱惑、伦理和欲念之间的一道分界线。

中国古典小说中充满了各种各样的意象，这些意象塑造着小说的语言风格，也丰富着小说的意义层次。除以上几种具体意象类型外，也有一些具有原型意义的意象。

一个最具代表性的例子是《红楼梦》中“石”的意象[1]（原名即《石头记》）。小说第一章介绍了由女娲炼石补天的“剩一石”幻化而来的“通灵宝玉”。在经历了“几世几劫”的修炼后，剩一石通了灵性，开始悲叹补天之志未遂的命运，直到一僧一道途经此处答应帮助它转投“富贵场中、温柔乡里”。于是，剩一石化作衔玉而生的贾宝玉。随着贾宝玉逐渐成为叙事的中心，这一意象的原型意义也逐渐向三个较为具体的方向演化，即他佩戴的那块神秘宝玉、宝玉这个姓名的符号意义、他的独特禀性和他对这场尘世之梦的体验。而这场梦正是小说主题之所在。因此，从这个角度看，“石”之意象的首要功能就是为了将小说及其阅读引向一个更深和更高的层次，即对尘世生活虚幻本质的反思。

西方文学中也不乏能激发读者情感和想象的意象，其中一些也具有原型意义。比如伍尔夫《到灯塔去》中“窗”的意象和“灯塔”的意象，普鲁斯特《追忆逝水年华》中的“玛德琳蛋糕”（Madeleine）意象和“路”的意象等。甚至有人认为，《简·爱》主人公的名字“Eyre”本身就是一个具有主题象征意义的意象：它由“Eye”（眼）和“Fire”（火）两个意象聚合而成，从而暗含了故事情节中最重要的一次冲突以及人物命运最重要的一个方面。然而，公允而论，从传统的角度看，西方文学批评从未像中国文论那样重视意象的作用，其对意象的关注主要始于英美诗歌中“意象主义”（Imagism）流派的兴起。意象主义诗歌巨匠庞德（Ezra Pound）对意象的描述很好地诠释了它与中国文学中“意象”的相似性和差异性。

> “意象”就是将一种智性和情感的复合体表现为时间之一瞬……正是对这种“复合体”的瞬间表现使我们获得了那种突然的释放感，那种脱离时间限制和空间限制的自由感，那种突然的扩张感。这些感觉我们只有在欣赏最伟大的艺术品时才能体验到。与其制造长篇大论，毋宁一生只表现一个意象。[2]
>
> （Pound, 1913: 201）

---

[1] 事实上，《水浒传》和《西游记》也与“石”这一原型意象存在着不同程度的关联。金圣叹认为《水浒传》“以石碣起，以石碣终”。在开篇的楔子中，正是因为洪太尉误开石碣才放出了所谓的“一百单八个魔君”。《西游记》中的孙悟空也历经了一个由上古的“仙石”化为“石卵”再化为“石猴”，最后幻化为美猴王的过程。

[2] 庞德的原文为：“An ‘Image’ is that which presents an intellectual and emotional complex in an instant of time ... It is the presentation of such a ‘complex’ instantaneously which gives that sense of sudden liberation; that sense of freedom from time limits and space limits; that sense of sudden growth, which we experience in the presence of the greatest works of art. It is better to present one Image in a lifetime than to produce voluminous works”。

庞德指出了中西方文学意象的一个基本的共性，即意象表现的是“一种智性和情感的复合体”。从汉语中“意象”一词的构形，到以上归纳的三种意象类型，无不符合这个特点。庞德认为意象可以让我们体验“那种脱离时间限制和空间限制的自由感”，这也是有一定道理的，因为从一定意义上说意象可以通过触发另一个时空关系放缓小说中的叙述进程或者诗歌中的审美节奏。以前文论及的鲁达拳打镇关西为例。鲁达打在郑屠身上的三拳分别将读者的想象引向三种不同的时空体验。同样，武松杀嫂一节“帘子”意象的重复也使读者得以略作停留，一窥潘金莲和武松各自的内心世界。

但是，庞德所指的“那种突然的释放感”和“那种突然的扩张感”则更加适用于诗歌。诗歌中的意象通常是高度凝练的，而且极具情感表现力，所以在意义的内涵和外延上自然可以产生“那种突然的扩张感”。而且，当诗人完成其创造时，他的确会体验一种“突然的释放感”；事实上，当读者发现自己的情感与诗中情感融为一体时，也会产生同样的体验。中国古典小说对“扩张感”的追求似乎胜过了对“释放感”的追求。而且，即便对于前者，中国古代的小说作者也更愿意苦心经营，将作品打造成为一个缓慢而长期的过程，而不是追求短期的、突然的“爆发”。

第十章　刻画情感深度的“景／情”

“景／情”二位一体是本研究首次采用的一个提法。其灵感来源于“（写）景”和“（抒）情”两个概念在文学史上的发展。传统上，写景和抒情被认为是文学书写的两个方面甚至两个步骤。直至清末民初的王国维提出“一切景语，皆情语也”[1]的著名论断，二者最终在古体诗研究领域趋于合流。本研究认为，“景／情”二位一体的研究视角不应只局限于中国古代的诗歌，其对于明清小说研究的启发意义和解释力同样不容小觑。“景／情”二位一体与前一章论及的“意象”在原理上多有相似之处。但一般而言，“意象”侧重具有象征意义和／或结构功能的单个形象，属于文学风格的维度，而“景／情”则侧重通过更大范围的场景的构建达到动人以情的效果，属于文学的情感或心理维度。我们不妨以《红楼梦》中“黛玉葬花”一节打一个简单的比方，当我们读完这一节的诗文描写掩卷回味时，我们的“意识之眼”仍能看到的“落花”和“葬花”形象就属于意象，而“意识之眼”看不见却涌上心头的感伤和怜惜则是“景／情”二位一体的文学效果。

一、从逼真到“景／情”二位一体

最早将“景”、“情”作为一对批评术语同时使用的可以追溯至刘勰的《文心雕龙》。刘勰将它们作为“形似”的两个重要方面：

> 自近代以来，文贵形似，窥情风景之上，钻貌草木之中。
>
> （刘勰著，周振甫今译，杨国斌英译；2003: 654）

---

[1]　“昔人论诗词，有景语、情语之别。不知一切景语，皆情语也。”（王国维，1998[1908—1909]：34）

短短一句话反映了5世纪前后中国诗学出现的一个重大转变，即对“逼真”（verisimilitude）的看法的由单纯的“形似”（formal resemblance）渐渐趋向于形神兼具、景情合一。早在刘勰之前，写景和抒情在同一篇章中往往是分开处理的。比如在《诗经》中，很多诗歌在抒发感情之前往往会用某种景物起兴并随之进一步展开描写。所以，在表达年轻男子对美好爱情的渴望之前，诗人先写河中的小洲上“关关”鸣叫的水鸟；在表达庶民对理想乐土的盼望之前，诗人先写“硕鼠”如何啃食庶民的各种谷物。

《诗经》与《文心雕龙》相隔超过千年，在这期间中国的文学理论越来越注重“逼真”中“情”的一面，这种趋势不仅反映在诗歌和散文的文学性上，也表现在绘画和书法等其他艺术形式对写意和传神的追求。刘勰认为，自然之物以其形貌动人之情，这是激发文学创造的一个原动力：

> 岁有其物，物有其容；情以物迁，辞以情发。一叶且或迎意，虫声有足引心。况清风与明月同夜，白日与春林共朝哉。
>
> （陆侃如、牟世金，1982：339）

我们将以上两条引文结合起来就可以看出中西方文论在文学“逼真”上的主要区别。在西方诗学传统中，“逼真”这个术语的思想渊源可以追溯至亚里士多德的模仿（mimesis）概念，最初是用来判断戏剧情节优劣的一个核心要素。艾布拉姆斯（1999：320）将其定义为“在读者（观众）心中达成一种现实的错觉”[1]。在中国方面，“逼真”这一概念却经历了双重的演进：一是从形似到景/情二位一体的演变，二是在景/情二位一体中由二者的均势演变为对美学主体感情的偏重。这就解释了为什么在汉语中就连一枚小小的落叶都能引发思古之幽情，产生无尽的诗意想象。[2]除了诗学方面的演进，中国哲学讲究的“虚实相生”和中国历史上频繁出现的朝代更迭现象也在一定程度上促进了景/情二位一体作为一种文学习惯的发展，以至于清末民初的一代国学大师王国维终于做出了“一切景语皆情语”的总结。

从中国古典文学中大量的体现景/情二位一体的例子中，我们可以抽象出景（scene）、情（sentiment）和势（situation）三者的相互关系，如图10-1所示。其中，

---

[1] 艾布拉姆斯的原文为：“…the achievement of an illusion of reality in the audience…”。

[2] 汉语中有“一叶知秋”的成语，更有无数关于叶落的诗歌。

“势”指文学创作所处的背景、形势或情形，用实线箭头指代实际存在的因果关系，虚线指代主观的微妙的关系。唐朝诗人杜甫的《春望》前几行就足以表明这三者之间的关系：

国破山河在，
城春草木深。
感时花溅泪，
恨别鸟惊心。

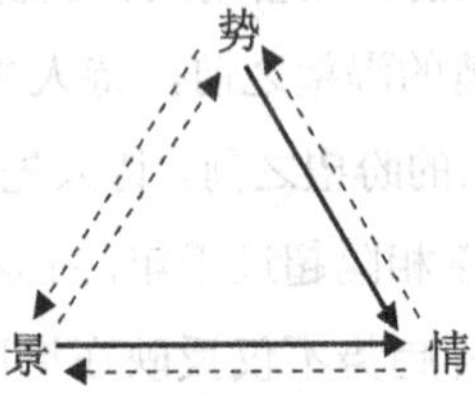

图 10-1　情、景、势三角关系

在前两行中，“国破”一词点明了动荡的时局，是这首诗的创作背景，与第三行的“时”互为呼应，相当于图 10-1 中的“势”。然而，与“国破”这一大变局相对照的却是岿然不变的“山河”以及与以前并无二致的春日盛景（“城春草木深”）。只不过，如今的草木茂盛并未带给他从前那般生机勃发的感觉，而只是反衬出诗人自己的形单影只和内心的落寞。“势”与“景”交互产生的效果正是刘勰所谓的“情以物迁，辞以情发”。于是，在诗人眼里，景和情开始交融成为一个整体，目之所触，皆化为情。后两行很好地体现了“势”、“景”、“情”三者的相互关系：“感时”（呼应首行的“国破”二字）和“恨别”体现的是“势”；“花溅泪”和“鸟惊心”则体现了景与情的二位一体。在杜甫的另一首诗《江南逢李龟年》[1] 中，景 / 情二位一体更是被运用到了极致；乍看全诗每句话都在写景，但只有当读者一气读完，他才会体会到这首诗字字句句都是在表达诗人深沉而强烈的情感。这首诗在情感上与《春望》可谓异曲同工。

二、“景 / 情”二位一体与叙事的情感深度

作为中国古代诗歌的一种传统和中国古代文学的一个普遍特征，景 / 情二位一体对中国古典小说的写作方式也产生了深刻的影响。由于古典小说极少直接呈现人物的心理活动，景物描写有时成为刻画小说情感深度的一种替代方式。明清四大奇书艺术成就的一个重要方面就是它们达到了相当的心理和情感深度。而刻画情感深度

[1]　岐王宅里寻常见，崔九堂前几度闻。正是江南好风景，落花时节又逢君。

的方式除了言语和思想表现（speech and thought representations）之外就是景 / 情二位一体。在这方面，《红楼梦》是最突出的代表。本书第三章第二节“叙事结构的空间性”所举林黛玉进贾府前后的空间描写同样可以用作此处的论据。不复赘述。为进一步论证，此处分别从《红楼梦》和《水浒传》中再举两例。在《红楼梦》黛玉葬花一节（见图 10-2 所示）中，言语或思想表现被一首表现黛玉内心独白的长诗所取代。以下摘选其中若干片段分析：

图 10-2　林黛玉葬花图

花谢花飞花满天，红消香断有谁怜？

游丝软系飘春榭，落絮轻沾扑绣帘。

…………

三月香巢已垒成，梁间燕子太无情！

明年花发虽可啄，却不道人去梁空巢也倾。

…………

花开易见落难寻，阶前闷杀葬花人。

独倚花锄泪暗洒，洒上空枝见血痕。

…………

侬今葬花人笑痴，他年葬侬知是谁？

试看春残花渐落，便是红颜老死时。

（曹雪芹、高鹗著，俞平伯校，启功注；2002：288—289）

第一个片段对落花慢动作式的细致描写既衬托出黛玉的形单影只，又暗示了青春以及美的脆弱性。第二个片段中，“梁间燕子”的形象与林黛玉寄人篱下的处境宛然成对，二者之间的区别不过是林黛玉收集落花为冢，而“无情”的燕子衔泥去筑巢。绝尘脱俗的花瓣与肮脏的污泥混在一起，更加叫人叹息。“明年花发”象征天行有常和自然之美不灭，而“人去梁空巢也倾”则预示着世事无常，林黛玉的青春和生命连同她对家或者归属的少女般的期待都将烟消云散。第三个片段中，描写的焦点完全集中在“葬花人”身上，透过“血泪”，林黛玉的形象、情感和命运与落花的形象、情感和命运最终融为了一体。最后一个片段则直接呈现了林黛玉的心理活动。她的问题“他年葬侬知是谁”既道明白了她葬花的用意，又表明她从自身情感上对落花的认同。按照西方叙事理论，这段独白的叙事性应当是少之又少，但是这并不意味着这段文字缺乏叙事潜势和叙事功能。事实上，它不仅增加了林黛玉这个人物的饱满度和深刻性，也可以帮助读者更好地理解前文对林黛玉所做叙述并为后续即将展开的故事积蓄动能。

相比而言，《水浒传》更注重的是人物的行动和言语，景 / 情二位一体表现得似乎不那么明显。但即便如此，我们也能从中找到其用武之地。比如，第十回“林教头风雪山神庙，陆虞侯火烧草料场”对雪和火的几次间歇性描写表面看似写景，实际是为了表现林冲复仇前后内心世界的变化。笔者按时间先后顺序仅摘选其中三个片段[1]：

> （1）正是严冬天气，彤云密布，朔风渐起，却早纷纷扬扬卷下一天大雪来……到那厅里，只见那老军在里面向火。
>
> （施耐庵、金圣叹，2005[1608—1661]：115）

在柴进的关照下，林冲在牢城受到了差别对待，被分配去看管一个偏僻的草料场。在这段严酷环境的描述中，作者只突出了“雪”和“火”。二者都可以反映林冲在这种特定情形下的情绪和心境。“彤云”、“朔风”和“纷纷扬扬卷下一天大雪”象征着现实的残酷，也强化了林冲内心的仇恨——对那些毁掉他家庭和人生的人的

[1] 引文中的省略号和下画线由引者添加。

仇恨；而“老军在里面向火”的画面却又给人几分温暖的感觉，或许让此刻的林冲想起远方的家人还有从他发配以来给予他帮助的鲁达和柴进。后面的叙述表明，这位老军也是一个给了他最简单帮助的好人。

（2）雪地里踏着碎琼乱玉，迤逦背着北风而行…… 林冲跳起身来，就壁缝里看时，只见草料场里火起，刮刮咋咋的烧着。（116—117）

高俅秘密安排了火烧草料场的行动，再次企图让林冲死于非命。然而巧的是，大雪压垮了林冲的茅棚，在他们行动之前，林冲已经改到附近的山神庙过夜，从而得以躲过一劫。在他去往山神庙的路上，作者再次描写雪景实际还是突出环境的恶劣和时刻在他内心翻涌的仇恨。然而，这一次对火的描写却不再让人想起家的温暖，而是预示着他已经悲惨的命运又将迎来一场灾难。虽然林冲此时还没有意识到任何针对他的威胁或阴谋，但这场“刮刮杂杂”的火点燃了他内心的火，使他的仇恨由原来的雪一般冷酷变得像火一样热烈。换个角度看，这场火也点燃了读者进一步阅读的欲望。

（3）提着枪只顾走。那雪越下得猛。林冲投东去了两个更次，身上单寒，当不过那冷，在雪地里看时，离得草料场远了。之间前面疏林深处，树木交杂，远远地数间草屋，被雪压着，破壁缝里透火光出来。（118）

更巧的是，纵火之后，三个凶徒也来到山神庙躲避风雪。林冲无意间听到他们谈论对他的谋杀，按捺不住怒火，一气将这三个凶徒杀死，并把人头“摆在山神面前供桌上”。以上所引的第三个片段描写林冲复仇之后的遁逃。此时，“那雪越下得猛”或许有着多重的象征意义，比如他加快步伐逃离现场、杀红眼后的兴奋和紧张甚至他内心深处的快意和释然之感。最后，对草屋破壁缝里透出的火光的描写不仅是为了与外面的暴风雪形成对照，更是为了呼应第一个片段中描写的火光：又一次劫后余生之后，林冲又看到了象征着家的温暖、安全和希望的火光。

假如我们想象以上三个片段是以电影的媒介来呈现，那么我们会发现景 / 情二位一体对于电影的艺术表现手法更为适宜。例如，三个片段中“雪”和“火”的场景可能会分别成为三次特写镜头聚焦的对象。同样的道理，电影导演也不太可能忽视黛玉葬花这一场景的叙事意义。他很可能会选择延长聚焦的时间、强化整个过程的画面感并充分利用黛玉那段诗的独白的音乐潜力。因此，我们也可以说，现代电影艺术的这种表现手法反过来为中国古典文学中景/情二位一体的叙事手法提供了有力的佐证。

结　语　强大的对立：中西叙事诗学分野的背后

This *logos* holds always, but humans always prove unable to understand it both before hearing it and when they have first heard it. For although all things come to be [or, "happen"] in accordance with this *logos*, humans are like the inexperienced when they experience the words and deeds as I set out, distinguishing each in accordance with its nature and saying how it is. But other people fail to notice what they do when awake, just as they forget what they do while asleep.

（McKirahan, 2012: 112）

— *Heraclitus*

道生一，一生二，二生三，三生万物。万物负阴而抱阳，冲气以为和。

——《道德经》第四十二章

本研究描述了中西叙事诗学比较研究的现状，展望了叙事学这门学科在比较研究向度上的发展前景，比较了一系列重要而且具体的叙事范畴和概念，也从中国文论和叙事思想中提炼出了若干核心的概念并使它们成为中国叙事的一个最简化的诠释框架。通过比较，我们很容易发现双方存在着许多的共同或者相通之处，其中最突出的包括故事和话语的二分法和对（隐含）作者、人物、视角、结构整一性以及各种时空构型的兴趣。研究议题之所以存在共性，是由叙事本身作为人类生活一个基本方面的属性决定的。然而，双方之间的差异性更具有理论研究价值，也是本书重点兴趣之所在。本书第二、三、四、五章深入具体地比较了中西方在一些重要的叙事范畴和概念上的差异性，而第六、七、八、九、十章则突出了中国原生叙事思想中一些最具特色和解释力的要素。当理论事实层面的一些共性和差异性已经基本厘清，具体的比较任务已经完成，我们有必要从更深的文化和哲学传统的层面探讨并归纳导致这些差异性的根源。

鉴于中国明清叙事思想本身具有某些跨越体裁的属性，为了更生动形象地展现双方的差异性，在进行理论归纳之前我们不妨先欣赏两幅包含相同主题的绘画作品（见图 11-1）。

图 11-1　圣乔治勇斗恶龙（左）和徐悲鸿笔下的马（右）

这两幅画作反映的两种艺术传统之间一些根本性的差异完全可以推广至叙事的比较。首先，在圣乔治勇斗恶龙这幅油画中，白马虽然描绘得非常生动而且占据了画面的中心位置，但它的重要性主要在于它的功能，它的力量服务于并衬托驾驭它的骑士。我们可以在包含马的许多西方油画中发现同样的特征，比如卢浮宫中收藏的拿破仑的油画。而在徐悲鸿的这幅中国水墨画中，马则是作为唯一的艺术对象。虽然它也注重突出马的力量和矫健姿态，但画家似乎并不关心马的具体功能，也不表现它对人的服务或附庸关系。换言之，在中国画家的笔下，马既是马，又是人。二是在西方的油画中，我们可以从中抽象出一定的叙事性和行动要素。通过刺杀、践踏、打斗和祷告等行为，这幅画显然是在向我们讲述这个故事。观众也可以根据画面内容轻易建构出一个故事。而中国画则通过极经济的笔法避免了任何平铺直叙，而且似乎只有兴趣吸引那些心领神会的艺术欣赏者。

观众若想从中建构出一个故事则不仅徒劳无功，甚至是误入歧途。在中国艺术行家的眼中，欣赏绘画作品最紧要的不在于读取一个故事，而在于参透意境和美学精神背后的那颗创作心灵。三是中国画家会在留白的适当位置留下作者权威的印迹，通常包括诗文、创作时间、作者大名和印章。以这幅中国画为例，我们可以看到“百载沉疴终自起，首之瞻处即光明”的书法诗行，创作时间为新中国成立后的第二年即 1950 年，最后是作者的署名和印章。通过这样一种行为，作者既主动表明了自己的创作主旨，又不至于将自己的观点强加给观众从而损害艺术的开放性。

在前文所有比较和论述的基础上，以上面两幅画作的分析为引子，笔者从中西方的文化和哲学传统中归纳出 4 组“强大的对立”[1]（Zhang, 1998: 1）：神话与心志；重形式、重功能与重精神、重直觉；分析性、科学性与总体性、包容性；理性与关系性。需要预先说明的是，这里使用“强大的对立”的说法不是为了制造新的二元对立或者强化意识形态的对立，而是为了更好地认识客观存在的差异性。事实上，这里的“对立”应该从一种相对性去理解，正因为有这种相对性所以才有对话和沟通的需要。换言之，重点不在于这些“对立”本身，而在于它们“强大的”存在所产生的实际影响。

一、神话与心志

在亚里士多德《诗学》一书的译本中，*mythos* 一词多被译成情节（plot）或故事（story）。但事实上，*mythos* 原本就是指神话。作为一个抽象概念，*mythos* 又有两个具体的表现形式，分别是作为集合概念的 mythology 和侧重单一性的 myth。在小说兴起之前，神话（mythos）对叙事的形式和内容都施加了主导性的影响。正如伊恩・瓦特（Watt,1957: 9）所说，“像古希腊罗马时代的作家一样，乔叟、斯宾塞、莎士比亚和弥尔顿都习惯性地采用 [来自神话中的] 传统的情节”[2]。小说兴起之后，随着虚构性的上升，对神话的依赖大幅减小。但是，作为神话传统的一个重要方面得以保留的是对情节或故事的首重。这也解释了为什么西方叙事理论热衷于探讨叙事性（narrativity）和事件性（eventfulness）并且尤其关注叙事结构（见第三章）、

[1]　张隆溪的原文为“mighty opposites”。

[2]　瓦特的原文为“… Chaucer, Spencer, Shakespeare and Milton … like the writers of Greece and Rome, habitually used traditional plots [from mythology]”。

故事的构成单元（见第四章第二节）以及事件或情节之间的时间关系（见第三章第一节、第四章第一节）等。

在西方叙事发展过程中，神话的传统和模仿（mimesis）的传统可以说是相伴而行的。而且，由于已经存在的神话模式必然要求艺术创造要么成为模仿式的创造（imitative creation）要么成为创造性的模仿（creative imitation），从这个意义上，我们也可以认为神话为模仿的发展注入了原动力。根据梅尔伯格（Melberg, 1995: 44-45）对亚里士多德的诠释，模仿由“神话和实践行动（praxis）共同定义”，被认为是“文学作品中‘文学性’产生的原因”。从文学史的角度看，正是这种模仿的传统促使西方文学从中世纪专注于崇高事物（the sublime）的现实主义演进为浪漫主义时期崇高与奇异（the grotesque）并重的现实主义，再发展为用一种严肃和有意义的方式呈现现实中最习以为常的现象的现代的现实主义。（Auerbach,1953: 554-557）

在中国文学和文化传统中，神话对叙事性的影响并不是那样的显著。与古希腊神话相比，中国古代神话并不是由严密的时间关系和因果关系编织而成的一个体系。为了实现不同的解释目的或者仪式功能，一些神话人物甚至脱胎自凡人或人间。中国神话中有射落多余太阳的后羿，发明火种的燧人氏，发明巢居的有巢氏，引入农耕和医药的神农氏，降服大江大河的大禹，等等。然而，这些神话人物之间的谱系关系非常脆弱，以至很难发展成为一个有机的神话体系。换言之，对“空间”关系的偏重（即每个神话人物对应人类生活的某一特定方面，而不是按时间关系形成谱系）、仪式的需要以及神话和历史的混同（euhemerism）共同制约了神话对中国文学传统的形成产生更大的影响。

在神话传统不够充分的情况下，中国文学的叙事性转而从史学传统、士文化传统和说书传统那里获取了动力。叙事思想则深受“心志”（heart/mind）观点的影响。儒家认为“仁义礼智根于心”，道家、佛家和新儒家则都注重“心”的修养和“心”、“性”合一。这种哲学思想对文学理论的影响主要表现在刘勰的《文心雕龙》和明清小说批评家的评点思想中。中国历代文人在阅读文学作品时首先考虑的并不是故事性或趣味性，而是揣摩作者的“用心”，或者作品中传递的“主旨”或“精神”。这显然是一种首重“文心”（见第六章）并重“作者心志”（见第二章）的阅读之道。受《春秋》等史学作品的影响，批评家对文学作品中包藏的“微言大义”和“良苦用心”非常看重，而使（隐含）作者、批评家和普通读者之间得以沟通这些微妙信息的正是千秋不灭的“文心”。

神话与心志的对立造成的两种叙事理论不同的方法和取向，最突出地表现为下一组对立。

二、重形式、重功能与重精神、重直觉

叙事学是西方结构主义哲学运动的一大代表性成果，也受到了来自俄国形式主义文论的影响，因此叙事学以形式（form）研究为第一要义是再自然不过的。在故事和话语二分法的基础上，叙事学区分和分析了一整套关于叙事结构形式的概念及术语，包括本书上篇相关章目中比较过的所有概念。一般认为，随着结构主义在20世纪60—80年代进入鼎盛时期，形式主义自然地与结构主义合流，成为同一种批评方法的代名词。（Scholes,1973: 134-135）这也是为什么《劳特里奇叙事理论百科全书》（*Routledge Encyclopaedia of Narrative Theory*）将形式定义为内容的结构（structure of content）和表达的结构（structure of expression）。（Herman et al., 2005: 182-184）

无论形式主义文论还是结构主义文论都非常重视“功能”（function）。一个最直观的例子是形式主义文论家普罗普从俄罗斯民间故事中归纳出来的31种核心功能和7种角色类型（参见第一章第一节、第四章第四节）。结构主义叙事理论对功能的重视更胜一筹，因为几乎所有概念的区分都是依据其特定的叙事功能，例如对倒叙（analepsis）和预叙（prolepsis）的进一步细分（参见第四章第一节）和直接话语（DD）、间接话语（ID）和自由间接话语（FID）等的详细分类和深入探讨（参见第五章第二节）。特拉维夫学派被认为“既继承了形式主义遗产又是结构主义近亲”（584），其功能主义导向是尤为明显，它的一个代表性的叙事学家斯滕伯格（Meir Sternberg）将叙事性归结为悬念（suspense）、好奇（curiosity）和惊奇（surprise）三大支配功能之间的相互作用。（584）

从思想史的角度看，对形式和功能的重视可以追溯至亚里士多德，他将《诗学》一书的讨论对象限定为“艺术的种类以及各自的功能”、“情节的结构”、“构成部分的数量和性质”以及“相同研究方式下的任何其他问题”[1]。（Ross, 1924: 1447a）

提出标题中这样一组对立并不意味着中国叙事可以脱离形式或者不讲结构功能。

---

[1] 亚里士多德的英译文分别为：“species [of the art] and their respective capacities”，“the structure of plot”，“the number and nature of the constituent parts”和“any other matters in the same line of inquiry”。

这样做只是为了表明，虽然中国古代文论中也有一些观点或者评点话语潜在地或者非特定地指涉了叙事的形式或功能，但中国古代的叙事思想并没有将它们作为显著的研讨对象，更别说让它们占据一个中心的位置。除了少数的例外比如序言、读法和回前总评，批评家通常是在阅读文本的过程中根据自己的文学直觉和想象动态地做出评点。诚如杨义（2009：413）所言，自从有了批评家的贡献，小说开始成为一个“精神共享”的“公共空间”。具体而言，批评家为小说注入了三种形式的创造性投入。首先，为了使作者“复活”，他不遗余力地深入字里行间，寻找作者的任何蛛丝马迹，并将他的解读呈现在他认为能力逊于自己的读者面前。二是作为一个超级读者，他不失时机地为读者指明叙事技法、结构奇观、细微处的深意、文学手法的妙用或者发表自己的批评见解。三是作为一个普通读者，他有时会对人物、情节片段甚至作者发表感性的评价，从而对普通读者的阅读施加较强的导向性。因此，从读者方面来看，小说阅读不仅是对文本及其隐含作者的解读，也是与批评家的信息交流和精神分享。

我们也可以认为，中国古代叙事的形式和功能从属并服务于叙事的精神。《水浒传》的第一回以及《红楼梦》的第一回和第五回都为整个故事准备了一个主旨或中心思想，其后所有的展开和曲折变化都将万变不离其宗。这正是李渔所谓的立“主脑”。我们还应注意到，章回小说以偶句形式呈现的回目不仅体现了作者的创作或艺术直觉，有时也蕴含了作者的某些精神价值，比如《红楼梦》中的“薄命女偏逢薄命郎，葫芦僧乱判葫芦案”、“比通灵金莺微露意，探宝钗黛玉半含酸”、“薛文龙悔娶河东狮，贾迎春误嫁中山狼”、“老学究讲义警顽心，病潇湘痴魂惊恶梦”、“鸳鸯女殉主登太虚，狗彘奴欺天招伙盗”，等等。

三、分析性、科学性与总体性、包容性

经过本书上下篇的比较和论述，这组对立应当不言而喻。从更广的意义来看，它也适用于对中西方文化差异性的总体评价。具体到叙事理论，经典叙事学的基本方法是将研究视角引向文本的内部及其结构。这种向内聚焦的趋势使经典叙事学具有了高度的分析性，也让经典叙事学家变成了培根所谓的“cymini sectores”[1]。我

[1] 字面意义为“切小茴香子的人”。

们只需翻看经典叙事学代表著作的目录页，这种分析性和科学性（至少是形式上的科学性）的印象便跃然纸上。

中国明清叙事思想则表现出了总体性和包容性的特点。这首先反映在批评术语的经济性、模糊性和跨越体裁的弹性。以叙事交流过程为例，经典叙事学区分了真实作者、隐含作者、叙述者、受述者、隐含读者和真实读者等多个参与主体（参见图 1-1），而中国明清叙事思想自始至终只有"作者"和"读者"两个，对于更加复杂的概念，则通过"作者之意思"和"读者之精神"之类的用法加以变通。再如明清叙事思想中的"主"、"宾"概念。虽然它们可以像经典叙事学的"核心"和"附属"概念那样用来描述事件的等级性，但也能灵活地包容人物、故事线索、言语表现等其他方面类似关系。"文心"是一个更突出的例子。在明清评点家那里，结构的奇巧、创造性的文学手法和难以言表的艺术效果几乎都可以归因于"文心"。

四、理性与关系性

经典叙事学将叙事同其他文学体裁或者人类活动的其他类型区分开来，作为一个独立存在的系统加以研究。在结构主义的理性逻辑驱使下，叙事学家们相信叙事的内在结构是可以穷尽的。于是，对叙事不同层次和方面的条分缕析最终形成了一套声称可以自成一体的方法和术语。与西方叙事学这种"纵向"的研究视角不同，中国明清叙事思想表现为一种"横向"的发展趋势。它不是将叙事看作一个独立的系统，而是始终从与其他体裁的关系中看待叙事。一个最显著的特点是叙事批评采用的一套术语要么发源于其他体裁，要么为其他体裁所共有。本书下篇探讨过的"文心"、"章法"、"笔法"、"意象"、"景 / 情"无一例外。当一个概念被移植到叙事批评时，中国古代的批评家会调整或更新其意涵，使其适应新的批评语境。以"章法"为例。在中国绘画和书法中，章法原本指艺术家在创作过程中对空间和时间节奏有技巧的动态把握所产生的一种整体美学效果。借用到叙事批评后，其意涵被限定为起承转合的结构之法和起结、遥对、板定等章法类型。

明清叙事思想的关系性还体现为运用其他领域特别是自然界的意象描述叙事现象。毛宗岗归纳的《三国演义》的 16 种结构方法和金圣叹归纳的《水浒传》的 15 种结构方法都属于这种情况，比如"草蛇灰线法"、"大落墨法"、"横云断山，横桥锁溪之妙"、"浪后波纹，雨后霡霂之妙"，等等。这种由内而外的横向型的批评视角使得中国叙事思想本身就代表着一种美学。

这种描述式或者说“述而不作”的批评方式还带来了一个附加效应，那就是，当一个概念或观点提出之后，批评家不是从叙事功能或叙事意义的角度去定义它，而是首先追溯其思想渊源或平行表述。在中国的理论传统中，用一些更复杂、更深奥的观点解释一个相对简单的观点是再正常不过的阐释现象。比如，在描述“将雪见霰，将雨闻雷之妙”时，毛宗岗不仅引用了孔子关于“礼”的论述，还引用了庄子版本的“蝴蝶效应”：

> ……谓有一段大文字，不好突然便起，且先作一段小文字在前引之。……《庄子》云：“始于青萍之末，盛于土囊之口。”《礼》云：“鲁人有事于泰山，必先有事于配林。”
>
> （施耐庵、金圣叹，2005 [1608—1661]：4）

除了叙事理论层面外，这种关系性同样表现在叙事的话语层面。

第一，从体裁特征角度看，我们不仅看到小说和诗歌的共生，也看到小说与史学的联姻。以《红楼梦》为例，仅严格意义上的诗文就有100首左右，而且由于其潜在的叙事意义，所有这些诗歌都成为小说的有机组成部分。一些诗歌暗含了小说的主旨思想或情节进程，一些有助于更深刻地刻画人物的性格和心理，还有一些则记录着时代的精神气质和社会风尚。至于小说和史学的联姻，至少明清四大奇书都表现出了这样的特点：小说家在展开虚构之前首先从史料中攫取了所需的基本素材。即便是《西游记》这样的志神志怪小说，也包含了唐玄奘西游天竺这样一个可验证的历史原型。

第二，如前所述，中国明清叙事小说所创造的“精神共享”的“公共空间”远远超越了西方意义上的小说阅读体验。原本由（隐含）作者、叙述者、人物和（隐含）读者占据的虚构世界被批评家和说书艺人进一步延伸，前者将自己的评点直接发表在小说的页面空白处，后者以一种更戏剧化的视听方式将小说改写和表演出来。[1] 所

---

[1] 事实上，小说也从街头说书艺人那里获取素材。在中国文学文化史上，两者长期处于一种相互促进的共生关系。

有这些都丰富了读者阅读小说时的文学和思想体验，也使小说真正成为了社会生活的一部分。

第三，中国古代叙事的关系性还以一种不易觉察的方式体现在叙述评论者（narrator-commentator）身上。这个叙述评论者常常有意让无声的作者“开口讲话”。这种教化主义的倾向既可以从主流诗学“志”的观点（譬如“诗言志”）中得到解释，也可以归因于“有功世道人心”（吴敬梓、闲斋老人，2008：197、366）的儒学价值观。这些价值取向使得作者和批评家高度重视作品的接受情况。其结果是，中国古典小说的道德功用在规模和程度上远非西方的“教育小说”（*Bildungsroman*）所能比拟。就连含有大量性爱内容、为主流所不容的《金瓶梅》也教育人们果报之必然，而表现反抗封建王朝的《水浒传》也被一个评点家改名为《忠义水浒传》以符合儒学的正统思想。

综上，如果我们把这几组“强大的对立”结合来看，特别是中国这一面对心志、直觉、作者权威、关系性和伦理的注重，我们应该可以觉察中国原生的叙事思想不仅折射出宝贵的人文主义色彩，而且可能会比西方的经典叙事学更加经得起当今种种后结构主义视角的检验。结构主义方法对叙事研究的必然性和重要性毋庸置疑。然而，归根结底，文学是人的创造才能和精神追求的体现，也是社会生活的现实和历史的艺术化呈现。从这个意义上看，全然否定或不顾文本与其肇始者之间的联系或者其横向与纵向的参考语境或许并非明智之举。在文学领域，是否存在放之四海而皆准的标准仍然众说纷纭，然而可以确定的一点是，文学超越时空的魅力正在于想象的开放性和解读的多样性。因此，与“视域融合”的理想主义追求保持清醒的距离，重新回到中西方先哲深入思考过的“不同而和”的价值取向，或许更有助于促进文学和文化之间的对话、互鉴与交融。（参见本书“导论”）

正是在这种认识的指引下，本书比较了作为西方文论正典的经典叙事学和作为中国原生叙事思想集大成者的明清叙事思想。通过多个层面、不同角度的具体而系统的比较，澄清了双方一些重要的理论事实，在一定程度上明晰了概念和范畴层面的同一性和异质性，并在此基础上揭示了一些具有启发性的叙事学信息和文化密码。笔者衷心希望，这样的比较研究能为丰富叙事学作为一门跨越中西的一般性学科的理论内涵贡献一份绵薄之力。

最后，笔者想借数年前在国外攻读博士学位期间思念祖国的一首诗作，取其中的中西方比较与互鉴的意味，作为本书的结尾：

记得当年谈笑间，培根尼采与蒙田。
你修高塔通九天，我化鸿文祭先贤。
杜叟难为乔叟诗，莎翁岂解放翁言。
东风西风齐借力，华夏薪火万世传。

汉英对照术语表

baimiao *白描*	sketch in outline with utmost economy of strokes
banding zhangfa *板定章法*	the art of stylized narration
beijujiaozhe *被聚焦者*	focalized
beimian fufen fa *背面敷（铺）粉法*	[the technique of] whitening the background to bring out the foreground; the art of "doing the opposite" to achieve a certain narrative effect
bianping renwu *扁平人物*	flat character
bifa *笔法*	literally, the methods of creating different calligraphic strokes; techniques of manipulation
bin *宾*	guest; any relative role in a binary relationship that resembles the role of a guest in the real life
bingheshi renwu *并合式人物*	composite character
bizhen *逼真*	verisimilitude: an aesthetic illusion of realism or truth in narrative; similar in effect to *vraisemblance*
buke tongxuexing *不可通约性*	incommensurability
bu yizhong zhongde hexie *不同而和*	concordia discors; the discordant harmony
cai *才*	intellectual talent
caizi shu *才子书*	book of genius
caoshe huixian fa *草蛇灰线法*	[the technique of] snake in the grass or [discontinuous] chalk line
chaoji jiegou *超级结构*	superstructure
cheng *承*	narrative development
chuanshen *传神*	capturing and passing on the spirit [of a subject in question]

续表

Chunqiu bifa *春秋笔法*	Confucius's unique diction and techniques in writing *Chunqiu*, or the *Spring and Autumn Annals*
cidi *次第*	order, with an emphasis on importance
daluomo fa *大落墨法*	[the technique of] heavy strokes of ink
daocha fa *倒插法*	[the technique of] advance insertion
daojuanlian fa *倒卷帘法*	[the technique of] rolling up the screen
daoxu *倒叙*	analepsis; forms of flashback in narration
dubai *独白*	monologue
dufa *读法*	reading methodology
duihua *对话*	dialogue
duihuaxing *对话性*	dialogicity
duoxiang tongxuan *多项同旋*	multiple periodicity
duzhe fanying lun *读者反应论*	reader response theory
ernielong *二孽龙*	literally, "two vigorous dragons"; parallel core characters
eryuan buchen *二元补衬*	complementary bipolarity
fubi *伏笔*	foreshadowing
fushu *附属*	sattelite
fuwenben *副文本*	paratext
genian xiazhong, xianshi fuzhuo *隔年下种，先时伏着*	[the technique of] sowing seeds a year in advance and making preliminary moves to set up later strategies
guansuonu *贯索奴*	literally, "roper-servant"; character of lesser importance that conjoins or goes between two parallel narrations
guanxixing *关系性*	relationality
gushi *故事*	fabula: a Russian formalist differentiation to stand for the raw material of a story in its natural order; story
gushi shijian *故事时间*	erzählter zeit: the German term for story time; story time
he *合*	narrative closure; ending

续表

hengyun duanshan *横云断山法*	[the technique of] intersecting the mountain range with clouds
hengzuhe *横组合*	syntagmitization
hexing *核心*	kernel
hongguan jiegou *宏观结构*	macrostructure
hujian zhiyin *互见指引*	narratorial cross-reference
huwenben *互文本*	intertext
huwenxing *互文性*	intertexuality
jiaoxiang huiying *交相辉映；互为映衬*	interillumination
jiazhi shenghua *价值升华*	valorization
jiangxue jianxian, jiangyu wenlei *将雪见霰，将雨闻雷*	[the technique of] making sleet appear when it is about to snow and thunder reverberate when it is about to rain
jianjie huayu *间接话语*	indirect discourse; ID
jibusheng fa *极不省法*	[the technique of] strokes of extreme avoidance of frugality
jisheng fa *极省法*	[the technique of] strokes of extreme frugality
jiegou *结构*	structure
jiegou zhuyi *结构主义*	structuralism
jinsuo *金锁*	literally, "gold lock" ; core character that conjoins or goes between the parallel narrations of another two core characters
jing *景*	scene or scenic elements
jingqi *惊奇*	surprise
jingqing erwei yiti *景／情二位一体*	unificaiton of scene and sentiment
jujiao *聚焦*	focalization: a term coined by Gerard Genette to replace the traditional terms such as "perspective" and "point of view"
jujiao yuyou *聚焦于有*	focalization on being
jujiao yuwu *聚焦于无*	focalization on non-being
jujiaozhe *聚焦者*	focalizer

续表

keshuoxing 可说性	tellability
kongjian jiedu 空间解读	spatial reading
kongjianxing 空间性	spatiality
kuawenhua hutongxing 跨文化互通性	transcultural intelligibility
langhou bowen, yuhou maimu 浪后波纹，雨后霡霂	[the technique of] making ripples follow in the wake of waves and drizzle continue after rain
li 理	principle; rationality
lingjujiao 零聚焦	zero focalization
lixing 理性	rationality
longtiao huwo 龙跳虎卧	the crouch of tiger and the soaring of dragon; a pair of metaphors denoting the relationship between suspense and surprise
luomanshi 罗曼史；传奇	romance
luefan fa 略犯法	[the technique of] strokes of incomplete duplication
mianzhen nici fa 绵针泥刺法	[the technique of] needles wrapped in cotton and thorns hidden in the mud
mofang 摹仿	mimesis: the Greek term for imitation or representation notably used in Plato's *Republic*
moshihua renwu 模式化人物	stock character
moshenghua 陌生化	defamiliarization
neibu yigushi daoxu 内部异故事倒叙	internal heterodiegetic analepsis
neijujiao 内聚焦	internal focalization
neijuli 内聚力	intension
nongyin fa 弄引法	[the technique of] displaying the bait
pinlü 频率	frequency
pingdian 评点	fiction commentary
pinglun xushuzhe 评论叙述者	commentator-narrator
[shiren de] poge ［诗人的］破格	[poetic] license: departure from canonical rules and conventions

续表

qi 起	narrative beginning
qi 气	atmosphere; vital energy; pneuma
qianjinghua 前景化	foregrounding
qijie zhangfa 起结章法	the art of beginning and ending
qing 情	sentiment; the affective state; often represented by Western scholars as the "cult of *qing*"
qingjie 情节	sjužet: a Russian formalist differentiation to stand for the way the *fabula* is told or represented; plot; action
qishu 奇书	masterwork
qubi 曲笔	circuitous strokes
renwu 人物	character
renwu chang 人物场	field of characters
renwu suzao 人物塑造	characterization
shangxiawen 上下文	cotext
shenglue 省略	ellipsis
shenhua 神话	mythos: Aristotle's original word for narrative, story, or plot
shenhua ji lishi lun 神话即历史论	euhemerism
shenhuasu 神话素	mytheme
shi 诗	poetry
shi 实	the real
shijianxing 时间性	temporality
shijianxing 事件性	eventfulness
shijian daocuo 时间倒错	anachronism
shiju 时距	duration
shixu 时序	order

续表

shi *史*	historiography
shi *事*	event, story
shi *势*	momentum
shijuehua *视觉化*	visualization
shishi *史诗*	epic; epic poem
shiyu ronghe *视域融合*	fusion of horizons
shouchang *收场*	denouement
shoushuzhe *受述者*	narratee
shuangshengxing *双声性*	bivocality
siceng xiangshi zhigan *似曾相识之感*	déjà vu: a sensation or illusion that something being experienced has been experienced in the past
taoceng *套层密藏；叙事内镜*	mise en abyme: literally "placed into abyss"; having to do with issues of narrative level or frame, it is the relation of repetition and reflection between a second-level narrative with a greater narrative within which it is contained
tawei fa *獭尾法*	[the technique of] the otter's tail
ti *体*	a discursive term referring to form, style, genre, or structure, depending on specific contexts
tiansi bujin, yizhen yunxiu *添丝补锦，移针匀绣*	[the technique of] inserting additional threads to fill out the figure and adjusting the needlework to balance the pattern
tonggushi xushu *同故事叙述*	homodiegetic
tushihua *图式化*	schematization
waijujiao *外聚焦*	external focalization
waizhangli *外张力*	extension
weiguan jiegou *微观结构*	microstructure
wen *文*	discourse; letters; literariness
wenben *文本*	text
wenben jian *文本间*	intertextual

续表

wenbennei 文本内	intratextual
wenbenxing 文本性	textuality
wenfa 文法	literary devices
wenxin 文心	literary mind
wenxuexing 文学性	literariness
wuxing 五行	the five elements [of metal,wood, water, fire and wood, engaged in a relationship of mutual generation and restriction]
xianbi 闲笔	leisurely strokes
xiandai zhuyi 现代主义	modernism
xiangsixing 象似性	iconicity
xianhou 先后	sequence, with an emphasis on chronological order
xiaoshuo 小说	novel
xiezi 楔子	wedge; narrative prelude
xin 心	heart; heart/mind
xinpiping 新批评	New Criticism
xing 性	naturality
xingdongyuan 行动元	actant
xingshi 形式	form
[eguo]xingshi zhuyi [俄国]形式主义	[Russian] formalism
xu 虚	the virtual
xuannian 悬念	suspense
xushi 叙事	narration; narrative
xushi jincheng 叙事进程	narrative progression
xushi shijian 叙事时间	erzählzeit: the German term for narrative time; narrative time

续表

xushixing 叙事性	narrativity
xushixue 叙事学	narratology
xushu 叙述	diegesis: the Greek term for narrative or narration notably used in Plato's Republic; narration
xushuzhe 叙述者	narrator
xushu jingtai 叙述静态	narrative stasis
xushu xingwei 叙述行为	narrative praxis
xushuzhe de bukekaoxing 叙述者的不可靠性	narratorial unreliability
xuxie 虚写	describe by implication
yanyu biaoxian fangshi 言语表现［方式］	speech representation
yanyu xingwei de xushuxing zhuanshu 言语行为的叙述性转述	narrative report of speech act; NRSA
yang 阳	the positive principle
yaodui zhangfa 遥对章法	the art of distant antithesis
yibin chenzhu 以宾衬主	the guest as a foil for the host
yigushi xushu 异故事叙述	heterodiegetic
yijing 意境	idea-realm; the combined effect of idea-image and the scene/ sentiment duality
yin 阴	the negative principle
yinguoxing 因果性	causality
yinhanduzhe 隐含读者	implied reader
yinhan zuozhe 隐含作者	implied author
yinyu 隐喻	metaphor
yinyuhua 隐喻化	metaphorization
yishihua 仪式化	ritualization
yishiliu 意识流	stream-of-consciousness

续表

yishi xingtai shentou *意识形态渗透*	ideological infiltration/osmosis
yixiang *意象*	idea-image; imagery
yixiang zhuyi *意象主义*	Imagism
yujing *语境*	context
yuanxing *原型*	archetype
yuanxing renwu *圆形人物*	round character
yuejie *［视角］越界；叙述转喻*	metalepsis: a paradoxical contamination between the world of the telling and the world of the told
yuxu *预叙*	prolepsis: forms of flash-forward in narration
yuyi *寓意*	allegory
zarou *杂糅*	hybridity
ziyou jianjie huayu *自由间接话语*	free indirect discourse; FID
ziyou zhijie huayu *自由直接话语*	free direct discourse; FDD
zhangfa *章法*	the art of composition
zhanghui xiaoshuo *章回小说*	fiction in chapters
zhanyong *占用*	appropriation
zhaoying *照应*	projection and reflection
zhengfan fa *正犯法*	[the technique of] strokes of direct duplication
zhengyixing *整一性；一致性*	[structural] unity
zhi *志*	intent; aspiration; purpose
zhijie huayu *直接话语*	direct discourse; DD
zhishiyu *指示语*	deixis
zhongsheng xuanhua *众声喧哗*	polyglossia

续表

zhu *主*	host; any relative role in a binary relationship that resembles the role of a host in the real life
zhuan *转*	narrative turn
zhuanyu *转喻*	metonymy
zhunao *主脑*	nucleus; the ethos or hypostasis of a work
zuozhe quanwei *作者（权威）*	authority

参考文献

外文：

Abrams, M. H. 1999. *A Glossary of Literary Terms*. Boston: Heinle & Heinle.

Abrams, M. H. 1953. *The Mirror and the Lamp: Romantic Theory and the Critical Tradition*. Oxford: Oxford University Press.

Amigoni, David. 2000. *The English Novel and Prose Narrative*. Edinburgh: Edinburgh University Press.

Aristotle. *De Poetica*. In Ross, W. D., ed. 1924. *The Works of Aristotle (Vol. 11)*. Oxford: Clarendon Press.

Aristotle. *Poetics*. In Smith, James Harry & Edd Winfield Parks, eds. 1951. *The Great Critics: An Anthology of Literary Criticism*, New York: Norton.

Auerbach, Erich. 1953. *Mimesis: The Representation of Reality in Western Literature*. Translated into English by Willard Trask. Princeton: Princeton University Press.

Austen, Jane. 1992 [1811]. *Emma*. In *Complete Novels of Jane Austen*. New York: The Modern Library.

Austen, Jane. 1992 [1811]. *Pride and Prejudice*. In *Complete Novels of Jane Austen*. New York: The Modern Library.

Austen, Jane. 1992 [1811]. *Sense and Sensibility*, in *Complete Novels of Jane Austen*. New York: The Modern Library.

Bachelard, Gaston. 1964. *The Poetics of Space*. Translated into English by Maria Jolas. New York: The Orion Press.

Bacon, Francis. 2006 [1597]. "Of Studies." In *An Anthology of English Literature Annotated in Chinese*, edited by Zuoliang Wang et al., 225-228. Beijing: The Commercial Press.

Bakhtin, Mikhail. 1984. *Problems of Dostoevsky's Poetics*. Translated into English by Caryl Emerson. Minneapolis: University of Minnesota Press.

Bakhtin, Mikhail. 1981. *The Dialogic Imagination: Four Essays*. Translated into English by Michael Holquist. Austin: University of Texas Press.

Bal, Mieke.ed. 2004. *Narrative Theory: Critical Concepts in Literary and Cultural Studies*. London & New York: Routledge.

Bal, Mieke. 1997. *Narratology: An Introduction to the Theory of Narrative (Second Edition)*. Toronto: University of Toronto Press.

Barthes, Roland. 1977. *Image, Music, Text: Essays Selected and Translated by Stephen Heath*. London: Fontana Press.

Barthes, Roland. 1974. *S/Z*. Translated into English by Richard Miller. New York: Hill & Wang.

Berry, Margaret. 1988. *The Chinese Classic Novels: An Annotated Bibliography of Chiefly English- Language Studies*. Garland Publishing, Incorporated.

Birch, Cyril. 1997 [1977]. "Foreword." In *Chinese Narrative: Critical and Theoretical Essays*, edited by Andrew Plaks, ix–xii. Princeton, NJ: Princeton University Press.

Bishop, John L. 1956. "Some Limitations of Chinese Fiction". In *The Far Eastern Quarterly*, Vol. 15, No. 2.

Bishop, John L. ed. 1966. *Studies in Chinese Literature*. Cambridge: Harvard University Press.

Block, Haskell M. 1970. *Nouvelles tendences en littérature comparée*. Paris: A. G. Nizet.

Bloom, Harold. 1994. *The Western Canon: The Books and School of the Ages*. New York: Harcourt Brace.

Booth, Wayne C. 2005. "Resurrection of the Implied Author: Why Bother?" In Phelan, James & Peter J. Rabinowitz, eds. *A Companion to Narrative Theory*. Oxford: Blackwell Publishing.

Booth, Wayne C. 1983. *The Rhetoric of Fiction (Second Edition)*. Chicago & London: The University of Chicago Press.

Bortolussi, Marisa, Peter Dixon. 2003. *Psychonarratology: Foundations for the Empirical Study of Literary Response*. Cambridge: Cambridge University Press.

Brontë, Charlotte. 1899. *Jane Eyre*. New York & London: Harper & Brothers Publishers.

Brooks, Cleanth & Robert Penn Warren. 1959. *Understanding Fiction*. Englewood Cliffs, N.J.: Prentice-Hall, Inc.

Burroway, Jane. 1992. *Writing Fiction: A Guide to Narrative Craft (Third Edition)*. New York: HarperCollins.

Butler, Samuel. 1960 [1903]. *The Way of All Flesh*. New York: The New American Library.

Cai, Zong-qi. 2002. *Configurations of Comparative Poetics*. Honolulu: University of Hawaii Press.

Cai, Zong-qi. 2000. "Wen and the Construction of a Critical System in '*Wenxin Diaolong*'". In *Chinese Literature: Essays, Articles, Reviews (CLEAR)*, Vol. 22.

Cao, Xueqin & Gao E. 1974 [1715-1763]. *The Story of the Stone, Also Known As Dream of the Red Chamber, Vol. 1 "The Golden Days"*. Translated into English by David Hawkes. London: Penguin Books.

Cao, Xueqin & Gao E. 1974 [1715-1763]. *The Story of the Stone, Also Known As Dream of the Red Chamber, Vol. 2 "The Crab-Flower Club"*. Translated into English by David Hawkes. London: Penguin Books.

Cao, Xueqin & Gao E. 1974 [1715-1763]. *The Story of the Stone, Also Known As Dream of the Red Chamber, Vol. 5 "The Dreamer Wakes"*. Translated into English by David Hawkes. London: Penguin Books.

Cao, Xueqin & Gao E. 1994 [1715-1763]. *A Dream of the Red Mansions*. Translated into English by Yang Xianyi & Gladys Yang. Beijing: Foreign Languages Press.

Chatman, Seymour. 1990. *Coming to Terms: The Rhetoric and Narrative in Fiction and Film*. Ithaca, NY & London: Cornell University Press.

Chatman, Seymour. 1978. *Story and Discourse: Narrative Structure in Fiction and Film*. Ithaca: Cornell University Press.

Cheng, Chung-ying. 1997. "On a Comprehensive Theory of Xing (Naturality) in Song-Ming Neo- Confucian Philosophy: A critical and Integrative Development". In *Philosophy East and West*, Vol. 47/1.

Church, Sally K. 1999. "Beyond the Words: Jin Shengtan's Perception of Hidden Meanings in *Xixiang ji*". In *Harvard Journal of Asiatic Studies*, Vol. 59/1.

Cobley, Paul. 2001. *Narrative*. London & New York: Routledge.

Cohen, Derek. 2003. *Searching Shakespeare: Studies in Culture and Authority*. Toronto: University of Toronto Press.

Cohn, Dorrit. 1999. *The Distinction of Fiction*. Baltimore: John Hopkins University Press.

Cohn, Dorrit. 1978. *Transparent Minds: Narrative Modes for Presenting Consciousness in Fiction*. Princeton: Princeton University Press.

Connery, Christopher L. 1998. *The Empire of the Text: Writing and Authority in Early Imperial China*. Lanham: Rowman & Littlefield Publishers, INC.

Culler, Jonathan. 1975. *Structuralist Poetics*. Ithaca: Cornell University Press.

Currie, Mark. 1998. *Postmodern Narrative Theory*. New York: St. Martin.

Currie, Mark. 2007. *About Time: Narrative, Fiction and the Philosophy of Time*. Edinburgh: Edinburgh University Press.

Darby, David. 2001. "Form and Context: An Essay in the History of Narratology". In *Poetics Today*, Vol. 22/4.

Dickens, Charles. 1890. *Great Expectations*. London: Chapman & Hall, Ltd.

Dijk, Teun A. van. 1972. *Some Aspects of Text Grammars: A Study in Theoretical Poetics and Linguistics*. The Hague: Mouton.

Dorsch, T.S. 1965. *Classical Literary Criticism*. Harmondsworth, Eng.: Penguin Books.

Eagleton, Terry. 1996. *Literary Theory: An Introduction (Second Edition)*. Oxford: Blackwell Publishing.

Eco, Umberto. 1979. *The Role of the Reader: Explorations in the Semiotics of Texts*. Bloomington & London: Indiana University Press.

Eifring, Halvor. ed. 2004. *Love and Emotions in Traditional Chinese Literature*. Leiden & Boston: Brill.

Eoyang, Eugene C. 1993. *The transparent eye: reflections on translation, Chinese literature, and comparative poetics*. Honolulu: University of Hawaii Press.

Ferguson, Margaret, et al., eds. 2005. *The Norton Anthology of Poetry (Fifth Edition)*. New York & London: W . W . Norton & Company.

Fish, Standley E. 1970. "Literature in the Reader: Affective Stylistics". In *New Literary History*, Vol. 2/1, 1970.

Fleishman, Avrom. 1971. *The English Historical Novel: Walter Scott to Virginia Woolf.* Baltimore: The John Hopkins Press.

Fludernik, Monika. 2009. *An Introduction to Narratology*. London & New York: Routledge.

Fludernik, Monika. 1996. *Towards a "Natural" Narratology*. London & New York: Routledge.

Forster, E. M. 1985. *Aspects of the Novel*. San Diego, New York & London: Harcourt, Inc.

Foucault, Michel. 1984. "What is an Author?". In Paul Rabinow, ed. *The Foucault Reader*. New York: Pantheon Books.

Fowler, Roger. 1977. *Linguistics and the Novel*. London & New York: Methuen.

Frank, Joseph. 1945. "Spatial Form in Modern Literature: An Essay in Two Parts". In *The Sewanee Review*, Vol. 53/2.

Frank, Joseph. 1945. "Spatial Form in Modern Literature: An Essay in Three Parts". In *The Sewanee Review*, Vol. 53/3; 53/4.

Friedman, Susan S. 1993. "Spatialization: A Strategy for Reading Narrative". In *Narrative*, Vol. 1/1.

Frye, Northrop. 1957. *Anatomy of Criticism: Four Essays*. Princeton: Princeton University Press.

Gadamer, Hans-Georg. 2004. *Truth and Method (Second, Revised Edition)*. London: Continuum.

Gallois, André. 1996. *The World Without, the Mind Within: An Essay on First-Person Authority*. Cambridge: Cambridge University Press.

Ge, Liangyan. 2003. "Authoring 'Authorial Intention': Jin Shengtan as Creative Critic". In *Chinese Literature: Essays, Articles, Reviews (CLEAR)*, Vol. 25.

Ge, Liangyan. 2001. *Out of the Margins: The Rise of Chinese Vernacular Fiction*. Honolulu: University of Hawai'i Press.

Genette, Gerard. 1980. *Narrative Discourse: An Essay in Method*. Ithaca & New York: Cornell University Press.

Genette, Gerard. 1988. *Narrative Discourse Revisited*. Ithaca: Cornell University Press.

Gibbs, Donald Arthur. 1970. *Literary Theory in the "Wen-Hsin Tiao-Lung"*. ProQuest Dissertations and Theses.

Gordon, Ian. 2007. "Concordia discors". In *The Literary Encyclopedia*. http://www.litencyc.com/php/stopics.php?rec=true&UID=1693 (Accessed 1 May 2014).

Greimas, A. J. 1971. "Narrative Grammar: Units and Levels". In *MLN*, Vol. 86.

Gu, Ming Dong. 2003. "Aesthetic Suggestiveness in Chinese Thought: A Symphony of Metaphysics and Aesthetics". In *Philosophy East and West*, Vol.53/4.

Gu, Ming Dong. 2004. "Brocade of Human Desires: The Poetics of Weaving in the 'Jin Ping Mei' and Traditional Commentaries". In *The Journal of Asian Studies*, Vol. 63/2.

Gu, Ming Dong. 2006. *Chinese Theories of Fiction: A Non-Western Narrative System*, Albany: SUNY Press.

Gu, Ming Dong. 2005. "Mimetic Theory in Chinese Literary Thought". In *New Literary History*, Vol. 36/3.

Hanan, Patrick. 1981. *The Chinese Vernacular Story*. Cambridge: Harvard University Press.

Hanan, Patrick. 1988. *The Inventions of Li Yu*. Cambridge, MA: Harvard University Press.

Hegel, Georg W.F. 1975. *Hegel's Logic*. Translated into English by William Wallace. Oxford: Oxford University Press.

Hegel, Georg W.F. 1998. *Reading Illustrated Fiction in Late Imperial China*. Stanford: Stanford University Press.

Hegel, Georg W.F. 1981. *The Novel in seventeenth-Century China*. New York: Columbia University Press.

Hegel, Georg W.F., Richard C. Hessney. eds. 1985. *Expression of Self in Chinese Literature*. New York: Columbia University Press.

Hemingway, Ernest. 1985 [1952]. *The Old Man and the Sea*. London: Jonathan Cape.

Henderson, John B. 1991. *Scripture, Canon, and Commentary: A Comparison of Confucian and Western Exegesis*. Princeton: Princeton University Press.

Herman, David. 2009. *Basic Elements of Narrative*. Malden: Wiley-Blackwell.

Herman, David. ed. 2002 [1999]. *Narratologies: New Perspectives on Narrative Analysis*. Columbus: Ohio State University Press.

Herman, David. 2002. *Story Logic: Problems and Possibilities of Narrative.* Lincoln: University of Nebraska press.

Herman, David. ed. 2007. *The Cambridge Companion to Narrative*. Cambridge: Cambridge University Press.

Herman, David, James Phelan & Peter J. Rabinowitz, et al. 2012. *Narrative Theory: Core Concepts and Critical Debates*. Columbus: The Ohio State University Press.

Herman, David, Manfred Jahn & Marie-Laure Ryan, eds. 2005. *Routledge Encyclopedia of Narrative Theory*. New York: Routledge.

Herman, Luc, Bart Vervaeck. 2005. *Handbook of Narrative Analysis*. Lincoln & London: University of Nebraska Press.

Herrick, Robert. 2005 [1591-1674]. "To the Virgins, to Make much of Time". In Ferguson, Margaret, et al., eds. *The Norton Anthology of Poetry (Fifth Edition)*. New York & London: W. W. Norton & Company.

Higdon, David L. 1970. "George Eliot and the Art of the Epigraph". In *Nineteenth-Century Fiction*, Vol. 25/2.

Hoffman, Michael J., Patrick D. Murphy, eds. 1988. *Essentials of the Theory of Fiction*. Durham: Duke University Press.

Hogan, Patrick C. 2011. *Affective Narratology: The Emotional Structure of Stories*. Lincoln: University of Nebraska Press.

Holub, Robert C. 1984. *Reception Theory*. New York: Methuen & Co. Ltd.

Hsia, C. T. 2004. *On Chinese Literature*. New York: Columbia University Press.

Hsia, C. T. 1968. *The Classic Chinese Novel: A Critical Introduction*. New York: Columbia University Press.

Huang, Chun-chieh & Erik Zürcher, eds. 1995. *Time and Space in Chinese Culture*. Leiden: Brill.

Huang, Martin W. 1994. "Author(ity) and Reader in Traditional Chinese Xiaoshuo Commentary". In *Chinese Literature: Essays, Articles, Reviews (CLEAR)*, Vol. 16.

Huang, Martin W. 1990. "Dehistoricization and Intertextualization: The Anxiety of Precedents in the Evolution of the Traditional Chinese Novel". In *Chinese Literature: Essays, Articles, Reviews (CLEAR)*, Vol. 12.

Huang, Martin W. 2004. *Snakes' Legs: Sequels, Continuations, Rewritings, and Chinese Fiction*, Honolulu: University of Hawai'i Press.

Hung, Eva. 1994. *Paradoxes of Traditional Chinese Literature*. Hong Kong: The Chinese University Press.

Hühn, Peter, John Pier, Wolf Schmid, et al., eds. 2009. *Handbook of Narratology*. Berlin: Walter de Gruyter.

Irwen, Richard G. 1966. *The Evolution of a Chinese Novel: Shui-hu Chuan*. Cambridge: Harvard University Press.

Iser, Wolfgang. 1974. *The Implied Reader: Patterns of Communication in Prose Fiction from Bunyan to Beckett*. Baltimore & London: The Johns Hopkins University Press.

Iser, Wolfgang. 1972. "The Reading Process: a Phenomenological Approach". In *New Literary History*, Vol. 3/2.

James, Henry. 1962. *The Art of the Novel: Critical Prefaces*. New York & London: Scribner.

Johnson, Samuel. 1952 [1755]. "The Letter to Lord Chesterfield". In R. W. Chapman, ed. *The Letters of Samuel Johnson: With Mrs. Thrale's Genuine Letters to Him*. Oxford: Clarendon Press.

Johnson, Samuel. 1801. "The Marriage of Hymeneus and Tranquilla." In *The Rambler*, vol. IV, 39-44. London: Printed for J. Johnson & J. Robinson, W. Otridge & Son, etc.

Kao, Karl S. Y. 1989. "Bao and Baoying: Narrative Causality and External Motivations in Chinese Fiction". In *Chinese Literature: Essays, Articles, Reviews (CLEAR)*, Vol. 11.

Kearns, Michael. 1999. *Rhetorical Narratology*. Lincoln & New York: University of Nebraska Press.

Kermode, Frank. 2000. *The Sense of an Ending: Studies in the Theory of Fiction*. Oxford & New York: Oxford University Press.

Kolbas, E. Dean. 2001. *Critical Theory and the Literary Canon*. Boulder, Colorado: Westview Press.

Kristeva, Julia.1980. *Desire in Language: A Semiotic Approach to Literature and Art*. New York: Columbia University Press.

Lanser, Susan S. 1992. *Fictions of Authority: Women Writers and Narrative Voice*. Ithaca: Cornell University Press.

Laozi. 1898 [571BC-471 BC]. *Lao-tze's Tao-Teh-King*. Translated into Enlgish by Paul Carus. Chicago: The open Court Publishing Company.

Leavis, F. R. 1950. *The Great Tradition: George Eliot, Henry James, Joseph Conrad*. New York: George W. Stewart.

Leech, Geoffrey N. & Michael H. Short. 1981. *Style in Fiction: A Linguistic Introduction to English Fictional Prose*. London & New York: Longman House.

Leitch, Vincent B., ed. 2001. *The Norton Anthology of Theory and Criticism*. New York & London: W.W.Norton & Company.

Liu, James J. Y. 1975. *Chinese Theories of Literature*. Chicago: University of Chicago Press.

Liu, James J. Y. 1979. *Essentials of Chinese Literary Art*. Belmont: Wadsworth Publishing Company, Inc.

Liu, James J. Y. 1988. *Language—Parodox—Poetics: A Chinese Perspective*. Princeton: Princeton University Press.

Liu, James J. Y. 1975. "The Study of Chinese Literature in the West: Recent Developments, Current Trends, Future Prospects". In *The Journal of Asian Studies*, Vol. 35/1.

Liu, Xie. 1983 [ca. 465-520]. *The Literary Mind and the Carving of Dragons*. Translated into Englihs by Vincent Yu-chung Shih. Hong Kong: The Chinese University Press.

Lodge, David. 1999. *Modern Criticism and Theory: A Reader (Revised by Nigel Wood)*. Harlow: Longman.

Lomova, Olga. 2003. *Recarving the Dragon*. Prague: The Karolinum Press.

Lotman, Jurij. 1977. *The Structure of the Artistic Text*. Ann Arbor: University of Michigan.

Love, Harold. 2002. *Attributing Authorship*. Cambridge: Cambridge University Press.

Lu, Hsiao-peng. 1990. *The Order of Narrative Discourse: Problems of Chinese Historiography and Fiction*. Ph.D.diss., Indiana University.

Lu, Hsiao-peng. 2004. *From Historicity to Fictionality: The Chinese Poetics of Narrative*. Stanford, CA: Stanford University Press.

Lubbock, Percy. 1921. *The Craft of Fiction*. New York: Charles Scribner's Sons.

Lukács, Georg. 1971. *The Theory of the Novel: A Hisorico-Philosophical Essay on the Forms of Great Epic Literature*. London: The Merlin Press.

Luo, Guanzhong. 2002 [ca. 1330-1400]. *Romance of the Three Kingdoms*. Translated into English by C. H. Brewitt-Taylor. North Clarendon: Tuttle Publishing.

Luo, Guanzhong. 1999 [ca. 1330-1400]. *Three Kingdoms: A Historical Novel*. Translated into English by Moss Roberts. Berkeley & Los Angeles: University of California Press.

Mair, Victor H.. ed. 1994. *The Columbia Anthology of Traditional Chinese Literature*. New York: Columbia University Press.

Mair, Victor H. ed. 2001. *The Columbia History of Chinese Literature*. New York: Columbia University Press.

Mair, Victor H. 1983. "The Narrative Revolution in Chinese Literature: Ontological Presuppositions". In *Chinese Literature: Essays, Articles, Reviews (CLEAR)*, Vol. 5, No. 1/2.

Makeham, John. 2003. *Transmitters and Creators: Chinese Commentators and Commentaries on the Analects*. Cambridge: Harvard University Press.

Mao, Zonggang. 1990 [ca. 1632–1709]. "How to Read *Romance of the Three Kingdoms*." Translated by David T. Roy. In Rolston, ed. *How to Read the Chinese Novel*. Princeton, N. J.: Princeton University Press.

Marquez, Garcia. 1971. *One Hundred Years of Solitude*. Translated into English by Gregory Rabassa. New York: Avon Books.

Martin, Bronwen & Felizitas Ringham. 2000. *Dictionary of Semiotics*. London & New York: Cassell.

McHale, Brian. 2009. "Speech Representation". In Hühn, Peter, John Pier, Wolf Schmid, et al., eds. *Handbook of Narratology*. Berlin: Walter de Gruyter.

McKean, Keith & Elmira College. 1968. *Critical Approaches to Fiction*. New York: McGraw-Hill Book Company.

McKirahan, Richard D. 2012. *Philosophy before Socrates: An Introduction with Texts and Commentary*. Indianapolis: Hackett Publishing Company, Inc.

McMahon, Keith. 1988. *Causality and Containment in Seventeenth-Century Chinese Fiction*. Leiden: E. J. Brill.

Melberg, Arne. 1995. *Theories of Mimesis*. Cambridge: Cambridge University Press.

Mencius. 1999 [ca. 372BC-289 BC]. *Mencius*. Transalted into English by Zhao Zhentao, Zhang Wenting & Zhou Dingzhi. Beijing: Foreign Languages Press.

Miller, Joseph H. 2002. *On Literature*. London: Routledge.

Miller, Joseph H. 1998. *Reading Narrative*. Norman: University of Oklahoma Press.

Miller, Joseph H. 1987. *The Ethics of Reading: Kant, de Man, Eliot, Trollope, James and Benjamin*. New York: Columbia University Press.

Miner, Earl. 1990. *Comparative Poetics: An Intercultural Essay on Theories of Literature*. Princeton: Princeton University Press.

Morson, Gary Saul & Caryl Emerson. 1990. *Mikhail Bakhtin: Creation of a Prosaics*. Stanford: Stanford University Press.

Nabokov, Vladimir. 2008 [1958]. *Lolita*. Camberwell: Penguin.

Newton, Adam Zachary. 1995. *Narrative Ethics*. Cambridge, MA: Harvard University Press.

Nünning, Ansgar F. 2005. "Reconceptualizing Unreliable Narration: Synthesizing Cognitive and Rhetorical Approaches". In Phelan, James & Peter J. Rabinowitz, eds. *A Companion to Narrative Theory*. Malden: Blackwell Publishing.

O'Neill, Patrick. 1994. *Fictions of Discourse: Reading Narrative Theory*. Toronto: University of Toronto Press.

Olson, Greta. ed. 2011. *Current Trends in Narratology*. Berlin: De Gruyter.

Owen, Stephen. 1992. *Readings in Chinese Literary Thought*. Cambridge: Harvard University Press.

Owen, Stephen. 1981. *The Great Age of Chinese Poetry: The High T'ang*. New Haven: Yale University Press.

Phelan, James. 1996. *Narrative as Rhetoric*. Ohio State Uinversity Press.

Phelan, James, Peter J. Rabinowitz. eds. *A Companion to Narrative Theory*. Oxford: Blackwell Publishing.

Pier, John. ed. 2004. *The Dynamics of Narrative Form: Studies in Anglo-American Narratology*. Vol. 4 of *Narratologia*. Berlin: de Gruyter.

Plaks, Andrew H. 1976. *Archetype and Allegory in the Dream of the Red Mansion*. Princeton: Princeton University Press.

Plaks, Andrew H. 1977. "Conceptual Models in Chinese Narrative Theory". In *Journal of Chinese Philosophy*, Vol. 4/1.

Plaks, Andrew H. ed. 1977. *Chinese Narrative: Critical and Theoretical Essays*. Princeton: Princeton University Press.

Plaks, Andrew H. 1980. "Shui-hu Chuan and the Sixteenth-Century Novel Form: An Interpretative Reappraisal". In *Chinese Literature: Essays, Articles, Reviews (CLEAR)*, Vol. 2/1.

Plaks, Andrew H. 1987. *The Four Masterworks of the Ming Novel*. Princeton: Princeton University Press.

Pound, Ezra. 1913. "A Few Don'ts by an Imagiste". In *Poetry: A Magazine of Verse*, Vol. 1/6. Chicago: Harriet Monroe.

Preminger, Alex & T. V. F. Brogan. eds. 1993. *The New Princeton Encyclopaedia of Poetry and Poetics*. Princeton & New Jersey: Princeton University Press.

Prince, Gerald. 1987. *Dictionary of Narratology*. Lincoln: University of Nebraska Prees.

Prince, Gerald. 1982. *Narratology: The Form and Functioning of Narrative*. Berlin: Mouton de Gruyter.

Propp, Vladimir. 1968. *Morphology of the Folktale*. Austin & London: University of Texas Press.

Propp, Vladimir. 1984. *Theory and History of Folklore*. Minneapolis: University of Minnesota Press.

Proust, Marcel. 1981. *Remembrance of Things Past*. Tranlated into English by C. K. Moncrieff & Terence Kilmartin. London: Chatto & Windus.

Ray, William. 1990. *Story and History*. Cambridge: Basil Blackwell, Inc.

Richards, I. A. 1930. *Practical Criticism: A Study of Literary Judgment*. London: Kegan Pual, Trench, Trubner & Co. Ltd.

Richardson, Brian. ed. 2002. *Narrative Dynamics: Essays on Time, Plot, Closure, and Frames*. Columbus: The Ohio State University Press.

Ricoeur, Paul. 1984. *Time and Narrative*. Tranlated into English by Kathleen McLaughlin & David Pellauer. Chicago: University of Chicago Press.

Rimmon-Kenan, Shlomith. 1983. *Narrative Fiction: Contemporary Poetics*. London & New York: Routledge.

Rolston, David L. ed. 1990. *How to Read the Chinese Novel*. Princeton: Princeton University Press.

Rolston, David L. 1990. "Sources of Traditional Chinese Fiction Criticism". In Rolston, ed. *How to Read the Chinese Novel*. Princeton: Princeton University Press.

Rolston, David L. 1988. *Theory and Practice: Fiction, Fiction criticism, and the Writing of the "Ju-lin wai-shih"*. ProQuest Dissertations and Theses.

Rolston, David L. 1997. *Traditional Chinese Fiction and Fiction Commentary: Reading and Writing Between the Lines*. Stanford: Stanford University Press.

Ryan, Marie-Laure. 2002. "Stacks, Frames, and Boundaries". In Richardson, ed. *Narrative Dynamics: Essays on Time, Plot, Closure, and Frames*. Columbus: The Ohio State University Press.

Rzepka, Charles J. 2005. *Detective Fiction*. Cambridge, UK: Polity Press.

Santangelo, Paolo. 2005. "Evaluation of Emotions in European and Chinese Traditions: Differences and Analogies". In *Monumenta Serica*, Vol. 53.

Santangelo, Paolo. 2000. "The Cult of Love in Some Texts of Ming and Qing Literature". In *East and West*, Vol. 50, No. 1/4.

Sartre, Jean-Paul. 1949. *What is Literature?* New York: Philosophical Library.

Scanlon, Larry. 1994. *Narrative, Authority, and Power: The Medieval Exemplum and the Chaucerian tradition*. Cambridge: Cambridge University Press.

Schmid, Wolf. 2013. "Implied author". In Hühn, Peter et al., eds. *The Living Handbook of Narratology*. Hamburg: Hamburg University Press. (Accessed at http://hup.sub.unihamburg.de/lhn/index.php?title=Implied_Author&oldid=2068.)

Schmid, Wolf. 2010. *Narratology: An Introduction*. Berlin: De Gruyter.

Scholes, Robert E. 1974. *Structuralism in Literature: An Introduction*. New Haven: Yale University Press.

Scholes, Robert E. 1973. "The Contributions of Formalism and Structuralism to the Theory of Fiction". In *NOVEL: A Forum on Fiction*, Vol. 6/2.

Scholes, Robert E, James Phelan & Robert Kellogg. 2006. *The Nature of Narrative: Fortieth Anniversary Edition, Revised and Expanded.* Oxford: Oxford University Press.

Scholes, Robert E, Robert L. Kellogg. 1968. *The Nature of Narrative*. New York: Oxford University Press.

Selden, Raman & Peter Widdowson. 2005. *A Reader's Guide to Contemporary Literary Theory*. Harlow: Pearson.

Shen, Dan. 2013. *Style and Rhetoric of Short Narrative Fiction: Covert Progressions behind Overt Plots*. London & New York: Routledge.

Shen, Dan. 2007. "Booth's 'The Rhetoric of Fiction' and China's Critical Context". In *Narrative*, Vol. 15/2.

Shen, Dan. 2002. "Defense and Challenge: Reflections on the Relation between Story and Discourse". In *Narrative*, Vol. 10/3.

Shen, Dan. 1991. "On the Transference of Modes of Speech (Or Thought) from Chinese Narrative Fiction into English". In *Comparative Literature Studies*, Vol. 28/4.

Shen, Dan. 2011. "What is the Implied Author?" In *Style*, Vol. 45/1.

Shen, Dan. 2005. "Why Contextual and Formal Narratologies Need Each Other". In *Journal of Narrative Theory*, Vol. 35/2.

Shi, Nai'an. 1980 [1296-1370]. *Outlaws of the Marsh*. Translated into English by Sydney Shapiro. Beijing: Foreign Languages Press.

Shi, Nai'an. 1990 [1296-1370]. "How to Read *The Fifth Book of Genius*". Translated into English by Wang, John C. Y. In Rolston, ed. *How to Read the Chinese Novel*. Princeton: Princeton University Press.

Stevick, Philip. ed. 1967. *The Theory of the Novel*. New York: The Free Press.

Strauss, Claude-Lévi. 1963. *Structural Anthropology*. Translated into English by Claire Jacobson & Brooke Grundfest Schoepf. New York: Basic Books.

Sturgess, Philip. 1992. *Narrativity: Theory and Practice*. New York: Oxford University Press.

Taylor, S. Ortiz. 1977. "Episodic Structure and the Picaresque Novel". In *The Journal of Narrative Technique*, Vol. 7/3.

Todorov, Tzvetan. 1977. *The Poetics of Prose*. Translated into English by Richard Howard. Cornell University Press.

Tolstoy, Leo. 1998 [1875-1877]. *Anna Karenina*. Oxford: Oxford University Press.

Toolan, Michael. 2001. *Narrative: A Critical Linguistic Introduction*. London: Routledge.

Uspensky, Boris. 1974. *The Poetics of Composition*. Translated into English by Valentina Zavarin & Susan Wittig. Berkeley: University of California Press.

Wang, David Der-wie & Shang Wei. eds. 2005. *Dynastic Crisis and Cultural Innovation: From the Late Ming to the Late Qing and Beyond*. Cambridge: Harvard University Press.

Wang, Jing. 1989. "The Poetics of Chinese Narrative: An Analysis of Andrew Plaks' 'Archetype and Allegory in the Dream of the Red Chamber'". In *Comparative Literature Studies*, Vol. 26/3.

Wang, Jing. 1992. *The Story of Stone: Intertextuality, Ancient Chinese Stone Lore, and the Stone Symbolism in Dream of the Red Chamber, Water Margin, and The Journey to the West*. Durham: Duke University Press.

Wang, John Ching-yu. 1972. *Chin Shen-t'an*. New York: Twayne Publishers.

Watt, Ian P. 1957. *The Rise of the Novel: Studies in Defoe, Richardson and Fielding*. Berkeley and Los Angeles: University of California Press.

Waugh, Patricia. 1984. *Metafiction: The Theory and Practice of Self-Conscious Fiction*. London & New York: Methuen.

Web, Ruth. 2009. *Ekphrasis, Imagination and Persuasion in Ancient Rhetorical Theory and Practice*. Surrey: Ashgate Publishing Limited.

Wimsatt Jr., W. K., M. C. Beardsley. 1949. "The Affective Fallacy". In *The Sewanee Review*, Vol. 57/1.

Wimsatt Jr., W. K., M. C. Beardsley. 1946. "The Intentional Fallacy". In *The Sewanee Review*, Vol. 54/3.

Wong, Timothy C. 2000. "Commentary and Xiaoshuo Fiction". In *Journal of the American Oriental Society*, Vol. 120/3.

Woolf, Virginia. 1994 [1927]. *To the Lighthouse*. Hertfordshire: Wordsworth Editions Limited.

Wu, Cheng'en. 2006 [ca. 1500-1582]. *The Monkey and the Monk: An Abridgment of The Journey to the West*. Translated and edited by Anthony C. Yu. Chicago: The University of Chicago Press.

Wu, Laura Hua. 1995. "From Xiaoshuo to Fiction: Hu Yinglin's Genre Study of Xiaoshuo". In *Harvard Journal of Asiatic Studies*, Vol. 55/2.

Wu, Laura Hua. 1993. *Jin Shengtan (1608—1661): Founder of a Chinese Theory of the Novel*. ProQuest Dissertations and Theses.

Yang, Winston L. Y. & Curtis P. Adkins. eds. 1980. *Critical Essays on Chinese Fiction*. Hong Kong: The Chinese University Press.

Yang, Winston L. Y. , Curtis P. Adkins & Peter Li et al. 1978. *Classical Chinese Fiction: A Guide to Its Study and Appreciation*. London: George Prior Publishers.

Yang, Zhouhan. 1983. "The Mirror and the Jigsaw: A Major Difference between Current Chinese and Western Critical Attitudes". In *Representations*, No. 4.

Yu, Anthony C. 1988. "History, Fiction and the Reading of Chinese Narrative". In *Chinese Literature: Essays, Articles, Reviews (CLEAR)*, Vol. 10, No. 1/2.

Yu, Anthony C. 1997. *Rereading the Stone: Desire and the Making of Fiction in Dream of the Red Chamber*. Princeton: Princeton University Press.

Yu, Pauline. 1987. *The Reading of Imagery in the Chinese Poetic Tradition.* Princeton: Princeton University Press.

Zacharias, Greg W. ed. 2008. *A Companion to Henry James*. Malden: Wiley-Blackwell.

Zhang, Longxi. 1989. *Language and Interpretation: A Study in East-West Comparative Poetics*. Ph.D. Diss., Harvard University.

Zhang, Longxi. 1998. *Mighty Opposites: from Dichotomies to Differences in the Comparative Study of China*. Standord: Stanford University Press.

Zhang, Longxi. 1992. *The Tao and the Logos: Literary Hermeneutics, East and West.* Durham: Duke University Press.

Zhao, I-heng. 1995. *The Uneasy Narrator: Chinese Fiction from the Traditional to the Modern*. Oxford: Oxford University Press.

Zoran, Gabriel. 1984. "Towards a Theory of Space in Narrative". In *Poetics Today*, Vol. 5/2.

中文：

[英] 奥斯丁著，李文俊、蔡慧译：《爱玛》，人民文学出版社 2005 年版。

[英] 巴特勒著，黄雨石译：《众生之路》，人民文学出版社 1985 年版。

曹顺庆：《中西比较诗学》，北京出版社 1988 年版。

（清）曹雪芹、高鹗著，俞平伯校，启功注：《红楼梦》，人民文学出版社 2002 年版。

陈果安：《金圣叹的闲笔论：中国叙事理论对非情节因素的系统关注》，载《湖南师范大学社会科学学报》1998 年第 27 卷第 5 期。

陈平原：《中国小说叙事模式的转变》，上海人民出版社 1988 年版。

陈谦豫：《中国小说理论批评史》，华东师范大学出版社 1989 年版。

程锡麟：《 叙事理论概述》，载《外语研究》 2002 年第 3 期。

陈燊主编：《二十世纪欧美文论丛书》（二十五卷），李赋宁、王文融、盛宁等译，百花文艺出版社 1990—2011 年版。

[英] 狄更斯著，主　万、叶　尊译：《远大前程》，人民文学出版社 2004 年版。

董乃斌主编：《中国文学叙事传统研究》，中华书局 2012 年版。

董小英：《超语言学：叙事学的学理及理解的原理》，百花文艺出版社 2008 年版。

方汉文：《世界比较诗学史》，西北大学出版社 2007 年版。

方正耀：《中国古典小说理论史》，华东师范大学出版社 2005 年版。
佛　雏：《王国维诗学研究》，北京大学出版社 1997 年版。
傅修延：《先秦叙事研究：关于中国叙事传统的形成》，东方出版社 1999 年版。
傅修延：《中国叙事学》，北京大学出版社 2015 年版。
[美] 海明威著，海观译：《老人与海》，上海译文出版社 1979 年版。
何满子、李时人主编：《明清小说鉴赏辞典》，浙江古籍出版社 1992 年版。
侯忠义、王汝梅主编：《金瓶梅资料汇编》，北京大学出版社 1985 年版。
胡亚敏：《结构主义叙事学探讨》，载《外国文学研究》1987 年第 1 期。
黄　霖、韩同文主编：《中国历代小说论著选》，江西人民出版社 1990 年版。
黄维樑：《中国古典文论新探》，北京大学出版社 1996 年版。
黄维樑：《文心雕龙与西方文学理论》，载《文艺理论研究》1992 年第 3 期。
（明末清初）金圣叹：《金圣叹全集》，江苏古籍出版社 1985 年版。
（明末清初）金圣叹：《读第五才子书法》，载施耐庵、金圣叹《金圣叹批评本水浒传》，岳麓书社 2005 年版。
（明）兰陵笑笑生、（清）张竹坡：《张竹坡批评第一奇书：金瓶梅》，齐鲁书社 1991 年版。
李学勤：《春秋左传正义》，北京大学出版社 1999 年版。
（明）李　渔：《李渔全集》，浙江古籍出版社 1991 年版。
李洲良：《春秋笔法与中国小说叙事学》，载《文学评论》2008 年第 6 期。
李洲良：《论"春秋笔法"在六大古典小说叙事结构中的作用》，载《中华文史论丛》2010 年第 97 卷第 1 期。
李作霖：《魏晋至宋元的叙事思想》，湖南师范大学出版社 2011 年版。
林　岗：《明清之际小说评点学之研究》，北京大学出版社 1999 年版。
刘明今：《中国古代文学理论体系：方法论》，复旦大学出版社 2000 年版。
（南朝）刘　勰：《文心雕龙》，周振甫今译、杨国斌英译，外语教学与研究出版社 2003 年版。
[英] 卢伯克、福斯特、缪尔著，方土人、罗婉华译：《小说美学经典三种》，上海文艺出版社 1990 年版。
陆侃如、牟世金：《文心雕龙译注》，齐鲁书社 1982 年版。
鲁　迅：《中国小说史略》，上海古籍出版社 1998 年版。

罗　钢：《叙事学导论》，云南人民出版社 1994 年版。
（明）罗贯中著，郭皓政、陈文新评注：《三国演义》，崇文书局 2005 年版。
（明）罗贯中著、毛宗岗批评：《毛宗岗批评本三国演义》，岳麓书社 2006 年版。
（明）罗贯中著，李　贽、毛宗岗等评点：《三国演义：名家汇评本》，北京图书馆出版社 2007 年版。
吕同六主编：《二十世纪世界小说理论经典》，华夏出版社 1995 年版。
马海良：《后结构主义》，载《外国文学》2003 年第 6 期。
毛宗岗：《 读三国志法》，朱一玄、刘毓忱主编《三国演义资料汇编》， 百花文艺出版社 1983 年版。
[美]纳博科夫著、主　万译：《洛丽塔》，上海译文出版社 2005 年版。
聂庆璞：《网络叙事学》，中国文联出版公司 2004 年版。
宁一中：《作者：是“死”去还是“活”着？》，载《国外文学》1996 年第 4 期。
宁一中：《中国古代评点中的“结构”与西方结构主义的“结构”之比较》，载《中国外语》 2007 年第 19 卷第 5 期。
宁一中：《宁一中文学与文化论文集》，北京语言大学出版社 2012 年版。
宁宗一、鲁德才：《论中国古典小说的艺术：台湾香港论著 选辑》，南开大学出版社 1984 年版。
[美]浦安迪（Andrew Plaks）：《中国叙事学》，北京大学出版社 1995 年版。
[俄]普罗普著、贾放译：《故事形态学》，中华书局 2006 年版。
钱中文：《文学理论流派与民族文化精神》，吉林教育出版社 1993 年版。
钱中文：《专家推荐意见》，载杨义《中国叙事学》，人民出版社 2009 年版。
钱中文主编：《巴赫金全集》（七卷），河北教育出版社 2009 年版。
申　丹：《经典叙事学究竟是否已经过时？》，载《外国文学评论》2003 年第 2 期。
申　丹：《叙述学与小说文体学研究》，北京大学出版社 1998 年版。
申　丹、韩加明、王丽亚：《英美小说叙事理论研究》，北京大学出版社 2005 年版。
申　丹、王丽亚：《西方叙事学：经典与后经典》，北京大学出版社 2010 年版。
石昌渝：《中国小说源流论》，生活·读书·新知三联书店 1994 年版。
（明）施耐庵、（清）金圣叹：《金圣叹批评本水浒传》，岳麓书社 2005 年版。
[英]斯特罗克编（John Sturrock），渠东、李康、李猛译：《结构主义以来：从列维 - 斯特劳斯到德里达》，辽宁教育出版社 1998 年版。

孙绍振：《文学性讲演录》，广西师范大学出版社 2006 年版。
孙　逊、孙菊园主编：《中国古典小说美学汇编》，上海古籍出版社 1991 年版。
谭　帆：《中国小说评点研究》，华东师范大学出版社 2001 年版。
[俄] 托尔斯泰著、草婴译：《安娜·卡列尼娜》，上海译文出版社 1982 年版。
王国维：《人间词话》，上海古籍出版社 1998 年版。
王丽亚：《分歧与对话——后结构主义批评下的叙事学研究》，载《外国文学评论》1999 年第 4 期。
王　平：《中国古代小说叙事研究》，河北人民出版社 2001 年版。
王先霈、王又平 主编：《文学理论批评术语汇释》，高等教育出版社 2006 年版。
王先霈、周伟民：《明清小说理论批评史》，花城出版社 1983 年版。
王晓路：《中西诗学对话》，巴蜀书社 2000 年版。
王晓平、周发祥、李逸津：《国外中国古典文论研究》，江苏教育出版社 1998 年版。
汪洪章：《文心雕龙与二十世纪西方文论》，复旦大学出版社 2005 年版。
（清）吴敬梓：《卧闲草堂评本儒林外史》，岳麓书社 2008 年版。
吴士余：《中国小说美学论稿》，复旦大学出版社 2006 年版。
[美] 夏志清（Hsia, C. T.）：《人的文学》，辽宁教育出版社 1998 年版。
熊江梅：《先秦两汉叙事思想》，湖南师范大学出版社 2010 年版。
徐　岱：《中国古代叙事理论》，载《浙江学刊》1990 年第 9 期。
徐　岱：《小说叙事学》，商务印书馆 2010 年版。
杨　义：《中国叙事学》，人民出版社 2009 年版。
叶　朗：《美在意象——美学基本原理提要》，载北京大学学报（哲学社会科学版）2009 年第 3 期。
[英] 伊格尔顿著、刘　峰译：《文学原理引论》，文化艺术出版社 1987 年版。
[美] 宇文所安（Stephen Owen）著、田晓菲译：《他山的石头——宇文所安自选集》，江苏人民出版社 2002 年版。
余　虹：《中国文论与西方诗学》，生活·读书·新知三联书店 1999 年版。
乐黛云、叶　朗、倪培耕主编：《世界诗学大辞典》，春风文艺出版社 1993 年版。
章培恒、王靖宇主编：《中国文学评点研究论集》，上海古籍出版社 2002 年版。
张世君：《明清小说评点叙事概念研究》，中国社会科学出版社 2007 年版。

张世君：《明清小说评点章法概念析》，载《暨南大学学报（哲学社会科学版）》2004 年第 110 卷第 3 期。
张寅德：《叙述学研究》，中国社会科学出版社 1989 年版。
赵炎秋：《共和国叙事理论发展六十年》，载《理论与创作》2009 年第 129 卷第 4 期。
赵炎秋：《叙事视野下的金圣叹“章法”理论研究》，载《长江学术》2011 年第 3 期。
赵炎秋：《明清近代叙事思想》，湖南师范大学出版社 2011 年版。
赵炎秋：《明清叙事思想发展研究》，载《中国文学研究》 2011 年第 3 期。
赵毅衡：《当说者被说的时候：比较叙事学导论》，人民大学出版社 1998 年版。
周小仪：《文学研究与理论 — 文化研究：分裂还是融合？》，载《 国外文学》1995 年第 60 卷第 4 期。
周小仪：《从形式回到历史 —— 关于文学研究方法论的探讨》，北京大学学报（哲学社会科学版）2001 年第 38 卷第 6 期。
周振甫：《诗经选译》，中华书局 2005 年版。
朱一玄：《红楼梦资料汇编》，南开大学出版社 1985 年版。
朱一玄：《明清小说资料选编》，齐鲁书社 1990 年版。
朱一玄：《金瓶梅资料汇编》，南开大学出版社 1985 年版。
朱一玄、刘毓忱主编：《三国演义资料汇编》，百花文艺出版社 1983 年版。
朱一玄：《水浒传资料汇编》，南开大学出版社 2002 年版。